KB246284

역사소설 솔섬 松島 2

나남
nanam

안정효 전작 장편소설

역사소설 솔섬(松島) 2

2012년 1월 5일 발행
2012년 1월 5일 1쇄

지은이_ 안정효
발행자_ 趙相浩
발행처_ (주) 나남
주소_ 413-756 경기도 파주시 교하읍
     출판도시 518-4
전화_ (031) 955-4600 (代)
FAX_ (031) 955-4555
등록_ 제 1-71호(1979.5.12)
홈페이지_ http://www.nanam.net
전자우편_ post@nanam.net

ISBN 978-89-300-0598-2
ISBN 978-89-300-0572-2(세트)
책값은 뒤표지에 있습니다.

역사소설 솔섬 松島 2

안정효 전작 장편소설

역사소설 **솔섬** 松島 **2**

차례

제3부 **침략 혁명**

제4부 **반역의 끝내기**

제5부 몰락하는 전쟁

제6부 정치 산업의 중흥

하루의 시작과 끝은 시간을 싹둑 자르거나 매듭을 짓는 노릇이 아니라, 하던 일을 끝내고 잠을 이룰 때 마무리가 엮이고, 다시 깨어나면 잘렸던 하루가 태연히 새롭게 시작되는 이치겠건만, 좀처럼 잠이 들거나 깨어날 줄 모르는 불면의 시찬과 환탁에게는 어제와 그제가 따로 없고 오늘과 내일도 따로 없어서, 언제 무엇을 시작하고 끝내는지 경계가 분명치 않았으며, 그래서 어제 역시 그들은 오랜 복수를 그냥 변함없이 반복하기만 했었다.

처음 복수의 시대가 시작될 무렵에 환탁은 시찬이나 마찬가지로 지극히 소심하여 가상현실 속에서 불특정 돌쇠들에게 암호로 쓴 협박편지를 몰래 보내거나, 아직 멀쩡하게 살아 있는 미운 돌쇠들의 묘를 뒷골목에 만들어 비석까지 세워놓고 혼자 흐뭇해하다가, 문밖에서 인기척이라도 나면 제풀에 놀라 겁이 덜컥하여 화들짝 도망쳐서는 처마 밑에 겨우 몸을 숨기고 마음을 조마조마하면서 앞뒤 눈치를 살피는 틈틈이, 조금씩만 만족하고는 했었다. 그러다가 시간을 타고 가는 사이에 점점 대담해지면서 환탁과 시찬은 우편물로 위장한 폭발물을 보내 적들을 뻥뻥 터뜨려 죽이기도 했고, 용기가 치솟아 더욱 잔인해진 나중에는 밉고 못된 인간들의 손과 발을 시뻘겋게 달군 인두로 지져 낙인을 찍고, 얼굴이 두꺼운 한심한 족속들은 낯가죽을 회칼로 썰어서 벗기기도 서슴지를 않았다.

“찬란한 아름다움은 잔인해요.” 동희가 시찬의 어깨 너머로 정답게 속삭였다. “젊음의 꽃이 벌써 시들기 시작했으니까요. 현재는 이미 사라지기 시작한 미래가 아니겠어요?”

어제만 해도 시찬과 환탁은 제 3구 범죄마을을 샅샅이 뒤져, 별다른 이유나 구체적인 범죄 사실은 확인조차 할 필요도 없이, 단순히 폭력배라는 이유로 문신 돌쇠 수백 명을 거대하고 튼튼한 거미줄로 투망해서 잡아들이고는, 콘크리트 교도소 벽이 3면을 ㄷ자로 막아버린 막다른 골목으로 몰아넣고 철삿줄로 두 손을 꽁꽁 묶어서 한 사람씩 차례로 끌어내어 목을 뎅겅뎅겅 잘라버렸지만, 언제부터인가 그런 단순한 보복의 처형은 더 이상 통쾌무비하지 않았다. 환탁은 시찬에게 왜 요즈음에는 복수가 예전처럼 즐겁지 않은지 이상하다고 물었으며, 시찬이 동희에게 같은 질문을 되풀이했지만, 동희는 여전히 동문서답이었다.

“사랑은 ‘사랑해요’라고만 말해서는 모자라요.” 동희가 눈에 보이지 않는 목소리로 속삭였다. “ ‘사랑해요’라는 말이 너무나 천박하기 때문이죠. 그래서 사람들은 시를 쓰나 봐요.”

그리고는 오늘이 시작되어, 시찬은 복수의 장기 집권을 다시금 갱신하느라고 사냥감을 물색하기에 앞서서, 누구인지 아직 대상을 결정하지 않은 미지의 적을 토벌하러 출정할 환탁의 군사를 혁명광장에 집합시키고는 임전무퇴 전투태세를 점검하는 사열식을 실시했다. 독일군 철모를 쓰고 갈색 갑옷에 4각 방패로 무장한 원정대는 로마 검투사들로 구성된 병력이 4천이었고, 서커스 막시무스에서 부부젤라 뿔나팔과 꽹과리와 클라리온이 우렁차게 울리는 가운데 동양의 만장과 이교도의 기치가 뒤섞여 휘날리며 하늘을 뒤덮었고, 전국 각지에서 관광버스로 몰려온 구경꾼들이 사방 산책로에서 함성의 잔치를 벌였다. 토가 차림의 환탁은 SPQR 로마 깃발을 드높이 나부끼는 장갑차를 타고, 성문을 통과하여 정상적으로 들어가는 대신 해외 원정에서 승전하는 장군답게 성벽을 부수고 광장으로 입성했는데, 시찬이 보기에 황금 월계관을 쓴 환탁의 모습이 영락없는 마왕이었다.

시찬은 정의를 구현하려던 환탁이 어째서 잔혹한 폭력을 구사하는 악마의 화신이 되었는지 쉽게 이해가 가지 않았다. 환탁나라는 오랫동안 시찬이 건설하겠다고 꿈꾸었던 아름답고 순결한 이상향이 아니라 증오의 복수를 무차별적으로 벌이는 전쟁터일 따름이었다.

"인간의 감성이나 이성처럼, 선과 악의 개념 또한 기계적인 반작용이랍니다." 동희가 가엾다고 연민하는 목소리로 말했다. "감정의 입자와 더불어 분별의 입자도 공학의 원칙이 지배하기 때문예요."

단순한 보복의 오랜 훈련 과정을 끝낸 환탁에게 이제 궤도 수정이 필요한 시점에 이르렀다고 시찬은 판단했다. 더 늦기 전에 오늘부터라도, 그는 자신의 개인적인 복수에서 그치지를 않고 만인의 정의를 실현하는 도약을 시작하여, 초인간적이고 영웅적인 집행자로 환탁을 변신시키는 작업에 착수하고 싶었다. 이제부터 시찬은 개인적으로 그를 한 번도 괴롭힌 적이 없는 무작위 대상을 찾아내어, 민중을 깔보고 학대했던 공공의 적을 처형의 대상으로 삼으려는 욕구에 사로잡혔다.

자신을 지켜낼 능력을 충분히 키운 그는 환탁에게 만인의 복수를 대행하는 처형자의 역할을 맡겨야 하겠다고 만장일치로 결정했다. 개인적인 복수는 자칫 폭력적인 범죄라고 오해를 받기가 십상이지만, 사람들은 단체적인 복수를 혁명이나 개혁이라고 정의했다. 개인적인 저항은 반역이지만, 집합적 저항은 쇄신과 발전으로 이름이 바뀌었다.

시찬은 그래서 사회악을 뒤엎어 불쌍하고 연약한 자들을 구원하는 복수의 장정에 마침내 나설 때, 환탁의 로마 군사와 상상 조직을 앞세우기로 했다. 개인의 전투력보다는 배후의 동원력이 언제나 훨씬 강력했고, 전방에 나선 한 명의 전투병보다는 염소 1만 마리를 앞세운 뒷방의 황제가 세상을 바꾸는 능력에서 훨씬 승산이 뛰어나기 때문이었다.

그는 누구를 도와주었으면 좋겠는지 힘없는 약자들을 꼼꼼히 물색하고는, 그들을 괴롭히는 적을 찾아냈다. 환탁이 처형해야 할 공공의 적은 얼마든지 많았다. 환탁이 오늘 첫 번째 공격할 적으로 지명한 자들은, 공무원을 사칭하며 기름값을 통장으로 넣어준다고 속여, 홀로 사는 시골 노인들의 가난한 푼돈을 갈취하는 사기꾼들이었다.

시찬은 하루 종일 입체지도를 전국 방방곡곡 샅샅이 뒤져 기름값 사기꾼을 한 명도 남김없이 모조리 색출해서는 마우스로 하나씩 집어 혁명광장으로 끌어다 무릎을 꿇려 앉히고는, 농약을 풀어 넣은 음료수를 양동이로 여섯 통씩 강제로 퍼 먹이는 처형을 실시했다. 기름값 사기꾼들의 처형이 끝나면 그는 장애인과 아동과 노인의 복지 공금을 착복하는 버러지 공무원들의 사냥에 곧장 나설 참이었다.

스물둘 광장

어느새 혁명광장에는 봄이 찾아와서 쓸쓸한 회색의 부슬비가 내렸으며, 본디 오페라와 관현악 따위를 공연하는 예술의 전당으로 건축했던 혁명회관은 사흘째 내리는 비에 흠뻑 젖어 대리석 건물 전체가 더욱 무거워 보였다. 혁명회관 앞 분수대에서는 비가 오건 말건 물줄기가 힘차게 하늘로 뿜어 올랐고, 분수대에서 광장으로 내려가는 웅장한 계단이 시작되는 지점에는 역사적인 혁명을 찬미하는 기념탑이 10미터나 높이 솟았다. 세 명의 혁명군 병사를 조형한 기념탑은 군인들이 착검한 M-16 소총을 내찌르며 혁명회관에서 오른쪽으로 2백 미터가량 떨어진 곳에 위치한 국회의사당을 향해 생동감 넘치게 돌진하는 모습이었다.

아무리 봐도 참으로 상징적인 인상을 주는 군사혁명 기념탑 밑 대좌(臺座)에 신문지를 두툼하게 깔아놓고, 축 늘어진 우산을 받쳐 들고 앉아서, 《황송혁명신문》의 주명복 차장은 시간의 길을 잘못 들어 중세 유럽으로 유형을 온 기분이 들었다. 그렇지 않고서야 지금 그의 눈앞에서 진행되는 광경을 현실이라고 받아들이기가 불가능했다.

4개월째 광장에서는 주말이면 재교육 훈련 행사가 열렸는데, 오늘의 행사에서는 "먹을거리를 가지고 장난치는 놈들" 140명이 끌려나와 비를 주룩주룩 맞으며 아스팔트 바닥에 무릎을 꿇고 앉아 무장한 1개 대대 경비병의 총부리 앞에서 처벌을 받았다. 농약이 들어간 중국 만두를 수입한 자들은 두 개의 컨테이너에 가득한 농약 만두를 벌써 여섯 시간째 꾸역꾸역 먹었고, 부세를 영광굴비라고 속여서 팔아먹은 80명의 자동차 행상은 줄줄이 꿴 짜디짠 '굴비'를 물 한 모금 못 마시며 가시 하나 남기지 않고 억지로 뜯어 먹었으며, 중국에서 밀수입한 우엉과 버섯과 고사리를 국산이라고 속여 팔다가 걸린 상인들도 마찬가지 '스스로 먹기 재교육'을 받았다. 그뿐 아니라 초등학교와 보건소와 노인정의 철문을 뜯어내어 팔려던 좀도둑들은 부서진 철문의 쇳덩이 조각들을 이빨이 다 부러지고 닳도록 불가사리처럼 씹어 삼켜야 했고, 송유관을 뚫고 도둑질을 하다가 붙잡힌 절도범들은 빨래집게로 코를 막은 채로 붉은 휘발유를 수챗구멍 소리를 내며 꿀꺽꿀꺽 한없이 들이켰다.

요즈음 재교육 훈련 행사를 취재하러 광장으로 나올 때마다 주명복이 중세 유럽에 와 있다는 착각을 느끼는 까닭은 "만세 만세 만만세"를 외치며 군사 정부가 만인의 정의를 구현하겠다고 약진하는 방식이 지나치게 원시적이기 때문이었다. 물론 중세 유럽에서 마녀를 사냥하여 불태워 죽이고, 간통한 남녀의 머리에 사슴뿔을 달아주고, 죄인의 온몸에 끈끈한 타르와 깃털을 지저분하게 붙여 길거리로 끌고 다니던 시절에는 그런 식으로 도덕과 윤리 의식을 고양시키기가 가능했을지도 모른다. 거짓말을 한 여자의 혓바닥을 집게로 잡아 뽑거나, 저울눈을 속인 장사꾼은 궤짝에 넣어 성문 앞 공중에 매달아 지나다니는 동네사람들에게 구경을 시키는가 하면, 시어미에게 말대꾸를 하는 못된 계집은 입에 자물쇠를 채우는 식으로 우악스러운 벌을 주던 골동품적 행사가, 바로 그런 희극적인 법의 집행이, 지금 황송공화국의 광장에서 매주일 꼬박꼬박 이루어졌다.

이런 행사를 개최하는 틈틈이 변웅호 대통령은 전 국민의 정신 교육을 강화하겠다며 다양한 포고문을 끊임없이 쏟아냈다. "황송이 신생 국가인지라 국법이 제대로 정착하지 못한 틈을 타고 군소 범죄 조직이 사방에서 작란하여 국정을 어지럽히는가 하면, 미성년자들까지도 공권력을 무시하는 한심한 작태를 그냥 두고만 볼 수가 없다"는 생각에서였다. 그리고 각종 포고문의 눈치에 따라 변죽을 울리며 법무장관 정병군 중장은 기존 헌법의 효력을 정지시키고, 더욱 엄격한 규칙들을 끊임없이 새로 만들어 선포하고 실행하느라 덩달아 바빴다. 준법정신을 앙양시키겠다는 정기적인 광장 행사는 그래서 한없이 계속하여 개최될 기세였다.

어느덧 여름이 되어, 쨍쨍하게 이글거리는 햇살에 이마가 뜨겁고, 목마른 입술이 갈라지며 부르터 오르는 오늘은, 지난 다섯 차례 총선에서 공약을 어긴 자들을 706명이나 줄줄이 붙잡아다가, 못 지킨 약속을 강제로 실천에 옮기도록 닦달하는 재교육 훈련의 날이었다. 서민 주택 20만 채를 짓겠다고 거짓말을 해서 당선된 사람은 약속을 지키지 않고 끝내 짓지 못한 집을 한 채도 빠짐없이 맨손으로 아무런 건축 자재도 없이 밥을 굶어가면서 광장 한가운데에다 짓도록 했으며, 이왕 당선이 안 될 줄 알고 허황된 공약을 걸어 국민을 우롱한 자들도 역시 무장한 병사들의 총부리 앞에서 거짓 약속을 강제로 충실하게 완수하는 중이었다. 예를 들어 결혼하는 모든 유권자에게 1억원씩을 주겠다는 뇌물성 공약을 걸었던 자는 혁명재판부로부터 그가 낙선한 다음 지금까지 결혼한 8백 쌍 앞으로 약속한 돈을 반드시 송금해 줘야 한다는 판결을 받았다. 그래서 그는 집을 팔고 전 재산을 정리하여 우선 20쌍에게 1억원씩을 내놓았으며, 청산하지 못한 780억원은 앞으로 광장에서 일당 3만원씩 계산하여 벽돌을 쌓았다 헐었다 다시 쌓는 일용직 노동을 해서 돈을 벌어 갚도록 했는데, 나머지 액수를 모두 청산하려면 10, 126년 9일 동안 벽돌쌓기를 계속해야 했다. 그리고 추첨을 통해 그에게서 1억원씩을 받아낸 유권자들에게는 매표 행위로 선거법을 위반했다는 사후 판결에 따라 50억원씩의 벌금이 부과되었다.

정병균 장관은 이런 식의 처벌이 "선거를 장난으로 생각하며 까불어대는 파렴치한들을 말끔히 제거하여 황송의 정치 풍토를 개선하는 데 크게 기여하리라"고 믿었으며, 시민단체들은 당선이 안 되더라도 실천이 가능한 공약, 그러니까 복지원에 가서 노인들을 위해 3백 시간을 봉사한다던가 하는 현실적인 공약만 정치꾼들이 내걸어야 한다는 공동 지지성명을 채택하기도 했다.

법무장관은 "질서를 잘 지키는 시민이 오히려 손해를 보는 답답한 세상을 시원스럽게 때려 부수겠다"는 약속도 했다. "법을 만들어 놓기만 하고 그 위에 초월적 존재로 군림하며 불법주차 따위의 지극히 기초적인 질서 하나 제대로 지킬 줄 모르는 국회의원에서부터 기본적인 예절까지 무시하는 불결한 말단 시민에 이르기까지, 전 국민을 철저히 개화하여 그들이 과거의 무법·탈법 관행을 떨쳐버리고 법과 질서를 엄격히 준수하는 새로운 민족으로 다시 태어나도록 도와 인간성을 개조하겠다"는 취지에서였다. 그리고 장관은 이런 인간성 개조를 실현하려면, "현실적 사회주의를 기초로 삼아 이상국가를 건설한 싱가포르의 30년 독재자 리콴유(李光耀) 수상의 전철을 귀감으로 삼아야 한다"는 뚜렷한 이념도 만천하에 밝혔다.

그래서 3주일 전에 황송공화국의 법무장관이 입안하여 이튿날 대통령의 결재를 받아낸 혁명 법령 제 4769호를 살펴보면, 담배꽁초와 쓰레기를 몰래 버리는 자들은 집을 국유화한 다음 대형 공중(公衆) 재떨이나 쓰레기통으로 개조하여, 투기범들이 그 안에 갇힌 채로 오물을 뒤집어쓰고 살아야 하며, 거짓말을 하는 자들은 공업용 접착제로 입을 봉하고, 남의 집 대문이나 차고 앞에 얌체 주차를 하는 자들은 5년 동안 어디를 가나 자동차를 타는 대신 업고 다녀야 하고, 대포 통장을 만들어 파는 사람과 전화 사기범과 불량식품을 파는 중국인은 모조리 잡아다 30년 동안 소금에 절여 부패하지 않도록 예방하라는 처벌 규정을 정했다. 이렇게 확고한 법치가 이루어짐으로 해서, 언제 어디서 사기를 당할지 몰라 전전긍긍하며 살지 않아도 되는 세상이 황송 땅에 도래하여, 전 국민이 지금부터는 편안하고 조용하게 살아가리라고 정병군은 텔레비전 토론장에 나와 소상히 장담했다.

늦여름 바람에 얼굴 전체로 끈적거리는 땀방울이 기름처럼 번져 나오는 오늘은, 전깃줄 절도범들이 끌려 나와 고압선을 억지로 만지는 처벌을 받다가 아침 일찍부터 불타 죽었고, 오후에는 장뇌삼과 능이버섯 따위의 농작물을 훔친 도둑들이 끌려와 작두칼로 손목과 발목이 잘려나가는 끔찍하고도 극적인 장면이 연출되었다. 그러나 떡값 행사 때만 하더라도 관중이 와글거리며 가득 모였던 광장에는 이제 구경꾼이 별로 없었다.

첫눈이 살랑거리며 내리는 오늘은, 준비가 부족해서였는지 아니면 처형자 재고가 떨어져서였는지, 벌을 받으러 끌려나온 사람이 단 한 명뿐이었다. 기름유출 사고가 난 태안으로 자원봉사를 갈 사람들을 인터넷으로 모집한다며 회비만 챙겨 황송으로 도망을 왔다가 체포된 한국 재수생이 오늘의 유일한 구경거리로서, 그는 5백 톤에 달하는 시커먼 원유를 혼자 먹어치우느라고 연신 구역질을 했고, 그래서 오염된 광장바닥을 그는 조교의 군홧발에 채이면서 다시 혀로 핥아 먹었다.

어느덧 다시 한 해가 흘러갔고, 혁명광장을 빙 둘러가며 개나리가 미친 듯이 피어난 오늘은, 주말 행사의 구경꾼도 한 명뿐이었다. 변함없이 혁명기념탑 밑에 나와 앉은 주명복은, 아이들 장난을 방불케 하는 이런 유치한 법의 집행은 정말로 창의력이 결핍된 통치방법이어서, 좀스럽고 치사한 골목대장의 심통스러운 떼쓰기에 지나지 않는다고 믿었다. 리콴유가 싱가포르에서 어찌했던 그것은 주명복이 알 바가 아니었다. 러시아 계몽전제군주 에카테리나 여제의 흉내를 내려는 듯한 변웅호의 군사독재는, 새롭거나 혁명적이거나 실험적인 정신에 입각하여 정의를 실현하기는커녕, 독선적인 폭정일 따름이라고 그는 믿었다. 하기야 "독재가 정의를 실현한다"는 가설 자체가 애초부터 부조리했다.

<h2 style="text-align:center">스물셋   분쟁</h2>

　　변웅호의 솔섬 파견대가 전격적으로 황송공화국을 점령하고 나서 꼭 보름이 지난 1984년 2월 10일, 이웃나라 한국에서는 대단히 특이하고도 기나긴 쿠데타가 시작되었다. 17년 동안 철권통치를 하던 독재자가 중앙정보부장에게 암살을 당하자, 시해사건의 수사를 담당했던 전세환 소장은 보안사령관으로서의 막강한 수사권을 이용하여, 군부의 경쟁 실력자들을 차례로 잡아들여 제거하면서, 무려 6개월에 걸쳐 신군부를 이끌고 다단계 반란을 수행하고는 합법적으로 대권을 장악했다.

　　하지만 교묘하게 꾸민 합법성 각본의 속셈에 국민이 쉽사리 속아 넘어가지 않았고, 또다시 이어지려는 군사 독재에 광주 시민들이 적극적으로 저항을 전개하자, '화려한 휴가'를 나간 공수부대원들이 총칼로 민간인들을 학살하는 끔찍한 참극이 벌어졌다. '휴가'가 끝나고 신군부는 성공적인 광주 진압을 축하하는 샴페인 축하연까지 보안사령부에서 개최했지만, 국민의 반발은 수그러들지 않고 날이 갈수록 여러 도시에서 동요가 심해졌으며, 그래서 전 대통령은 다른 엉뚱한 사건으로 국민을 긴장하게끔 유도하여 군사 독재에 대한 저항의 결집력을 약화시킬 만한 어떤 위기 상황의 급조된 핑계가 필요해졌다.

전세환은 비무장지대에서 북한군과의 교전을 조작하여 유사 전쟁 분위기를 조성하고 싶었지만, 그 각본은 공수특전대를 광주로 출병할 근거를 마련하느라고 이미 써먹은 다음이었다. 그래서 전세환 정부는 비교적 만만한 황송공화국을 자극하기 시작했다. 변웅호는 전세환의 육군사관학교 후배였고, 그래서 실제로 전쟁을 일으킬 위험까지는 무릅쓰지 않으면서 황송의 변 대통령을 안전하게 도발하여, 적절한 수준의 위기 상황으로 몰고 가기가 어렵지 않겠다는 판단에 따라서였다.

한국 육군본부 인사참모의 이름으로 전세환은 우선 변웅호에게 전통을 띄웠다. "귀관 대한민국 육군 현역 변웅호 대령을 솔섬 파견대장의 보직으로부터 해임하고, 강원도 인제의 비로봉부대 연대장으로 명하니, 48시간 내에 부임 요망"이라는 내용이었다. 그러나 전세환이 미리 계산에 넣은 바와 같이 전통 한 장을 받고 호락호락 황송의 대통령 자리를 내놓고 강원도 산골로 달려갈 변웅호가 아니었다.

변웅호는 "웃기지 말라"는 뜻으로 한국 정부에 전역 신청을 냈다.

대한민국 육군은 그가 "시한 내에 연대장 보직을 받아 수행하지 않고 불복종 행위를 저질렀으므로, 변 대령에게 불명예제대를 시키겠다”며, 내친 김에 연금도 몰수한다고 일방적으로 통고했다.

변웅호는 가소로운 마음에 회신조차 하지 않았다.

한 주일 후에 한국 정부는 변웅호의 국적이 소멸되었다고 다시 통고했다.

변웅호는 이번에도 아무런 반응을 보이지 않았다.

다시 한 주일이 지난 다음 한국의 국방장관은 “변웅호 대령이 근무지를 이탈하여 무방비 상태가 된 한국의 영토 솔섬을 경비할 새로운 파견대를 보내겠으니 황송의 영공 통과를 승인하라”고 요구했다.

황송 국방장관 현대업은 “만일 영공 침범이 이루어지는 경우 기종을 막론하고 한국의 모든 항공기를 격추시키겠다”고 경고했다.

여기까지의 과정에서 전세환은, 초기 단계를 거치는 동안 만큼은 국민의 시선과 여론을 지나치게 자극하지 않고 건성으로 지나가야 유리하겠다는 판단에 따라, 소극적인 보도만을 계속하도록 한국의 언론 매체를 통제했다. 은근히 조금씩 잠재의식적으로 사람들의 정서를 길들여 훗날의 증폭된 충격에 적응시키려는 계산에 따라서였다. 그리고는 방송뉴스와 신문기사 제목의 길이와 크기를 점점 키우며 비슷한 내용을 반복적으로 국민 의식 속에 주입시켜 세뇌를 진행하면서, 불안감의 점강(漸降)을 도모했다.

하지만 이런 치밀한 기법에도 한국 국민은 쉽게 넘어가지 않았다. 신군부의 기만술이라는 것이 과거 박세환 정권의 오랜 독재시대에 걸핏하면 동원되었던 언론조작 음모로부터 별로 진화된 형태가 아니었기 때문이었다.

국민을 농락하는 데 실패한 전세환 정권은 더욱 효과적인 상황 설정이 필요했고, 그래서 훨씬 큰 칼을 뽑아들었다. 한국 정부는 중대한 정치적인 고비를 맞을 때마다 국민의 관심을 다른 곳으로 돌리려고 걸핏하면 뽑아드는 칼이 두 자루였는데, 그 하나는 북한의 도발 가능성을 과장하는 홍보 전략이었고, 다른 한 자루는 황송과의 영토 분쟁을 재연(再燃)시키는 편법이었다. 황송의 독립을 인정한 적이 없었던 한국 정부는 그래서 "영토를 몽땅 반환하라"는 케케묵은 요구를 다시 들고 나왔는데, 이번에는 "신속히 실시하지 않으면 전쟁도 불사하겠다"는 무성의한 공갈까지 곁들였다.

성미가 워낙 급한 변웅호는 깐죽거리며 약을 올리는 전법에 익숙하지 못했고, "심통이 나서 떼를 쓰는 치매성 늙은이처럼 똑같은 말을 자꾸 반복하면서 질질 끄는 놈들"을 지극히 싫어했다. 그래서 그는 잊을 만하면 한 번씩 땅 문제를 거론하고 나오는 한국 정부의 얄팍하고 치사한 버르장머리를 이참에 말끔히 고쳐주고 싶어졌다. 영원한 재활용이 가능한 문제를 그대로 남겨두고 싶지 않았던 변웅호는 고르디아스의 매듭을 단숨에 잘라버리겠다는 뜻으로 마주 칼을 뽑아들고, 한국 대통령에게 휴대전화로 문자를 보냈다.

"이왕 땅 얘기가 나온 김에 제안을 하나 내놓겠다. 아예 솔섬 지역을 우리가 돈을 주고 구입하겠으니, 앞으로는 황송의 독립을 인정하느니 안 하느니 더 이상 왈가왈부 주둥아리를 놀리지 말기 바란다."

한국의 독재자는 자극적이고, 도발적이고, 하극상적인 변웅호의 막말 문자 통지문을 받고도 크게 동요하지를 않았다. 하기야 하극상이라면 전세환도 한 가락 일가견이 뚜렷하던 인물이어서, 정권 찬탈 작업에 협조하지 않는다는 이유로 육사 선배인 참모총장을 일등병으로 강등시킨 찬란한 전과를 소유한 몸이었다.

전세환은 해결이 불가능한 분쟁의 불씨를 경솔하게 제거하기보다는 더욱 위험하게 키워나가야 자신에게 유리하다는 사실을 잊지 않았고, 그래서 "우리 땅을 사고 싶다면 500조원을 내라"는 무리한 조건을 제시했다. 그것은 4년 동안 황송공화국이 사용하는 예산의 총액에 해당되는 돈이었다.

최근 황송의 국가 경제가 둔화되어 솔섬 구입비를 조달하기가 난감했던 변웅호가 속 시원한 해결 방법을 찾지 못해 고민하는 사이에, 한국에서는 반정부 시위가 날이 갈수록 더욱 격렬해지기만 했고, 다급해진 전세환은 급기야 황송을 향해 다시 칼을 뽑았다. 그는 솔섬으로 파견대를 보낼 계획을 강행하겠다며 병력이 이동할 날짜까지도 국내외 언론을 통해 일방적으로 발표했다.

황송의 해안방위군 총사령관 민충수 제독은 "영공을 침입하는 외국 항공기는 국적을 불문하고 격추하겠다"는 의지를 재천명했다.

한국 대통령 전세환은 예고했던 날 07시에 파견대 병력을 태운 여섯 대의 시누크 헬리콥터를 선죽도에서 발진시켰다.

스물넷 **산행**

화창한 봄날의 연둣빛 숲이 설악산 백담사 주변으로 굽이치는 능선들을 온통 따뜻하고 흐뭇하게 뒤덮었고, 산철쭉과 영산홍과 진달래가 머리채를 연분홍으로 풀어 휘둘렀으며, 한국 경영인 총연합의 회장을 세 차례 연임하게 된 한재산은, 망명자라는 신분을 만방에 알리기 위해 얼굴의 절반 이상을 시커먼 안경으로 가리고는, 아흔여섯이라는 나이가 믿어지지 않을 정도로 정력적인 활개를 치며 3백 명의 한국 기업인들을 이끌고 수렴동 계곡을 올랐다.

오늘 그들이 개최한 등반회의의 유일한 의제는 날로 심각해지는 황송공화국 사태였다.

"세상이 이대로 간다면 우리 앞날이 어떻게 될지, 빤하게 안 보여?" 그의 배낭을 대신 짊어지고 앞장선 수행비서 김모시를 따라 골짜기 물길을 거슬러 오르며 한재산이 불특정 다수에게 말했다. "우리 앞날이 어디로 표류하여 흘러가는지가 안 보이느냐 이 말이야."

한재산이 부랴부랴 떠나온 황송의 밤과 이곳 설악의 화려한 아침은 삶과 죽음만큼이나 상극으로 대조적이었다. 요즈음 황송의 도시들은 일몰 이후에는 흑사병이 휩쓸고 간 죽음의 거리를 연상시켰다. 한국군이 솔섬을 탈환하겠다며 선죽도에서 발진시킨 여섯 대의 시누크를 황송 해안방위군이 위협공격을 가해 쫓아버린 일촉즉발의 위기상황을 넘긴 그날 밤부터 통행금지를 하루 12시간으로 연장했기 때문이었다. 변웅호 정부는 한국의 재침을 막겠다는 목적으로 내부 단속을 전시 수준으로 강화했고, 한국과 내통하는 자들을 색출한다면서 대대적인 예비 검속도 실시했다. 중요한 건물과 시설마다 장갑차와 무장한 군인들이 문 앞에 버티고 서서 눈을 부라리는가 하면, 시골에서는 이웃끼리 5인조 감시 체제를 갖춰 서로 의심하고 밀고하는 사이에, 앞뒷집에서 행방불명으로 사라지는 사람들이 속출하여 공포 분위기가 만연했다.

바람이 고요하게 가라앉아 아무것도 움직이지 않는 수렴동 계곡에서는 양지에 쌓인 낙엽더미를 헤치며 붓꽃과 산쑥과 작약이 나란히 솟아났고, 은은한 여름 안개가 자욱하게 깔린 숲길을 따라 새벽으로 걸어 들어가노라니까 온갖 크고 작은 통나무와 덤불이 수면에 얹혀 둥둥 떠다니는 늪지대가 나타났다.

그리고는 계곡을 한 굽이 꺾어 돌자 노란 풀밭이 활짝 넓어졌는데, 뱀들이 뒤늦게 겨울잠에서 깨어나 수백 마리가 몰려 나와서는, 안개가 걷히고 햇살을 받아 따뜻해진 바위에서 서로 뒤엉켜 짝짓기에 정신이 팔려 뒹굴었고, 축지법으로 접어놓은 듯 퍽 옹색하던 땅이 활짝 펼쳐지면서 성큼 여름이 다가왔다. 계곡은 분명히 폭이 1킬로미터를 넘지 못했지만, 앞으로 나아갈수록 고무줄처럼 거리가 늘어나는 땅이었으며, 공간만 늘고 줄어드는 것이 아니라 시간과 계절도 애매하게 좌우로 흔들려, 들꽃과 마당꽃이 질펀한 사이로 늦봄 추장새가 종종거리며 흙을 파헤쳐 먹이를 찾고, 용대리 쪽 개울가에 늘어선 미루나무에서는 여름 쓰르라미가 울었으며, 백담사 주변에는 한 뼘도 존재하지 않는 연밭 위에서 한낮에 반딧불이들이 하얗게 떼를 지어 춤추었다.

"재벌과 대기업은 예로부터 군벌과 정권의 만만한 밥이었다는 오랜 역사적인 사실이 빤히 안 보이느냐고." 한재산이 어지러운 계곡에 대고 화를 냈다. "우린 정권이 바뀔 때마다 새 임금에게 돈을 보따리로 갖다 바쳐야만 했지. 황송에서도 우린 이계산 정권에 돈을 차떼기로 실어다 전했고, 변웅호 정부가 들어서자 혁명을 강제로 기념한답시고 묻지마 재산 몰수를 당했는데, 그것도 모자라서인지 이제는 솔섬을 사들여야 한다느니 어쩌니 해가면서 변 대통령이 우리들한테 또 손을 벌리잖아. 도대체 우리는 언제까지 이렇게 고분고분 잡아먹히기만 해야 하는 거야?"

빨간 등산복 차림에 우쿨렐레를 치는 늙은 소녀가 지나가고, 금붕어를 물병에 담아 구경하며 어린 할아버지가 지나가고, 사발에 우뭇가사리를 담아 파는 인도네시아 행상이 지나가고, 독일 신발장수와 이스라엘 고리대금업자도 지나갔지만, 한재산은 그가 하는 비밀 애

기를 옆에서 지나가든 누가 듣건 말건 개의치 않았다. 오늘 등반에
참가한 기업인들 가운데 다수는 약탈을 계속하는 독재자 변웅호를
피해 건물과 시설만 황송에 남겨놓고는 거의 모든 유동재산을 챙겨
한국으로 겨우 빠져나온 사람들이었으며, 전세환 정권은 이들의 경
제력을 한국에 잡아두려는 욕심에 그들을 정치 망명객으로 마구 환
영하고 적극적으로 도와주었기 때문에, 한재산은 설악산에서까지
입조심을 해야 할 필요성을 조금도 느끼지 않았다.

　"그러나 장사꾼은 절대로 돈벌이를 포기하지 않으니까, 우린 온갖
뇌물을 쓰고 굴욕을 이겨내면서라도 변웅호 정권을 제거하고 언젠
가는 황송으로 꼭 금의환향 돌아가야 해. 우리 기업인들은 워낙 실
패의 위험과 시련에 익숙하잖아. 그러니까 눈물을 흘릴 시간을 아껴
재기할 준비를 그만큼 더 열심히 해야 한다는 사실이 안 보이냔 말이
야. 정치꾼들에게 아무리 돈을 뜯기고 군인들에게 아무리 짓밟혀
도, 우린 꿇지 말고 분연히 일어나야 한다고. 수많은 군벌과 정권이
서로 멱살을 잡혀 찢기고 무너진 다음에도 장사치는 영원히 살아남
는다는 역사적인 진리를 다시 증명하기 위해서라도 말이지. 그러니
까 우리의 앞날을 안전하게 보장할 묘책을 누가 좀 내놓으라고."

　관목들 사이로 끊어질 듯 이어지는 가느다란 실개천을 따라 반시
간을 더 들어가서는 검은 물이 가득 담긴 둠벙이 땅 밑에서 슬그머니
솟아올라와 나타났다. 우거진 말풀 사이로 새우와 올챙이가 헤엄쳐
돌아다니는 시커먼 물이 어째서 그리 맑은지 이상할 지경이었지만,
대열의 중간쯤에서 한재산 회장을 따라잡으려고 숨을 헐떡이며 걸
음을 재촉하던 백수건의 눈에는 그런 세상이 보이지를 않았다.

　혁명광장에서 2인3각 달리기 운동회로 끌려 나가 수모를 당한 직
후에 서둘러 한국으로 빠져나온 백수건은, 그가 당한 굴욕에 대한

복수를 기필코 하리라 맹세하고 변웅호 군사정부를 전복시킬 복안을 벌써부터 궁리해 왔었는데, 오늘 드디어 그 전략을 한 회장에게 일러바칠 허심탄회한 기회가 생겼고, 그래서 마침내 등반대의 선두까지 나온 백 사장은, 김모시 수행비서의 부축을 받고 숨을 몰아쉬며, 그의 웅대한 전략을 골짜기에 털어놓았다.

"돈밖에 가진 게 없다고 사람들이 아무리 우릴 비웃어도, 세상에 돈보다 더 강력한 무기가 어디 있겠습니까, 회장님? 그리고 군사정권이 내부분열을 일으키는 조짐이 나타나기 시작한 지금이야말로, 우리가 돈이라는 무기를 본격적으로 활용할 절호의 기회라고 전 생각합니다. 돈이라는 무기를 진짜 무기로 바꾸자는 얘기죠."

한재산이 백수건 사장에게 물었다. "어떻게?"

"조폭과 한패가 되는 겁니다. 신세계 사단의 조패구 회장은 해외로 도피하지 않고 황송에 눌러앉아 돌쇠들과 함께 필사 항전을 벌이겠다고 작정하고는 제 4구의 황야 모처에 마련한 지하 벙커에서 은신중인데, 이 사람이 군사정부를 타도하고 폭력조직을 복구할 목적으로 중무장을 시작했다고 합니다. 다음 주에는 시칠리아의 무기 밀매상이 황송으로 잠입하여 조 회장을 만나 방탄복과 탄약 공급에 관한 계약을 맺는다는 정보도 입수되었습니다. 차후에 신세계 사단은 북한으로부터 탱크도 완전히 분해한 상태로 밀수입한 다음 계룡산 숲속에서 재조립하여 서울로 진격한다는 계획도 수립했고요. 그러니까 우리들이 조 회장에게 군자금을 충분히 조달해 준다면, 우리가 짠 전략에 따라 움직이도록 신세계 사단에 대리전을 맡기는 길이 가능해집니다."

한재산 회장은 백수건의 제안을 거부했다. 한국에서나 마찬가지로 황송에서도 좌익 성향이 농후한 몇몇 시민단체들의 여론몰이 때문에 국민들 사이에서 반기업 정서가 그렇지 않아도 팽배한데, 군사 독재를 타도한답시고 경제계가 범죄 조직과 노골적으로 결탁한다는 위험한 발상은 받아들이기가 곤란하다는 이유에서였다. 더구나 조폭에 지나치게 의존했다가 어느 시점에 이르러 그들에 대한 통제력을 잃는다면, 폭력업자들이 거꾸로 들이댈 칼날을 재계가 어떻게 피하겠느냐는 우려 또한 무시할 처지가 아니었다.

"그렇게 빤한 파탄의 가능성이 백 사장의 눈에는 안 보이느냔 말이야." 한재산이 보리밭 종달새에게 소리쳤다.

<h2 style="text-align:center">스물다섯 비자금</h2>

"더 이상 무슨 말씀을 드려봐도 아무 소용이 없겠군요." 대통령 비서실장 진무성 중령이 포갰던 다리를 풀면서 목설구에게 말했다.

검소한 군대식 응접실은 대형 정물화 같은 인상을 주어서, 그들이 마주 앉은 탁자에는 유리 물병과 두 개의 잔이 쟁반에 얹혔고, 그 옆에는 사용하지 않은 재떨이가 달랑 하나뿐이었다. 창문이 없는 하얀 벽에는 군복 차림인 변웅호 대통령의 고집스러운 사진 이외에는 아무런 장식도 없었다.

면도를 말끔히 했어도 목설구는 거의 3년째 옥살이를 치르느라고 수척한 몸이 왜소해지면서 어깨의 폭까지도 절반으로 좁아져 초췌하기 짝이 없는 모습이었지만, 이제는 평온한 체념의 마음을 찾은

듯 조금도 두려워하지를 않아서, 연못처럼 차분한 표정이었다.

지난 두 달 사이에 목설구는 세 차례나 황송구치소에서 비밀리에 이 방으로 불려와 진 중령과 면담을 했는데, 오늘도 반시간이 다 가도록 비자금의 행방에 대해서는 무겁게 함구했다. 처음 끌려왔던 날은 불안한 마음이면서도 목설구는 전직 국무총리로서의 품위를 잃지 않으려는 기세가 분명했고, 두 번째는 비자금을 내놓건 말건 결과는 마찬가지이기 때문에 이왕이면 손해를 안 보는 쪽으로 마음의 가닥을 잡은 듯싶었다. 그리고 마침내 오늘, 그는 자신의 죽음을 기정사실화하고는, 그를 죽이려는 자들에게 손톱만큼도 협조하지 않으려는 태도가 단호해졌다.

"하기야 협조를 안 하시리라는 건 벌써부터 예상했지만요." 진무성이 덧붙여 말했다.

변웅호 대통령이 목 총리를 지금까지 살려두었을 뿐 아니라 세 차례씩이나 불러다 "말로 잘 설득하라"고 예외적인 참을성을 보였던 까닭은 현 정부가 그만큼 경제적으로 궁지에 몰렸기 때문이었다. 그러나 진무성은 머지않아 대통령의 인내심이 바닥을 보이리라고 예상했다. 황송공화국의 건국 이래 수많은 기업인들로부터 목설구가 엄청나게 많은 비자금을 긁어모았다는 확실한 정황은 이미 다각도로 포착되었으나, 스위스 은행과 미국의 로스앤젤레스와 샌프란시스코와 시애틀과 타코마 그리고 국내외 각처에 여덟시 방향으로 치밀하게 은닉해둔 그의 재산을 찾아내어 몰수하려는 몇 차례의 노력이 별로 성과를 거두지 못하자, 변 대통령은 목 총리의 생명을 담보로 은근한 협박을 벌이도록 진 중령에게 분명히 지시했었다.

"아무 대답도 안 하시는 걸 보면 마치 죽음을 각오하신 분 같군요." 비서실장이 빤한 위협을 반복했다. "각하께도 그렇게 보고를 드리겠습니다."

목설구의 비자금까지도 정부에서 다급하게 필요로 할 만큼 절실해진 황송공화국의 경제난은 단순한 계산착오에서 시작되었다. 변웅호는 새로운 이상국가의 건설을 방해하는 주적이 부도덕한 낡은 세대 보수 진영이라고 간주했다. 진무성 자신도 오래전부터 그렇게 생각했었기 때문에 당연히 그는 기성세대의 파괴에 열중하는 변웅호의 기본 정책을 아낌없이 지지했다. 경제활동이 어느 정도 위축되는 한이 있더라도 그들에게는 우선 도덕적인 사회를 건설하는 일이 급선무였다. 이러한 지도부의 정신을 충성스럽게 실천했던 군사정부는, 어리석은 순수함을 최고이면서도 유일한 미덕으로 착각하여, 미래의 경제를 이끌어나갈 후계 세대를 키우는 노력을 소홀히 했고, 그래서 이런 결과가 빚어졌다고 진무성은 믿었다.

서울역의 어느 노숙자는 작년 성탄절 텔레비전 경제특집 〈길거리 인터뷰〉에 나와서 "가족을 미워하여 하나 둘 쫓아내다 보니, 처자식들은 밖에서 똘똘 뭉쳐 지금은 오리곰탕 전문 음식점을 하며 저희들끼리 잘들 살건만, 반대세력을 다 몰아낸 나만 이제는 거렁뱅이 외톨이가 되었다"고 하소연했었는데, 변웅호 정부도 마찬가지로, 결국 군대 말고는 우호세력이 전혀 없는 소수파가 되고 말았다. 지지하는 세력의 기반이 없어지면 정권은 짚으로 속을 채운 허수아비에 지나지 않았다.

변웅호 독재 정부의 도덕성 공격에서 첫 목표였던 '부정축재 재벌'들은 군벌이 확산시키던 반기업 정서가 부담스러워 활동을 중단하며 곧 동면기로 들어갔고, 기업 활동의 침체는 세원(稅源)의 고갈로 이어졌다. "경제를 살려야 백성이 살고, 백성이 행복해야 정권이 안정된다"는 만고불변의 진리를 뒤늦게 깨닫고, 체포했던 거물급 기업인들을 정부에서 하나 둘 풀어주었지만, 한재산을 위시한 경영인들은 "이때로구나" 싶었는지 남은 재산을 챙겨 서둘러 한국으로 빠져나가서는 돌아오지 않았다.

대통령의 두뇌 노릇을 하면서 군사를 제외한 거의 모든 방면의 정책을 대신 생각해 주던 진무성은, 한국 최고의 민족적 영웅인 박세환 대통령에게 항거하는 거대한 세력이 왜 생겨났는지를 면밀히 반추한 다음, "국민을 탄압하면 반동이 생기고, 반동을 억누르려는 탄압이 강해지면 반동세력은 적군이 된다"는 결론을 얻었으며, 그래서 군사정부가 몰수한 재산을 기업인들에게 돌려주려는 유화 계획까지도 세워보았지만, "내가 나약해지면 적에게 더 많은 기회를 줄 뿐이다"라고 우기는 변웅호의 강경한 인식을 꺾지는 못했다.

사람도 한 곳이 심하게 아프기 시작하면 서서히 온몸으로 병이 퍼져 쇠약해지다가 결국 죽음을 맞아야 하듯이, 경제가 피폐해지면서 황송은 각 분야로 몰락의 충격이 전염되었다. 무지막지한 광장 통치의 결과로 기업인들 말고도 개방적인 사고방식을 섬기는 지식인과 문화인 그리고 다른 여러 분야의 우수한 인력이 계속해서 유출되어 국력이 더욱 시들었으며, 이제는 일단 떠난 자들을 다시 불러들이려고 어떤 효율적인 정책을 수립하기에는 이미 때가 너무 늦어버렸다.

경제 동면이 몰고 온 이러한 갖가지 부작용은 왕성한 곰팡이처럼 퍼져서, 국내기업이 위축되는 꼴을 보고 외국기업들도 덩달아 철수를 시작했고, 국고가 빈약하다는 사실을 눈치 챈 미국과 프랑스의 방위 산업체들은 그동안 연체된 막대한 무기 구입비를 일괄 청산하라는 독촉을 시작했다. 미국의 경우에는 한 술 더 떠서, "아메리카 정권은 우익이기만 하면 전 세계 어떤 독재자와도 손을 잡는 한통속"이라는 국내외 여론의 압력에 밀리던 나머지 황송의 인권 문제를 의

회에서 요란히 거론하기에 이르렀으며, 그나마 중국과 동남아 그리고 북유럽을 상대로 미미하게 계속되던 황송의 수출 거래에 대한 대금 결제 또한 변웅호 정권 존속의 불확실성을 빌미로 시간을 질질 끌며 자꾸 뒤로 미루는 나라들이 늘어났다.

"아마도 이제는 총리께 다시는 면담의 기회가 주어지지 않을 테니까, 오늘로서 우리들의 만남은 마지막이 되겠군요." 진무성 중령이 탁자 아래쪽에 달린 초인종을 눌러 비서관을 부르면서 말했다.

말은 그렇게 했으면서도 정작 속이 답답한 사람은 진 중령 자신이었다. 그는 정권 존망의 위기가 이제부터 훨씬 빠른 속도로 본색을 드러내리라는 불길한 예감을 느꼈다. 눈에 보이지 않는 원리원칙 도덕성을 추구하는 사이에 눈에 보이는 경제적 궁핍만 국민에게 가져다준 군사정부는 그들이 모르는 사이에 패망의 본격적인 수순을 이미 밟기 시작했다. 이럴 때는 위기의 본질을 실감해야 제대로 대처하겠지만, 최고통수권자에게는 그런 차분한 현실 감각이 결여되었고, 그래도 조금씩 뒤늦게나마 사태를 파악해 나가던 진무성에게는 걷잡기 어려울 정도로 악화되기 전에 수습하여 탈출구를 마련할 탐탁한 방안이 어디에도 보이지 않았다.

황송 주변의 국제 정세 또한 날이 갈수록 악화되기만 했다. 솔섬 주둔군 파병 및 영토반환 청구문제로 더욱 긴장된 황·한 대치상태는 500조원의 땅값을 내놓기 전에는 해소될 기미가 보이지 않았다. 이러다가 만일 미국 다국적군이 제공하는 핵우산이 갑자기 사라져 황송의 방위 체제가 무너질 순간이 닥치면, 변웅호라는 위협적인 존재를 지금처럼 지배력이 약화된 호기에 제거하려는 기회를 벌써부터 모색해오던 한국이 언제 전쟁을 걸어올지 알 길이 없었다.

그런가 하면 중국은 동북공정의 일환으로 민간 학술단체들을 동원하여 황송이 그들의 영토라는 새로운 주장을 갑자기 내밀기 시작했다. 그들의 주장은 공화국 독립 준비위원회의 이차돌 조사관이 2005년에 내놓은 가설에서 지질학적 근거를 찾았다. "중국 황하의 삼각주에서 모래가 바다 밑으로 스며들어 해저의 맥을 타고 황해를 건너와 솔섬을 밀어 올렸다"는 이차돌 보고서의 내용을 중국 정부가 최근에 입수하고는 "중국의 흙과 모래가 유입된 섬은 중화민국의 소유"라면서 영토 되찾기 작업에 착수했는데, 중국의 실리적인 속셈은 물론 황송공화국과의 전쟁을 불사하겠다는 협박을 앞세워 미국의 서해 진출을 막아보려는 목적이 우선이었다.

초인종 소리를 듣고 달려온 비서관이 바깥에서 응접실 문을 두드렸다. 진무성은 목 총리가 구치소로 돌아가야 하니까 차에서 대기 중인 호송 교도관들을 들여보내라고 지시했다.

목설구가 몸을 추슬러 일으키며 옷매무새를 가다듬었다. 진무성의 눈에는 그가 돌이키지 못할 마지막 결정을 내린 망령처럼 보였다. 그리고 다른 망령들도 그의 주변에서 함께 어른거렸다. 앞으로 닥쳐올 미래의 상황들이, 초췌한 죄수 목설구와 함께, 망령의 모습을 하고 주섬주섬 따라 일어섰다.

조패구의 신세계 사단이 외국으로부터 밀수입한 무기를 제4구 모처에 잔뜩 쌓아놓고 내전을 시작할 날을 어디선가 소리 없이 기다리는가 하면, 지난 14개월 동안 겨우 2mm를 기록한 강수량으로 극심한 가뭄과 기근에 시달리는 백성은 빈약한 복지정책에 대한 항의를 쏟아내고, 흉흉한 민심은 여기저기서 봉기를 다짐하는데, 이러다가 내란이라도 일어나면 주변 국가들이 개입하여 확전으로 치닫다가 ….

응접실 문이 왈카닥 열렸다. 하지만 문간에 나타난 사람은 호송 교도관이 아니라, 변웅호 대통령이었다. 적와대에서 아직 출발하겠다는 연락조차 알려오기 전이었지만, 모자까지 쓰고 군복 차림으로 나타난 변 대통령은, 다짜고짜 목설구를 노려보며 진무성에게 물었다.

"협조는 하겠대?"

"어렵겠습니다." 비서실장이 말했다.

오늘에서야 변웅호를 처음으로 직접 대면한 목설구 총리는 신기하다는 듯 멍한 표정으로 군인 대통령을 물끄러미 쳐다보았다. 목설구의 눈에는 증오나 원한, 그리고 공포나 슬픔조차도 없었다. 아무 느낌이 없는 그의 퀭한 시각은 물론 8시 방향을 향했다.

"한데 이 자식은 사람이 얘기를 하면 똑바로 쳐다보지 않고 왜 기분 나쁘게 삐딱한 눈으로 흘기는 거야?"

화가 잔뜩 난 변웅호는 권총을 뽑아 목설구를 향해 연달아 다섯 발을 쏘았다.

스물여섯 　수렴동

한국 경영인 총연합 한재산 회장이 시커먼 여름 안경으로 망명의 얼굴을 절반이나 가리고 3백 기업인을 이끌고 화창한 봄날 설악의 수렴동 계곡에서 시작한 산행은 어느덧 가을로 접어들었고, 황송의 변웅호 정권을 무너뜨릴 다양하고 효과적인 의견의 수렴도 순조롭게 계속되었다. 조패구 조직과 손을 잡고 기업인들이 단결하여 군사

정부를 타도하자는 허름한 발언을 했다가 면박을 당하고 백수건 사장이 물러난 다음에는 구참 사장이 선두로 올라와서 한 회장에게 파괴적인 제안을 하나 내밀었다.

심부름센터에서 갈고 닦은 뒷조사 실력으로 국회의원 보좌관까지 지낸 구참은 1984년 2월 황송에서 혁명이 터지자 방마돌 의원에게 짤막한 전화 한 통화만 남기고 홀연히 행방을 감추고는, 아무래도 격동기 정계로의 괄목할 만한 진출이 여의치 않을 듯싶어 한국으로 나와서 경기도 고양군 견주면 해파리의 엿공장을 인수해 그동안 쌓아온 정계의 인맥을 타고 머지않아 기업인으로 크게 성공하여 새로운 재벌로 급속히 성장하겠다는 꿈에 한껏 부풀어 지냈는데, 오늘은 평상시의 조급하고 편협한 성격과는 달리 무척 대담하고 긴 안목이 담긴 전략을 내놓았다.

"변웅호 정부에서 저지른 가장 심각한 실책은 언론분야에서입니다, 회장님. 그리고 이런 치명적인 적의 실수를 우린 절호의 기회로 삼아야죠, 회장님. 정권을 장악하고 권력을 제멋대로 휘두르려면 언론부터 길들여 등에 업어야 하는데, 회장님, 그것은 강압적인 힘이 아니라 공감대를 통한 길들이기여야 합니다. 그런데 변웅호 정부에서는 그렇게 하질 못했습니다, 회장님. 아시다시피 변웅호 정부는 독재 정권에 우호적인 《황송혁명신문》과 군인들에게 배포되는 《전우신문》만 남겨놓고는, 회장님, 건국 이래 우후죽순 창간된 나머지 13개 일간지를 제멋대로 통폐합시키지 않았습니까, 회장님? 본디 권력친화적인 성향이 농후한 텔레비전까지도 채널을 하나만 남겨놓았고요. 비판적인 언론은 아예 말살시키자는 언론선진화 계획에 따라서 말입니다, 회장님.

따라서, 독재 정권 덕택에, 우리들이 해결해야 할 일이 아주 간단해진 셈이죠, 회장님. 국민의 의식화라는 미명으로 물밑에서 우리가 벌이게 될 공작에 동원해야 할 대상 신문이, 회장님, 《황송혁명신문》 하나만 남고 다 없어졌으니까요. 《전우신문》은 군대의 기관지일 따름이고, 회장님, 여론을 이끌기보다는 청소년층의 오락기구 노릇밖에 할 줄 모르는 텔레비전, 그리고 TV 광고료 수입에 의존하는 라디오 방송은 신문이 기울어지는 쪽으로 저절로 기울게 마련입니다, 회장님.

현재 《황송혁명신문》은 일방적인 국정 홍보에만 지나치게 열중하는 바람에, 회장님, 독자들이 외면하여 판매 부수가 급감했습니다. 재정난이 어찌나 심한지 정부의 지원이 없으면 곧 자진 폐간이라도 해야 할 입장이랍니다, 회장님. 그러니까 우선 우리 기업인들은 일차적으로 《혁명신문》에 광고를 주지 않아 경영난을 더욱 부추겨 반쯤 고사시킨 다음에, 회장님, 지하 컨소시엄을 만들어 《혁명신문》의 주식을 조금씩 분산 구입해서 경영권을 비밀리에 장악하는 한편으로 말입니다, 회장님, 편집국 내부에서 반기를 들 만한 역모세력을 키워나가면 됩니다. 그러면, 회장님, 자연스럽게 언론의 자유를 수호하려는 젊은 기자들이 편집권을 부활시키려는 투쟁을 시작하겠죠. 이렇게 언론이 물귀신처럼 군사정부의 발목을 잡고 밑에서 끌어내리는 사이에, 회장님, 우리는 위에서 머리를 쳐 잘라내는 결정타 작전을 하나만 구상해 내면 문제가 쉽게 풀리리라고 생각합니다.”

화창한 봄날에 늦가을 단풍이 사방에서 타오르는 산길을 얼마쯤 더 올라갔더니 패랭이꽃과 목련과 수선화와 나팔꽃이 우거진 숲을 따라 높이 늘어선 키다리 해바라기들이 까만 수박씨를 퉤퉤 허공에다 뱉었고, 양철 덜덜이 기계를 지게에 진 솜사탕 장수가 마나슬루로 출발하기에 앞서 훈련에 나선 등반대를 추월하여 봉정암으로 발길을 서둘렀고, 병 속에 개미를 키우는 유치원 아이도 발랑거리며 가파른 산길을 부지런히 올랐다.

노란 칠판을 들고 과외 수학여행을 와서 영어공부를 하는 초등학생들이 떼를 지어 봉정암으로 향했고, 영어 조기교육에 애국적으로 정진하는 그들 어린 등산객들의 물결 속에서 깊은 상념에 잠겨 묵묵히 산길을 오르던 건장한 고등학생 한 명이 옆에서 지나가다가 구참의 말을 우연히 듣고는 의견 수렴에 참견했다.

"외람되게 한 말씀 드리겠습니다만, 속이 빈 쭉정이 언론《혁명신문》을 이제 와서 접수하기보다는 지하신문으로 묵묵히 기초를 튼튼히 닦아온《목소리》와 미리미리 세력을 연대하는 편이 훨씬 현명한 투자가 되리라는 생각이 드는데요."

몇 발자국 앞장서서 행군하던 한재산이 송충이처럼 짙은 눈썹을 가운데로 모아 미간을 좁히고 얼굴을 찡그리며 "왜 그렇게 생각하느냐?"고 물었다.

"언론이란 지하로 들어가면 통제하기가 어렵기 때문에 게릴라 세력으로 돌변하기가 쉽습니다." 어려서부터 검술로 몸집을 단단하게 다진 어느 고등학생이 제갈공명처럼 선견지명하게 제언했다. "정규전에서 직접 얼굴을 보며 싸우면 적이 아무리 대군이라도 구체적인 반격의 대책을 세우기가 가능하지만, 보이지 않는 적과의 유격전은 전면전보다 훨씬 힘들죠. 그러니까 우군을 얻으려면 노출된《혁명신문》보다 잠행하는《목소리》를 포섭해 두는 편이 훨씬 유리합니다." 그는 대청봉 너머로 미래를 잠시 살펴보고는 한 마디 덧붙여 충고했다. "제가 인터넷으로 뒷조사를 해 봤더니《목소리》의 발행인 이상국은 언젠가 틀림없이 어떤 큰일을 벌일 인물이라고 사료됩니다. 그런데 지하언론은 재정이 당연히 빈약하여 지금쯤은 틀림없이 많은 어려움을 겪을 테니까, 이럴 때 자금을 조금 지원해 준다면 훗날 재계를 대변할 세력으로 《목소리》를 길들이기가 별로 어렵지 않을 거예요.”

한재산이 고개를 떨구고 잠시 골몰히 명상하더니, 맷돌만큼이나 무거운 머리를 천천히 끄덕였다. 하지만 이름이 무엇인지 물어보려고 한 회장이 얼굴을 들었을 때는 제갈호공(諸葛壺公)이 이미 등산객들 사이로 종적을 감춘 다음이었다.

호공 학생은 쌍문동에서 뒷골목 미술학원을 운영하는 제갈순애(諸葛純愛)의 외아들이었다. 그는 아침 산책길에 나서 우이동 백운대를 오르다가 길을 잘못 들어 설악산 수렴동 계곡에서 운명의 장난으로 한재산을 만났지만, 얼굴을 검은 안경으로 절반이나 가린 아버지를 호공은 알아보지 못했고, 평생 한 번도 본 적이 없는 사생아를 한재산 또한 전혀 알아보지를 못했다.

스물일곱 재교육

혁명회관 부속건물인 기념품 매점의 처마 밑에서 비를 피하며 재교육 훈련 현장을 오늘도 변함없이 꼼꼼히 취재하는 이상국의 마음이 몹시 우중충했던 까닭은 지리한 장마철 날씨 탓만은 아니었다. 온통 회색으로 젖어버린 을씨년스러운 광장에서 이번 주말에 열리는 재교육 종목은 이미 몇 차례 크게 흥행에 성공했던 “매달아 돌리기"의 재탕이었지만, 이제는 구경꾼이 별로 없어서 축축한 잿빛 분위기가 온통 썰렁했다. 폐쇄된 국회의사당 앞에 신문지를 깔고 앉아 낮술에 취해서 심심해하는 노숙자 50여 명이 관객의 전부였다.

이번 주말의 재교육자들은 어린아이 유괴범 50명과, 장례식장이나 결혼식장에서 돈 봉투를 훔치다가 CCTV에 걸린 좀도둑 180명, 그리고 비둘기나 메뚜기를 당국의 허락도 없이 잡아먹은 밀렵꾼 20명이었다. 1개 중대 병력의 진행 요원들은 동틀 녘에 그들을 단단히 포박하여 끌고 나와 두 발목을 올무로 묶어서 십자가 말뚝에 대롱대롱 거꾸로 매달아 놓고는, 행사가 공식적으로 시작되는 09시부터 그들의 입과 콧등을 망치로 두들겨 주저앉혔다. 재교육자들이 정신을 잃거나 목숨이 끊어져 죽은 물개처럼 축 늘어지고 나면, 재교육자들의 손목을 묶은 밧줄을 진행 요원들이 밑에서 30분에 한 차례씩 휘잡고 돌렸다. 그러면 으깨진 입과 코에서 썩은 피가 뿜어져 나와 광장 바닥에서 빗물에 섞여 흘러내렸고, 빈 의자들만 즐비하게 늘어놓은 지휘본부 천막에서는 녹음을 해놓은 정병군 법무장관의 연설이 하루 종일 반복되었다.

"… 법과 질서는 행복한 사회의 첫 번째 전제 조건이라고 확고하게 믿기 때문에 본인은 CCTV가 인권 침해의 상징이라고 비난해온 자들을 독재 국가 비판죄로 모조리 체포하겠다는 실행령을 선포한다. 잘못을 저지르지 않는 정직한 시민이라면 어떤 감시도 두려워하지 않으므로, CCTV의 감시를 받을까봐 불안하다고 불평하는 자들은 잠재성 범죄자로 간주하여 예비검속을 병행하겠다. 무책임함을 자유라고 우기는 자들, 기본만이라도 잘 지키면서 살아가려는 모범 시민들을 서툰 완전주의자라고 비웃는 자들은, 행복지수가 세계 최상위권인 싱가포르 사람들이 자신의 안녕과 평화를 얻는 대가로 그런 사소한 제약은 기꺼이 감수한다는 사실을 다시금 명심하기 바란다.”

후텁지근한 도살장 같은 장마철 풍경을 굽어보면서 이상국은 변웅호 정부가 맹렬하게 추구해온 공공 도덕성의 개념이 로베스피에르의 공하정치(恐嚇政治, La Terreur)를 만화로 재생한 듯싶은 극단적인 폭력 통치의 변칙적인 한 가지 형태라고 생각했다. 종교나 사상의 원리주의자들이 자행하는 폭력은 건설이 아니라 파괴일 따름이고, 혁명은 필연적으로 발전이 아니라 퇴락을 불러온다는 현실을 이상국은 한국에 이어 황송에서도 재확인하는 중이었다.

이런 만행이 과연 진무성 상벌위원장의 이상주의적 신념을 얼마나 충실하게 반영했는지는 알 길이 없었다. 그러나 변웅호의 통치에 별다른 저항을 보이지 않고 진무성이 적극적으로 기여해 왔음은 누가 보더라도 분명한 사실이었다. 지극히 무능한 통치자에게도 간신배는 몰리고 폭군에게도 충신과 추종자는 따르는 법이어서, 진무성은 어쩌면 한국의 군사 독재자들을 종교적 교주처럼 모시던 ‘측근’ 진영의 군대식 충성심을 행동 지침으로 삼았는지도 모른다. 하지만 혹시 진무성이 꿈꾸었던 이상향이 진심으로 이런 모습이었다면, 그리고 골고다의 전우가 맹목적인 간신배라면, 이상국은 그를 적으로 분류할 수밖에 없었다.

가을로 접어들어 낙엽이 우울하게 흩날리던 혁명광장에서는 개발 지역에 가건물을 지어 보상비를 타 먹으려다 적발된 사람들이 끌려나와 문제가 된 건물을 헐어낸 폐비닐과 건축 자재를 억지로 먹어 치우는 재교육을 받느라고 고생이 심했으며, 다른 한쪽에서는 약값을 속여 과다한 건강보험료를 타먹은 의사들이 줄지어 무릎 꿇고 앉아서 허위로 청구한 액수만큼의 처방 약을 꾸역꾸역 주워 먹거나 수십 대의 불필요한 주사를 한꺼번에 맞느라고 오만상을 찌푸렸다.

즐비하게 늘어놓은 빈 의자에 낙엽만 차곡차곡 쌓이던 지휘본부 천막에서는 녹음을 해놓은 정병군 법무장관의 연설이 하루 종일 반복되었다.

"무엇 하나 제대로 돌아가지 않는 세상을 제대로 개조하려면, 정부 당국에서는 규칙을 지키는 시민들의 인권이 범죄자들의 인권보다 훨씬 중요하다는 원칙을 지극히 당연하게 생각하도록 국민을 훈련시켜야 하며, 벼룩이나 빈대 같은 파렴치 범법자들은 국가에서 보호할 필요나 가치가 조금도 없음을 또한 밝힌다. 인권은 인간의 권리여서, 인간다운 자격을 갖춘 자들만이 누리도록 하겠다. 확고한 군사 철학이 다스리는 독재 공화국에서라면, 질서를 무시하고 불법 행위를 저지르는 자들이 준법하는 시민들보다 잘났다고 더 큰 소리로 시끄럽게 떠들어대는 원시적인 행패를 용납하지 않아야 옳다고 본 법무장관은 굳게 믿는다."

모처럼 화창한 날씨에 고물 유모차를 밀고 광장공원으로 나들이를 나온 할머니들이 산책로를 오갔고, 지난 여름부터 주말마다 꼬박꼬박 행사장에 모습을 보이던 괴이한 개신교 선교사는 오늘도 "주 예수를 믿으라!"고 부지런히 외치며 재교육을 받는 죄인들 사이로 돌아다녔다. 광장의 명물이 된 선교사는 손이 셋이어서 별명이 '삼손'이었다. 미간에 십자가 문신을 그려 넣고 검은 안경을 쓴 삼손은 한 손에 검정 성경을 들고, 다른 손에 검정 가방을 들고, 세 번째 손으로는 "말세로다! 주 예수를 믿으라!"는 핏빛 붉은 글씨가 적힌 높다란 검정 팻말을 무당처럼 흔들어대었다.

지휘본부 천막에서는 녹음을 해놓은 정병군 법무장관의 연설이 하루 종일 반복되었다.

"변웅호 독재 정권은 폭력의 희생자인 약자를 보호하려는 정책으로 일로매진하겠다. 공공건물을 폭파하겠다는 전화를 건 공갈범들을 모조리 붙잡아 끌고 가서 그들의 집을 국가에서 폭파하고 났더니 다시는 그런 공갈범이 재발하지 않았다는 웅변적인 사실은 무엇을 증명하는가? 주말 재교육을 실시한 결과로 요즈음 잡범이 급감했다고 기뻐하며 전국 방방곡곡의 농악대가 어제 혁명광장에 모여 축하 공연을 거행하는 감동적인 광경을 여러분은 텔레비전을 통해서 보지 않았던가? 질서는 자유를 박탈해야만 유지가 가능하다.”

첫눈이 살랑대며 혁명광장에 포근하게 내리던 날에는 방화범들의 공개 화형이 거행되었다. 재교육 행사 요원들이 23명의 죄수를 중세 마녀처럼 장작더미 위에 세운 말뚝에 묶어놓고는 자동차 정비공장에서 수거한 폐유를 재교육자들의 온몸에 끼얹은 다음 불을 활활 질렀다. 산책로를 오가는 청춘 남녀들은 주말 재교육 행사에 워낙 면역이 잘 되어서인지, 불타는 피부에서 물집이 폭폭 터지는 소리가 아예 들리지도 않았지만, 기성세대에게는 지글지글 살이 타는 악취가 어찌나 고약했는지 광장 주변의 공동주택 값들이 몇 시간 만에 절반으로 폭락해버렸다.

지휘본부 천막에서는 녹음을 해놓은 정병군 법무장관의 연설이 하루 종일 반복되었다.

설악의 수렴동 계곡에서 시작한 한국 경영인 총연합의 산행은 이 듬해 봄이 되어서야 비선대에 이르렀고, 선두에서 한재산 회장과 3백 기업인들이 황송의 변웅호 정권을 무너뜨릴 막연하고도 무성의한 대책을 다양하게 강구하는 동안, 후미에서는 하니가 3백 명의 젊은 여성들로 구성된 연예대(演藝隊)를 이끌고 부지런히 뒤따라가며 이동 강연을 계속했다.

"국민 스타가 되려면 탤런트 인프라가 노 해브 굿이어도 오케, 아트 센스 노 해브여도 노 프로블럼이야. 스폰 하나만 잘 미트해서 성형수술 펀드 인 마이 포켓하여 마스크를 럭셔리하게 체인지만 베스트하면, 만사 오케 오 마이 갓이라고. 드라마에 캐스팅되거나 예능 푸로의 엠씨를 두 굿하려면 텔레비전에서는 액팅 신동보다 우선 마스크 사이즈가 스몰이어야 패셔너블해. 그러니까 압구정 불법 성형외과에 가서 두개골부터 미니 사이즈로 보링하고 얼굴에서 워러를 바싹 제거한 다음 짜디짠 간장에 헤드를 통째로 스팀하여 사이즈를 호두알만큼 리틀하게 메이크만 하면 미션 피니시라니까."

하니는 각계각층의 워낙 많은 유명 인사들과의 복잡한 교분 관계를 다각도로 활발하게 수집했기 때문에 집단적인 행동을 과민하게 통제하던 황송 혁명정보부의 주요 감시 대상이었고, 그래서 "얼마 동안 외국으로 피신하여 유학을 하며 박사학위라도 하나 더 따오라"는 어머니 아랑도사의 충고에 따라 2년째 한국에 체류 중이었다. 그녀는 미국에 존재하지도 않는 하밧대학교의 한국 유령 자매교 허벅

대학에서 현재 학위논문을 준비하지 않는 중이었으므로, 워낙 한가하게 많이 남아도는 시간을 생산적으로 활용해볼 생각으로 최근 두 달 동안의 가짜 연예인 행세 경력에 크게 힘입어 요즈음에는 신인 텔레비전 여배우들의 성매매를 도와주는 행사를 조직하고 여성 인력을 동원하는 '마담 뚜' 일정에 쫓기며 매우 바쁜 나날을 보냈다.

"마스크 체인지 석세스하면 기획사 스폰들한테 와인 시중 헬프하면서 방송사 피디들한테 무릎과 무릎 사이 와이드 오픈하여 캐스팅 기브 미하기 쉽지. 그래서 텔레비전에 데뷔 오케하기만 굿하면 스포츠 신문 연예기자들 미팅하면서 멋진 바디 랭기지로 섹스 서비스 베리 굿 올인하라고. 그러면 빅 스타 되기가 오 마이 갓 이지하다니까. 그런 스타일로 오버나잇 석세스하고 싶은 에브리바디는 바디 랭기지 열심히 스터디해야 하는데, 투데이는 그 트레이닝 해브 예스할 스케줄이니까 원샷 파이팅하길 바래고 싶은 것 같아."

계곡을 따라 개나리와 살구꽃과 벚꽃과 배꽃과 복사꽃과 열두 가지 화투꽃이 산들바람에 휘돌고, 까치가 산수유를 쪼아 먹고, 청설모가 진달래를 따서 먹고, 이사 갈 새 집을 장만하려고 딱따구리가 나무를 쪼고, 토종 벌꿀이 도토리를 자루에 주워 담느라 분주하고, 눈사람이 찔레꽃 가시를 정성스레 골라 뜯어 먹고, 물을 찬 산새들이 공룡능선을 날아오르고, 개가 늑대처럼 울어대는 화창한 오후였으며, 어린이 놀이터에서는 HBS 교향악단이 봄날의 살랑살랑 축제를 열고 멘델스존을 연주했다.

하니가 오늘 어린 여성 연기자와 모델과 가수들로 연예대를 조직하여 이끌고 기업인 등반대를 쫓아 나선 부가적인 이유가 따로 있었으니, 그것은 한재산이 황송에서 새로운 예술대학을 설립하려다 혁명으로 인해서 계획을 보류했다는 소문을 들었기 때문이었다. 뛰어난 명품 명문 영어실력으로 많은 사람들로부터 광범위한 주목을 받아온 그녀는 벌써부터 교육계로 진출할 욕심이 많았고, 그래서 혹시 나중에 정말로 한재산이 교육기업체를 설립한다면, 가짜 명문대학 졸업장을 제출하고는 교수 자리를 하나 부탁해볼까 하는 속셈이 만만치 않았다. 하니는 경영인 총연합이 황송 정권을 무너뜨리려는 공작을 적극적으로 추진 중이라는 첩보도 임해도로부터 접수해 두었는데, 그렇다면 그녀가 예술대학의 교수가 되는 것도 시간문제일 따름이었다.

"라이프에서는 머니 앤 섹스가 베스트 굿"이라는 철학을 열창하는 하니의 명강연은 행군과 더불어 열심히 계속되었다. "씨 클라스 연예인은 섹스 서비스해서 받는 머니가 6개월에 몇백만원 오바하지 못해 품위 유지비도 숏하지만, 에이 클라스가 재벌 2세라도 럭키하게 미팅하면 개런티가 30억원까지 업하지. 그러다 따따블 럭키하면 재벌 패밀리 안방 마담으로 컴인하는 챈스도 오픈한다고."

부잣집 며느리로 들어가면 물론 남편이 돈벌이에 바쁘고 해외 출장이 많아 방사를 게을리하는 바람에 밤마다 심심할지도 모르겠지만, 그래도 "매니 베이비 꽃미남 연예인 데리고 플레이하며 여생을 해피하게 엔조이"할 자금이 푸짐하니까 걱정할 필요가 없다는 설명도 하니는 잊지 않았다. 그리고 꼭 재벌 가문으로 영광스럽게 입성하지는 못하더라도, 돈 많고 늙은 부자나 권력자를 후원자로 하나쯤 만들어두면 제대로 팔자를 고쳐 평생을 호화롭고 편히 보내게 될 테니까, 가랑이를 아무리 벌려줘도 응답이 없는 발기부전 노인을 손과 입으로 자극하고 도와주는 특별 훈련도 미리 쌓아둬야 유리하다는 구체적인 요령도 그녀는 자신의 경험을 인용해 가면서 젊은 후배들에게 자세히 가르쳐 주었다.

　산행이 1년을 넘기자 연로한 기업인들은 지치고 기운이 빠져 전진 속도가 점점 늦어졌고, 뒤따르던 연예대 여성들이 따라잡아 자연스럽게 늙은 후원자 대상 남성들과 뒤섞이면서, 변웅호를 타도하려는 진지한 의견 수렴은 용두사미하여 남녀 간의 은근한 잡담과 노골적인 음담패설로 조금씩 내용이 바뀌었다.

　바다이야기 횟집을 지나고 물길을 따라 얼마쯤 더 내려갔더니, 헐떡이는 인체로부터 뿜어 나오는 뜨거운 안개로 오리나무 숲이 부옇게 자욱했고, 오리나무 밑 땅바닥에서는 오리처럼 날지 못하는 정치 철새들이 발가벗고 떼를 지어 비행 연습을 하느라고 정신없이 바빴다. 이합집산만 되풀이하는 사이에 하늘로 날아오를 틈이 없어 날개가 퇴화한 철새들은 차기 총선에 대비하여 자기들끼리 신당을 태동시키려는 목적으로 산행을 왔지만, 점심 휴식을 취하는 사이에 이곳을 찾아온 이유를 망각하고는 너도나도 당적을 버리고 여기저기 무리를 지어 단체로 짝짓기와 패짓기를 벌였는데, 암컷의 마릿수가 워낙 적다 보니 짝을 못 만난 수컷들을 붉은 우체통에 달라붙어 끌어안고 헐떡이다가, 틈이 나면 장외 투쟁을 연습하려고 서로 야구방망이를 휘두르느라 무척 분주했다. 하지만 돈 많은 기업인들의 행렬이 오리나무 숲 앞으로 곧 지나간다는 소문을 휴대전화 통신망으로 접하자 그들은 부둥켜안았던 짝을 초개같이 버리고 우르르 산길로 몰려나와 무릎을 꿇고 줄지어 앉아서, "공양미 삼백석만 적선하쇼!" 합창하여 외치며 두 손을 내밀고 기업인들에게 비자금을 동냥하고 정치자금을 구걸하기 시작했다.

　별로 도움이 될 전망이 희박한 조무래기 정객들의 비럭질에 기업인들이 별다른 관심을 보이지 않았던 대신, 한재산 회장은 콧물이 질질 흐르는 정치꾼들의 지저분한 사타구니를 보고는 자극을 받아 갑자기 리비도가 발딱 머리를 들었다. 그래서 청룡소(靑龍沼) 대피소에 이를 즈음에 한 회장의 지시를 받은 김모시 수행비서가 잠시 휴식을 취하자고 긴급 발의를 했다. 휴식 제안은 만장일치로 통과되었다.

네팔에서 온 외국인 노동자들이 설악동에서 대기하던 관광버스에 실어놓은 술과 고기를 지고 올라와 들판에 질펀하게 차렸고, 삼겹살을 굽는 연기가 구름을 지어 금강굴을 향해 피어올랐다. 여의도에서부터 여기까지 쫓아온 텔레비전 여배우들과 가수들이 하니의 연출에 따라 기업인들 사이에 하나씩 재빨리 끼어 앉아 술을 따르며 권주가를 불렀고, 성형수술을 하거나 명품을 살 돈이 긴급히 필요한 무희들은 홀라당 발가벗고 통나무로 엮은 무대 위로 뛰어 재빨리 올라가 뱀처럼 꿈틀거리면서 동서양의 야릇한 동작을 표절한 춤을 추었다.

대학교수가 되는 모처럼의 기회를 포착한 연예대 인솔자 하니는 물가의 널편한 바위 한가운데 상석을 차지하고 앉은 한재산 회장 옆에 자리를 잡았다. 그리고 몇 잔의 폭탄주가 오간 다음에 한 회장이 가짜 연예인 하니의 얼굴을 뚫어져라 한참 쳐다보더니, 갑자기 안경을 벗어들고는 이마를 손바닥으로 치면서 물었다.

"넌 아랑도사 한간난의 딸 한이로구나!"

하니가 신이 나서 물었다. "오 마이 갓 유 노하우 미 오케, 하니?"

"알고 말고. 너 이안 매컬럼 대사와 친한 사이라며?"

"옵코스! 옵코스! 나 앰배써더 매컬럼 베리 굿 프렌드." 알몸으로 매컬럼과 협상을 벌여 황송의 독립과 건국에 크게 이바지했던 하니가 자신만만하게 말했다.

"그렇다면 너한테 부탁을 하나 해야 되겠어."

"애니 미션 굿. 올 미션 오케. 에브리 미션 기브 미."

주변 사람들의 시선쯤은 전혀 아랑곳하지 않고 어느새 옷을 훌훌 벗고 그녀는 따끈한 바위에 발랑 누워 다리를 활짝 벌렸다.

"너 마타하리가 누군지 알아?" 덩달아 발가벗고 항공모함처럼 온 몸으로 하니를 덮으며 한 회장이 물었다.

반역의 끝내기

<h1>하나   음모</h1>

서양인처럼 다리가 시원스럽게 길고 키도 훤칠한 황송 합동참모 본부 의장 채공손 대장은 사람들이 그의 정체를 알아보지 못하도록 비틀스 가발을 쓰고 눈에 잘 띄는 군복 대신 사복으로 갈아입고는 얼굴을 흐릿하게 모자이크 처리를 한 다음 뒷문으로 한남동 공관을 빠져나와 1킬로미터쯤 떨어진 미6군 사령부까지 걸어서 이동했다. 그는 사령부 입구 초소의 헌병에게 카지노 출입증을 제시하고 영내로 진입했다.

밤낮으로 늘 붐비는 플레이보이 카지노에는 무장한 미군병사 세 명이 하얀 퀀셋 건물 바깥에서 경계를 섰고, 안으로 들어가니 토요일 저녁인데도 오늘만큼은 도박을 하러 온 군인들이 아무도 없었다. 불법으로 출입하는 황송인도 눈에 띄지 않았다. 카지노에는 룰렛과 블랙잭 테이블과 앉은뱅이 로봇처럼 생긴 알록달록한 기계들 그리고 높다란 등받이가 달린 빨간 의자들만 말없이 가득했다.

채공손 합참의장이 슬롯머신을 하나 차지하고 앉아 혼자서 놀기 시작했다.

채 의장이 이안 매컬럼 대사와 만나기로 한 약속시간보다 30분이나 일찍 접선 장소에 도착한 까닭은 그들이 노출된 장소에서 같은 방향으로 이동하거나 접촉하는 현장이 변웅호에게 포착되지 않으려는 배려에 따라서였다. 그를 노리는 정적이 부쩍 늘어나서 과거의 어느 때보다도 자신의 신변이 위험해졌을지도 모르겠다는 의심을 불현듯 갖게 된 이후부터 변웅호 대통령은 미국 항공우주국을 통해 비밀리에 개인적으로 임차한 군용 첩보위성을 동원하여 그의 휘하 장군들을 일거수일투족 감시했고, 그래서 채 의장은 잠시도 경계를 게을리할 여유가 없었다.

한국 경영인 총연합 한재산 회장의 주선으로 여성밀사 하니를 통해 소개받은 매컬럼 대사와 채공손은 오늘로 세 번째 우호적인 면담을 가질 예정이었다. CIA와 손잡고 변웅호를 제거해 달라는 한재산의 제안을 채공손은 조금도 마다할 이유가 없었다. 통수권자에 대한 채 의장의 서운함은 그 정도로 심각했다.

한국군 정보장교로서 동심회를 조직하는 일에 변웅호와 함께 앞장을 섰던 채공손은 현 정부에서 자타가 공인하는 제 2인자로서, 당연히 후계자로 인정한다는 어떤 공식적인 변 대통령의 의사 표시가 일찌감치 나왔어야 옳았다. "변웅호 장군은 나의 종교여서, 나는 그분을 교주처럼 영광스럽게 모신다"라고 기회가 날 때마다 거듭해서 큰 소리로 천명했던 채공손이 아니었던가. 그는 합참의장의 자리에 오른 이후에도 충성 경쟁에서 단 한 발자국이나마 물러날 줄을 몰랐고, 그만큼 자신에 대한 변웅호의 신임이 두터우리라고 진심으로 믿어왔었다. 그러나 예상 밖의 국무총리 임명이 이루어지면서 그는 버쩍 꿈에서 깨어났다.

황송공화국에 오랫동안 부통령이나 국무총리라는 직책이 없었던 데는 당연히 그럴 만한 이유가 분명했다. 현역 군인들이 장관을 비롯한 행정기구의 요직을 석권한 황송공화국에서는 전시 베트남에서처럼 지방자치단체 장을 영관급 현역장교들이 맡아 군대식으로 신속한 명령체계와 위계질서를 유지했으며, 대통령은 중요한 국사는 물론이요 농촌 비료값과 중고등학교 등록금 액수에 이르기까지 총괄적인 업무를 도맡아 처리했었다. 그것은 권력이 분산되는 위험성을 방지하려는 조치이기도 했고, 제 2인자를 당연한 경쟁자요 잠재적인 적이라고 간주하는 변웅호의 경계심 때문이기도 했다.

집권 4년째부터 변웅호는 쿠바의 카스트로나 리비아의 카다피 그리고 북한의 김일성처럼 종신 집권을 하려는 욕심을 단단히 굳혔으며, 제 2인자는 누구라도 그를 제거하고 대권을 찬탈할지도 모르는 위험인물로 간주하기 시작했다. 그는 눈에 거슬릴 정도로 영향력이 강한 아랫사람이 세력을 결집하려는 조짐이 나타나기만 하면 그들이 역모를 꾸미기 전에 권력의 전투장에서 서서히 단계적으로 모조리 소외시켜 제거하거나, 그들의 기반을 색출해서 와해시키느라고 많은 시간과 노력을 기울였다.

심복과 충신을 미래의 적이라며 배척하는 사이에 변웅호는 점점 스스로 소외되기에 이르렀고, 불안한 고립은 심한 피로감을 가져왔다. 마침내 그는 부담을 어느 정도 떠맡길 충신이 필요하다는 절실한 마음에, 그리고 2인자를 양성하여 권력을 결국 심복에게 물려줘야만 훗날 민간인 차기 통치자로부터의 정치적 보복을 피할 수 있으리라는 현실적인 계산에 따라, 마지못해서 정부 조직을 개편하여 국무총리를 임명하겠다는 결심을 밝혔다. 과연 누가 국무총리의 자리에 오르겠는가를 놓고 은근한 기대와 적대적 경쟁심이 정부의 수뇌부에 팽배한 가운데, 이때부터 채공손은 물론이요 정병군 법무장관과 심지어는 상륙군 사령관이었다가 방위사령관으로 밀려난 박필승 소장까지도 낙점을 고대하며 충성 경쟁에 더욱 힘찬 박차를 가했다.

동심회에서 확고부동한 제 2인자라고 자처했던 채공손은 목숨을 바치며 변웅호를 군주로 받들어 준 자신이 당연히 총리가 되리라고 예상했었다. 그가 보기에 경쟁자로 인정해줄 만한 상대라고는 부관 출신의 진무성 한 사람뿐이었는데, 큰일을 맡기려면 몸종 노릇을 해

SECRET
USA
USA
USA

온 진무성이 아니라 당당한 참모 역할을 충실하게 수행할 유일한 전략적 인물인 자신을 변웅호가 현명하게 발탁하리라고 그는 믿었다.

합참의장의 기대는 완전히 빗나갔고, 심한 배반감을 느낀 채공손은 패권 경쟁에서 일단 한 번이라도 밀려나면 결국 서서히 도태되고 말리라는 불안한 판단을 내렸다. 이러한 채 의장의 불만스러운 심중을 어떻게 읽어냈는지는 모르겠지만, 한재산은 미 CIA와 협력하여 비밀 작전을 추진하려는 계획에 따라, 첩자 한이를 앞세워 배반의 의사를 완곡하게 타진하며 합참의장에게 접근해왔고, 채공손이 반역의 깃발을 들기로 결심하는 데 걸린 시간은 길지 않았다.

채공손이 슬롯머신에서 450달러쯤 잃었을 무렵에 이안 매컬럼 대사가 접선 장소에 도착했다. 사람들의 눈에 잘 띄지 말라고 수영 모자에 물안경으로 교묘하게 변장한 매컬럼은, 비대한 몸을 바퀴의자에 싣고 낑낑거리며 퀀셋 카지노로 들어와서는, 합참의장을 못 본 체하며 그의 오른쪽에 자리를 잡았다. 두 사람은 눈길을 주고받지 않으려고 전방을 응시하며, 동전을 넣고는 손잡이를 잡아 당기는 동작을 한참 계속했다.

매컬럼의 기계에서 첫 잭팟이 터져 동전이 좌르르르 쏟아졌다. 그 요란한 소음을 대화 시작의 신호로 삼아, 미국 대사는 여전히 전방을 응시하며 합참의장에게, 가칭 끝내기작전(*Operation Liquidation*)에 동원이 가능한 황송 측 인물과 병력에 관해서 유창한 한국어로 질문했다. 채공손은 "군부 내에서 동요하는 동심회 이탈자들 가운데 절반의 인원만 규합하더라도 거사를 성공시킬 확률이 안전선을 충분히 넘기리라"고 낙관적인 전망을 제시했다.

황송 군부에서 불만세력이 이탈과 와해의 징후를 수면 위로 드러내기 시작한 시기는 미 의회에서 "황송공화국 정부는 유치하고도 우화적인 혁명광장 학살 및 제반 폭정을 즉각 중단해야 한다"는 권고 결의안을 통과시킨 무렵부터였다. 국내에서 민심을 잃었을 뿐 아니라 미국의 여론에도 몰리게 된 변웅호 정권이 얼마 가지 못하리라고 재빨리 계산한 군소세력들이 앞가림을 준비하기 시작하는 징후가 재빨리 나타났다.

"알고 보면 내부 균열은 사실 그보다 훨씬 전부터 시작되었습니다." 슬롯머신의 손잡이를 드르륵 당기며 합참의장이 군부의 움직임을 보충해서 설명했다. "혁명 이전에는 공동의 목적을 수행하는 강력한 단결력이 생겨났지만, 사냥이 끝나자 먹이를 나누는 단계에서 갈등이 이미 심각해졌으니까요. 그리고는 정부 수립을 거쳐 체제가 안정되자 새로운 감투나 기회가 더 이상 생겨나지를 않았고, 논공행상에서 차별이나 불이익을 당한 세력은 답답한 박탈감에 파벌과 계열을 자연스럽게 따로 형성했습니다. 그리고 이들은 반동의 기회만 노리며 숨을 죽이고 기다려 왔어요. 그래서 자투리 권력을 놓고 다투는 여러 집단이 서로 감시하고 틈을 엿보면서 고발과 모함을 일삼게 되었죠. 지금 우리들이 규합하여 공동 전선을 형성하려는 하부 조직은 바로 그렇게 분열된 소수파 불만 세력들입니다."

비록 지금은 서로 분열하고 대립하는 관계이지만, 군부의 불만 집단들은 새로 창출될 정권에서 그들이 나눠 갖게 될 탐탐한 몫에 솔깃하여 너도나도 앞다퉈 총을 뽑으리라고 채 장군은 확신했다. 미국 정부가 차기 통치자로 채공손 합참의장을 적극적으로 지지하리라는 확신을 줄 만한 정치적 시늉만 보여준다면 그것으로 충분했다. 그러니까 미국은 끝내기작전의 진행과정에서, 중국과 러시아를 자극할 정도로 가시적이고 적극적인 무력 가담을 할 필요까지는 없더라도, 거사가 시작되는 초기에 변웅호 정부를 보호하거나 또는 쿠데타를

방해하려는 군사행동을 취하지 않겠다는 다짐만 확실히 해 준다면,
변웅호의 제거가 별로 어려운 일이 아니었다.

"좋습니다." 매컬럼 대사가 말했다. "그렇다면 다음 회동 때 채 의
장께 실무를 담당할 사람을 하나 소개할 테니, 구체적인 작전계획을
함께 수립해 보도록 하세요."

둘   # 고환탁

"잎이 모두 노랗게 말랐는데도 영산홍이 지지를 않았으니, 아직
가을이 아닌가 봐요." 동희가 유시찬의 귓전에서 속삭였다.

요즈음에는 가냘픈 동희의 목소리 말고도 온갖 환청이 그의 귀에
끊임없이 들려왔다. 작년까지만 해도 바깥 길거리에서 드문드문 벌
어지던 학생들과 시민들의 반정부 시위가 언제부터인지 부쩍 잦아
진 이후로는 최루탄이 터지는 소리까지도 날마다 컴퓨터에서 밤낮
을 가리지 않고 울려나왔으며, 그러면 그가 숨어서 사는 고미요정의
뒷방이 컴퓨터 내부로 옮겨 들어온 듯 느껴지기도 해서, 존재하지
않는 소리들이 공명을 일으켜 적막의 되울림이 생겨났고, 소리뿐 아
니라 매운 최루탄 냄새가 방 안을 가득 채우고는 했다.

어수선한 국내외 정세와 사회불안의 시끄러운 혼란을 안팎으로
들락날락하느라고 어지러운 속에서도 시찬은 오늘 드디어 환탁의
인물 구성을 www. conq. 0947 유형의 정복자로 종결지었다. 지금까

지 그는 여러 해에 걸쳐서 환탁에게 닥쳐올 다양한 운세와 상황을 설계하여, 수많은 합성과 배합의 공식을 적용해서, 이미 설계했던 영상들을 유리처럼 부수고는 다시 여러 형태의 성형수술과 의상설계와 감성구도를 복제하는 조합과정을 거치다가, 더 이상 명명식을 미룰 수가 없어 마침내 굳히기 작업을 끝냈다.

"창밖의 개나리가 최루탄 냄새에 시들었고, 그래서 휴교령이 내리자마자 너도나도 대학교가 없는 곳으로 이사를 했다는군요." 동희가 속삭였다.

0947 정복자의 형이상학적 사양(仕樣) 설정을 끝내고 이름을 확정할 때 시찬이 그의 변신이요 분신이면서도 별개의 인물인 환탁의 성을 자신처럼 유 씨가 아니라 고 씨로 결정한 이유는 그의 어머니가 고미자라는 사실을 최근에 와서야 그가 확신하게 되었기 때문이었다. 하기야 시찬은 그의 어머니는 유화자가 아니라 고미자일지도 모르겠다고 어려서부터 늘 의심해 왔었다.

사생아였던 시찬은 동네 아이들의 잔인한 놀림이 싫어 통 바깥출입을 하지 않았지만, 아무리 그렇다고 하더라도 시찬이 학교에 들어갈 기미가 없다면서 호적조차 만들어주지 않았던 유화자의 판단은 도저히 어머니다운 처사가 아니었다. 그런 반면에 정작 집에서 시찬에게 열심히 공부를 시킨 사람이 고미자였다. 뿐만 아니라 평생 한 끼도 거르지 않고 정성껏 식사를 챙겨 시찬의 뒷방 문 앞에 놓고 간 사람도 고미자였다. 그리고 장례식장의 신장개업 공사로 바쁘다면서 서울에 남았던 '어머니' 유화자를 대신하여 시찬을 솔섬으로 데리고 들어온 사람 또한 고미자였다. 그러니 시찬의 어머니는 틀림없이 고미자였다.

시찬이 태어난 삼청동의 유화요정은 위장한 거짓과 숨은 진실을 구별하기가 무척 힘든 의문투성이의 집이었다. 사춘기에 접어들어 스스로 추리하는 능력을 갖추기 전까지 어린 시찬은 접대부들과 술손님들이 주고받는 아리송한 대화의 이상한 갖가지 곁말에 휩싸여 늘 혼란스러운 마음이었으며, 그런 언어를 스스로 구사할 줄 몰랐기 때문에 벙어리 유형자 같은 외딴 삶을 살아야 했다. 집안의 기생들은 저마다 성이 다르면서도 하나같이 시찬의 누나였으며, 요정의 주인은 당연히 그들 모두에게 '큰언니'나 '어머니'였다. 시찬은 그래서 꽃처녀들과 더불어 한꺼번에 싸잡혀 잠정적으로 유화자의 아들이 되고 말았다.

"희랍인들의 얼굴은 왜 그렇게 숙명적인 분위기를 풍길까요?" 동희가 귓전에서 속삭였다. "그리고 동물의 왕이라는 사자의 얼굴은 왜 또 늘 그렇게 우울해 보일까요?"

본디 고미자는 접대부 기생이 아니라 가짜 국악고등학교를 다니던 수줍고 얌전한 학생이었다. 그러나 남들보다 뛰어나게 예뻤던 얼굴을 믿고 그만 지나친 욕심을 부리는 바람에 그녀는 멀쩡한 신세를 일찌감치 망치고 말았다. 길거리에서 만난 낯선 연예기획사 사장이 "배우로 만들어 주마"고 하는 화려한 꼬임에 넘어간 그녀는, 갖가지 명목으로 사장이 요구하는 돈다발을 꼬박꼬박 몇 차례 갖다 디밀었지만, 거의 반년이 흘러가는 사이에 영화사나 텔레비전 방송국이라고는 근처에도 가보지 못했다.

결국 그녀는 자신의 미래에 투자를 하느라고 여기저기 빚진 돈을 어서 갚아야 하는 절박한 사정에 쫓겨, 기획사에서 시키는 대로 거문고 솜씨를 밑천으로 내세워, 가끔 삼청동 유화요정으로 행사에 불려가 나이 많은 술손님들의 흥을 돋궈주면서 푼돈벌이를 했다. 고전적인 얼굴의 여고생 미자는 처음 얼마 동안은 윗목에 동양화처

럼 다소곳하게 따로 앉아 거문고를 타기만 했으나, 나중에는 취객
들의 호기심과 성화에 못 이겨 술을 한 잔, 그리고는 두 잔, 그리고
는 세 잔 함께 마시게 되었으며, 때로는 권주가를 한두 곡씩 부르는
가 하면, 한참 나중에는 아예 술자리에 같이 끼어 앉는 횟수가 차츰
늘어났다.

미자를 술자리에 불러 앉히기 시작한 사람들은 신문사의 젊은 사
장이나 재벌 2세 따위로 구성된 '소공동 8공자'들이었다. 밤이면 밤
마다 장안을 휩쓸고 다니던 이들은 천하에 이름난 부유층 난봉꾼들
이었는데, 어느 날 그들은 술에 취해 몸을 가누기가 힘들어진 어린
미자를 현장에서 윤간해 버렸다. 술상을 옆으로 밀어놓고 함께 달려
들어 미자를 발가벗기고는, 다른 일곱 명이 둘러앉아 즐겁게 기차박
수를 치며 구경하는 가운데 차례로 그들은 그녀를 겁탈했으며, 이토
록 끔찍한 경험을 겪은 그녀는 자신을 탓하고, 8공자를 탓하고, 세
상을 탓하면서 몇 달이나 슬프게 울고 괴로워하다가, 결국 자포자기
에 이르러 학업을 집어치우고 아예 요정에 들어가 살며 차라리 몸을
파는 기생 노릇을 했다.

이런 비밀을 시찬이 알게 된 것은 지난여름 어느 날, 서쪽 하늘에
서 별똥별이 비 오듯 마구 쏟아지던 오후의 낮잠 시간이었다. 그는
요정에서 새로 발굴한 어린 아가씨들이 속옷 바람으로 옆방에 누워
서 한가하게 킬킬거리며 "미자 언니가 당한 돌림빵"에 관해서 주고받
는 얘기를 우연히 엿들었고, 그래서 자신이 8공자의 아들이라는 엉
뚱한 확신을 얻게 되었다. 하지만 나이를 더 먹고 숫자 계산에 훨씬
밝아진 다음에 시찬은 고미자가 요정생활을 시작하고 6년이 지난 다
음에야 그가 태어났으므로 아무리 따져 봐도 시간차가 너무 벌어져
여덟 아버지와의 혈연관계를 증명할 근거로서는 '돌림빵' 가설의 설

득력이 한참 부족하다는 결론을 내렸다.

어머니는 물론이요 어느 누구도 그의 출생에 관한 비밀을 솔직하고 정확하게 가르쳐 주지 않는 가운데, 상상 속에서 아버지를 찾아내려는 노력을 혼자 오랫동안 계속하던 시찬은, 자신이 재벌총수 한재산의 사생아라는 가설을 수립하기 시작했다. 한 회장이 어느 날 밤 유화요정에서 묵어가는 김에 주인 화자를 잠자리로 불렀지만, 갑자기 폐렴이 걸렸거나 무슨 다른 이유로 유화자는 수청을 들어줄 만한 몸이 아니었고, 그래서 그녀는 대신 고미자를 회장의 침소에 넣어주었으며, 그렇게 해서 그가 세상에 태어났으리라고 시찬은 추론했다.

물론 이런 얘기는 아무도 시찬에게 해준 적이 없지만, 그는 분명히 이토록 확실한 사실이라면 누군가는 그에게 의무적으로 알려줬어야 한다고 믿었다. 이러한 공상은 자꾸 반복되는 사이에 진실이 되었고, 이제 와서는 그런 상상이 진실인지 어쩐지는 전혀 중요하지 않아서 진위를 따질 필요가 없어졌으며, 시찬은 어쨌든 자신의 출생에 관한 비밀을 그런 식으로 해결했다. 그렇기는 해도 유시찬은 갑자기 성을 어머니 고 씨로 바꾸기가 여의치 않았다. 그래서 오늘 그는 환탁에게 그의 고 씨 성을 인계함으로써 0947 정복자의 인격 구성을 완료했다.

"영혼의 분자식은 어떻게 구성되는지 참 궁금했어요." 동희가 속삭였다. "그래서 촉감이 감정으로 전환되는 반응을 분광시켜 인지하는 주체를 한참 상상했더니, 아메바의 손이 보이더군요."

세 TTT

    네 번째 비밀 회동을 시작한 채공손 합참의장과 이안 매컬럼 대사가 눈 한 번 마주치지 않고 정면을 응시하며 도박기계 손잡이를 당기느라고 반 시간을 말없이 보낸 다음, 플레이보이 카지노의 문이 열렸다. 매컬럼 대사가 오늘 채 의장에게 소개하기로 한 인물이 들어섰다. 미국 측에서 끝내기작전을 총지휘할 미6군 정보참모 트렌튼 '트리플' 트라이던트(Trenton 'Triple' Trident) 소장이었다.

    트라이던트는 트렌튼(Trenton)의 애칭인 트렌트(Trent)를 문서상의 공식 명칭으로 썼으며, 이름의 머리글자를 따서 엮은 'TTT'라는 약칭으로도 황송 군부에서는 널리 통했는데, 별명이 '트리플'이었던 까닭은 그가 수립하고 추진하는 비밀공작이 대부분 적어도 세 차례 정도 반전의 복선을 깔고 수행되기 때문이었다.

    가장무도회에 가는 사람처럼 번갯불 모양의 관을 쓰고 희랍 튜닉 차림으로 등장한 트라이던트 장군은 채공손의 왼쪽 의자에 자리를 잡고 앉아서, 손에 들고 온 포세이돈의 삼지창(trident)을 벽에 기대어 놓고는, 오른쪽의 두 사람과 마주치지 않도록 시선을 돌린 채로 쩔그럭거리며 슬롯머신을 가지고 혼자 놀기 시작했다.

    간단한 인사소개가 말없이 끝난 다음 합참의장은 지난번 회동에서 매컬럼 대사에게 설명했던 군부 반발세력의 규합계획을 정보참모에게 소상히 되풀이했다. 라틴계 뭉툭한 인상에 옷솔처럼 콧수염을 터북하게 기르고, 대장간에서 만든 엉성한 식칼을 연상시키는 매부리코가 무섭게 구부러진 트라이던트 소장은, 잠시 혼자 생각에 잠겼다가, 고개를 들어 앞에 놓인 빨간 기계를 노려보며 매컬럼 대사보다도 훨씬 더 유창한 한국어를 구사하여 그의 솔직한 견해를 피력했다.

"채 의장의 생각은 지나치게 보수적이고, 단순하고, 진부한 착상입니다. 소외된 세력을 결집하겠다고 말씀하셨는데, 소외 세력이란 이미 주류로부터 밀려난 힘없는 소수파입니다. 황송인들은 들쥐 떼나 마찬가지여서 웬만큼 강력한 힘을 발휘하는 지도자가 나타나면 그가 움직이는 대로 순순히 따라다니는 경향이 강합니다. 특히 변두리로 밀려난 소외층이 그렇습니다. 소외 세력은 아무리 많이 규합을 해도 그래서 별로 쓸모가 없습니다. 특히 기회주의자들은 모반에 가담하는 척하며 겉으로만 쫓아다니다가, 사태가 불리해지면 언제라도 변절하여 다시 적에게로 돌아가 우리 작전을 밀고하여 교란시킬지도 모릅니다. 그러니까 어느 정도의 위험 부담을 수반하더라도 힘을 제대로 쓰는 소수 정예가 중심에서 움직여야 한다고 난 믿습니다. 예를 들면 전체 병력을 총괄하는 현대업 국방장관 같은 차원의 인물 말입니다."

"현 장관은 아직 핵심세력에 속하지만, 언제 변두리로 몰려날지 모르는 위치인데요." 모자이크로 얼굴을 처리한 채공손이 신중하게 말했다.

매컬럼 대사가 그 이유를 물었다.

"조직폭력을 얕잡아 보고 조기에 그들을 소탕하지 못해 상황을 악화시켰기 때문에 언제 장관 자리에서 쫓겨날지 모르는 입장인지라, 요즈음 변 대통령의 눈치만 살피며 전전긍긍하는 처지가 되었죠." 합참의장이 설명했다. "그래서 우리 편으로 포섭하기는 어렵지 않겠지만, 트렌트 장군의 시각에서 보자면, 거사를 일으킬 시점에 과연 현대업의 이용가치가 얼마나 되겠느냐는 점을 진지하게 고려해야 합니다."

트라이던트 장군의 두 귀가 갑자기 토끼처럼 쫑긋 일어섰다. 조직폭력 소탕의 언급에 대해서 정보참모가 보인 솔깃한 반응이었다.

미국 정부와 중앙정보국에서는 최근에 와서 조패구가 이끄는 황송 조폭이 사실상 장악해버린 제 4구에 대한 관심이 부쩍 많아졌다. 이들 조폭세력이 제 3구 정북진 주변의 북진연병장과 제 238훈련소를 정리하고 제 4구 계룡산으로 이동하여 잠적해 버린 이후, 황송군은 그들을 효과적으로 색출하여 소탕할 기회와 전술을 마련하기가 매우 어려워졌다. 특히 조패구의 신세계파 병력은 분대 규모로 분산하여 숲이 우거지고 바위도 험한 북쪽 산악지역에 은거하며 끊임없이 이동을 계속했는데, 그들의 무력 반란행위가 날이 갈수록 대담해져서 지난달에는 조패구 유격대가 황송군의 외곽 군사시설을 세 차례나 박격포로 공격하고는 순식간에 자취를 감춰버리기도 했다. 노발대발한 변웅호 대통령은 국방장관을 통해 육군 참모총장에게 제 4구를 철저히 수색하여, 사단 규모의 병력으로 정규 소탕작전을 실시하라는 명령을 내리기에 이르렀다.

조패구 사단의 세력확장은 미국이 황송을 교두보로 활용하려는 동북아시아 방위체제와 황해의 통제에도 커다란 위협으로 대두했다. 원만한 무기 거래를 지속하려고 러시아의 마피아와 긴밀한 관계를 유지하던 황송 폭력조직이 러시아와 중국뿐 아니라 북한의 공산세력과도 정치적인 유대를 모색한다는 첩보가 포착되었으므로, TTT 정보참모로서는 황송공화국보다도 오히려 신세계 사단부터 서둘러 손을 써야 하는 다급한 입장이었다.

"변 대통령이 지시한 소탕작전을 수립할 지형 정보를 수집하느라고 지난 목요일에 난 항공대장 송기철 대령과 함께 정찰기를 타고 제 4구를 직접 돌아보았습니다." 합참의장의 보충설명이었다. "지난 몇 달 사이에 4구에는, 특히 계룡산을 중심으로, 주택과 건물이 눈에 띄게 많이 늘어났더군요. 요즈음 부쩍 종교인들과 무속인들이 그곳으로 몰려들기 때문이라고 합니다. 그래서 난개발이 우후죽순 이루어지는 사이에 이동 인구가 워낙 많이 늘어나는 바람에 그 지역에서 대대적인 군사작전을 펼치기가 훨씬 더 어렵게 되었어요. 폭격이나 포격을 가하면 민간인들이 다칠 염려가 많아서 말입니다. 이렇게 갑작스러운 발전과 인구 증가를 틈타 민간 주거지역으로 침투하여 행동반경을 확대하면서 조폭들의 위상은 어느덧 반란군의 양상을 갖추기에 이르렀으며, 정부는 조패구의 반정부 무장단체가 자칫 정규군으로 성장하여 내전으로 돌입할까봐 전전긍긍 심각한 고민에 빠진 실정입니다."

"잠깐만요." TTT가 채공손 의장의 말을 가로막았다. "조패구가 변웅호의 적이고 변웅호가 우리의 적이라면, 조폭이 우리와 같은 편이라고 삼단논법적으로 가정해도 될까요?"

그것은 논리적으로 타당한 결론이라고 매컬럼과 채공손이 동의했다.

"그렇다면 우리가 이 미묘한 삼각관계에서 어부지리를 얻는 방법은 없을까요?" 트라이던트 소장이 제안했다. "예를 들자면, 변웅호가 조패구를 공격하기 전에, 미리 손을 써서 조폭을 우리 편으로 끌어넣는 방법 같은 거 말이죠. 만일 현재의 상태로 우리들이 쿠데타를 성공시키고 나면, 우린 조패구를 진압하는 새로운 전쟁을 따로 치러야 합니다. 그러니까 지금 우리가 변웅호의 공격을 물리치도록 조패구를 도와줘서 포섭해 둔다면 나중에 우린 조패구의 막강한 화력을 통제하는 우호적인 장치를 마련하기가 어렵지 않을 겁니다. 막강한 힘을 정면으로 맞서서 꺾으려고 무모하게 덤비기보다는, 일단 폭력의 우방이 되어 그들의 능력을 체계적으로 파악해가면서 협력이라는 이름으로 통제의 틀에 가두어 얼마동안 길을 들이고, 그런 다음에 적절히 상황이 무르익으면 어느 정도 무력해진 조패구 사단을 단숨에 분쇄하는 끝내기 결정타로 확실하게 마무리를 짓자는 얘깁니다."

변웅호 정부와 군부 내의 반발세력 그리고 외곽에서 맴도는 조패구 사단이 정립(鼎立) 하는 현재의 3각 구도에서 조폭 집단을 어떻게 활용하면 좋겠는지를 연구하는 임무를 매컬럼 대사는 트라이던트 장군에게 맡겼다. 트라이던트는 어떤 방식으로 조패구에게 접근하여 어떤 형태의 합동작전을 도출해 내야 이상적일지 구체적인 전략을 한 달 안에 마련하겠다는 약속도 흔쾌히 했다.

"좋습니다." 매컬럼 대사가 말했다. "그럼 이제는 작전의 구체적인 내용을 함께 검토해 보기로 하죠. 거사가 성공한 다음에 채 장군이 군복을 벗고 민간 정부를 수립하여 황송의 민주화를 추진하겠다는 약속은 물론 변함이 없겠죠?"

채 의장은 그러마고 공손하게 다짐했다. 그리고 변웅호를 제거하려고 황송 측에서 현재 구상중인 작전으로서는 어떤 각본을 준비했는지를 묻는 트라이던트에게 합참의장은 이렇게 설명했다.

"아직 구체적인 구상은 없지만, 고전적인 재래식 전면전의 형태로 밀고 들어가 탱크로 적와대를 초토화하거나, 국경일 같은 날 행사에 참석하러 대통령이 혁명광장으로 나가는 동선에 위치한 어느 건물 옥상에 저격수를 잠복시켜 바주카포로 갈기거나, 사고를 위장한 암살 등등을 고려할 수 있겠죠."

“잠깐만요.” 트라이던트가 말을 가로막았다. “미안하지만 구체적인 제거방법은 나한테 맡겨주지 않겠습니까? 보안을 위해서 황송군에서는 아무도 구체적인 마지막 단계의 계획을 알지 못하게 해야 좋겠어요. 모반 사실이 발각되거나 변절자가 생기는 경우에 핵심 기밀이 변웅호 대통령에게는 알려지지 않게 말입니다. 작전은 어떤 만일의 경우에도 불구하고 틀림없이 성공하도록 내가 책임지고 끝내기 각본을 마련하겠습니다. 미국이 깊숙이 개입했다는 사실이 변 대통령에게 알려져 최악의 경우에 국교 단절과 미군 및 대사관의 추방이 이루어지더라도, 결국 우리들은 쿠데타에 성공한 다음 다시 돌아오도록 할 테니, 의장께서는 조금도 걱정하지 않아도 되겠습니다.”

넷 # 왼쪽

“여봐, 회장! 또 왼쪽이야?” 이제는 아예 반말로 강군복이 소리를 질렀다. “당신 뱃속까지 새빨간 공산당 적색분자 맞지?”

이계산 정부의 국방장관을 지내다가 1984년 군사혁명 당시 고조선건설 본부 건물의 지하 금고에서 체포되어 반란죄로 5년을 복역하고 나온 강군복 회원은, 젊었을 때 소대장으로 동부 전선에 배치되어 한국전쟁을 워낙 처참하게 체험했던 터라, 백발이 성성한 지금까지도 ‘공산당’이라는 말만 들어도 부들부들 치를 떨었다. 그래서 독고섭 회장이 왼쪽 얘기를 꺼낼 때마다 사사건건 좌익이라고 싸잡아 몰아붙이는 바람에 두 사람 사이의 충돌은 늘 불가피했다.

따지고 보면 올사모 모임은 황송에서의 재창립 이후 지금까지 하루도 시끄럽지 않은 날이 없었다. 집회가 열릴 때마다 온갖 희한한 막무가내 왼쪽 논리를 일방통행으로 펼쳐대는 독고섭의 갓가지 주장은 늘 적개심에 불타는 편가르기로 이어졌고, 오늘은 드디어 '왼손'이라는 주제를 놓고 마침내 극단적인 대치상태가 벌어지고 말았다. "오른손잡이들이 지배하는 세상을 개혁하자"는 독고섭의 새롭고 맹랑한 제안으로 인해서 여태까지 동분서주 올사모를 재건하느라고 노력해온 그의 대단한 공헌이 몽땅 허사가 될 참이었다.

황송에서의 올사모 활동은 한없이 초라하게 시작되어서 처음에는 사무실조차 없었고, 그래서 스스로 회장직에 취임한 독고섭의 하숙방을 연락처로 사용했다. 그러다가 독고섭이 혼자 정신 사납게 뛰어다니며 일방적으로 끌어들인 미가입 회원이 3백 명으로 늘어나자, 회장은 그들로부터 강제로 회비를 징수하여 활동비를 마련하고는 자연환경을 훼손하는 기업체들을 찾아가 그들의 비리를 폭로하고 고발하겠다는 협박을 앞세워 기부금을 거둬들여서 운영자금을 마련했다. 이런 식으로 독고섭 회장은 취임 1개월 만에 제 1구와 제 4구의 인접지역에 땅투기꾼이 토지 보상비를 받아내려고 종이로 지어놓은 가건물을 한 채 임차해서 본부까지 번듯하게 차렸다.

어떤 목적으로 왜 그토록 열광적으로 올사모의 재건을 그가 추진했는지를 처음에는 아무도 알 길이 없었지만, 이상국 사무국장도 독고섭의 그런 헌신적인 노력과 실적만큼은 솔직하게 인정했다. 기존의 오른쪽 개념들은 왼쪽에서도 점검하고 검토해볼 만한 형평성이 필요하고, 그래서 왼쪽 목소리도 존재해야 하며, 그 목소리를 들어줘야 마땅하다고 믿는 이상국이었지만, 독고섭은 워낙 왼쪽 목소리

하나만 고집해서 탈이었다. 오른쪽이나 마찬가지로 왼쪽도 한쪽으로만 치우치면 부당한 독선이기는 마찬가지였다.

올사모 본부의 개소식을 겸해 그가 회장으로서 주재한 첫 집회에서 독고섭이 "정지한 상태에서 걷기 시작할 때는 누구나 항상 왼발부터 먼저 떼어놓기로 하는 규칙을 만들자"는 엉뚱한 제안을 내놓자, 회원들은 회장의 사고방식이 퍽 특이하다는 의심을 했었다. 그리고는 집회 때마다 그는 "시선을 돌릴 때는 항상 왼쪽으로 먼저 돌리고, 꼭 오른쪽을 봐야만 할 때라도 먼저 왼쪽을 본 다음에야 머리를 돌리자"거나, "사람처럼 자동차도 영국이나 일본의 경우를 따라 좌측통행을 하도록 정부에 건의하자"거나, "옷을 입으려면 왼팔부터 소매에 끼우도록 시민운동을 벌이자"는 식으로 해괴한 '왼쪽' 제안을 줄기차게 계속하여 회원들을 더욱 어리둥절하게 만들었다. 그러다 보니 지금까지 올사모에서는 선전용으로 내세울 만한 사업을 벌여 결실을 본 실적이 하나도 없어서 자칫 유령단체로 오해라도 받을 지경에 이르렀다.

그런가 하면 집회가 진행되는 동안 독고섭은 거의 모든 의제를 혼자 정하고, 토론도 혼자서 벌이고는 했다. 처음 올사모의 재건과정에서 그가 보여준 황당한 독주 습성에 경계심을 보였던 이상국 사무국장은 물론이요 대다수의 회원은, 물론 한껏 예의를 지켜 그의 얘기를 말없이 한참 경청하다가는, 그가 내놓는 우스꽝스러운 제안들을 모조리 부결시켰다. 그러나 과대망상적인 성격이 뚜렷한 독고섭의 엉뚱하고 기이한 주장과 제안은 좀처럼 수그러질 줄을 몰랐고, 온갖 마찰을 좌충우돌 일으키면서 그는 점점 더 자신을 스스로 고립시키기에 이르렀다.

회원수가 늘어나면서 올사모가 숫자만 가지고도 어느 정도 영향력을 발휘하게 되었을 무렵에는 독고섭 회장이 "안경을 쓴 사람들은 왼쪽 알을 파랗게 칠하도록 강요하자"는 규칙을 발의했다가 뜻을 이루지 못했고, "올사모의 모임에 참석하는 회원은 왼쪽 자리로 몰려 앉고, 집회장의 오른쪽 절반은 그냥 비어놓자"는 제안을 불쑥 내놓았다가 역시 보기 좋게 부결되었으며, "모든 사람이 밥을 왼손으로 먹도록 전 국민을 상대로 계몽운동을 벌이자"는 그의 첫 '왼손' 안건도 "한심한 소리"라며 반발한 회원들이 무산시켰다.

강군복을 비롯하여 본디 지나치게 오른쪽으로 기운 사람들이 "자꾸 왼쪽으로만 기운다"며 반기를 들고 독고섭이 무엇인가 새로운 제안을 내놓을 때마다 쌍지팡이로 말을 가로막으며 그에게 제대로 꿈을 펼쳐볼 기회를 좀처럼 주지 않아서, 두고두고 약이 오른 독고섭은 홧김에 이런 우스꽝스러운 수정 절충안을 내놓기도 했었다.

"걸어갈 때 왼발만 반복해서 앞으로 내놓자는 본인의 제안이 한쪽으로 치우친 편향된 시각이라서 그렇게들 열심히 반대하신다면, 이건 어떨까요. 공평하게 왼쪽과 오른쪽 발을 함께 내놓자 이거예요. 그러니까 지금처럼 한 번에 한 발씩 교대로 내딛으며 걷지 말고, 캥거루처럼 두 발을 함께 모아 깡충거리고 뛰어다니면, 왼쪽이냐 오른쪽이냐 따질 필요가 없잖겠습니까?"

그리고 드디어 일이 터지고 말았다. 오늘 독고섭이 내놓았던 제안은 캥거루 깡충걸음처럼 홧김에 한 소리가 전혀 아니었다. 집회를 시작한다고 이상국 사무국장이 선언하자마자 연단에 오른 독고섭 회장은 그가 벌써 오래전부터 진지하게 고민해온 문제를 대뜸 심각하게 제기했다.

"지금까지 우리 사회뿐 아니라 전 세계적으로 오른손잡이가 70퍼센트에 달하기 때문에 왼손잡이들이 갖가지 불이익을 당하는 실정이니까, 오른손잡이들을 다수 왼손잡이로 전향시켜 균형을 이루도록 계몽하여 만인이 태평하게 살아가는 나라를 만듭시다.”

그동안 회원들의 오른쪽 반발에 끊임없이 시달려 와서 지금처럼 독선적인 성향이 어느 정도나마 완충되지 않았더라면 아마도 그는 “오른손잡이들을 불법화하고 만인이 왼손만 사용하는 법을 만들도록 추진하자”는 식의 제안을 했겠지만, 지금은 이만하면 무척 크게 양보한 내용이었다. 하지만 그런 세심한 배려는 알아주지도 않고 악착같이 훼방을 놓으려는 몇몇 회원은 미처 독고섭의 얘기를 끝까지 들어보지도 않은 채 반사적으로 반대를 하고 나섰다. 물론 딴죽 세력의 앞장을 선 사람은 맨 앞줄에 앉아 공격의 기회를 언제나 호시탐탐 기다리는 강군복 노회원이었다. 그는 아예 발언권을 박탈하려고 독고섭을 등지고 서서, “그렇지 않습니까, 여러분!”이라 즐겨 소리치는 정치꾼의 웅변 화법을 써가며 청중을 향해 외쳤다.

“여러분은 지금까지 왜 독고 회장이 왼쪽 타령을 그토록 끊임없이 해왔는지 아십니까? 모르시겠다면, 이런 사태가 닥치리라고 벌써부터 예견하고 대책을 준비하는 과정에서, 육이오 사변을 맞아 함께 싸운 전우들이었던 한국의 퇴역 장군들을 동원하여 지금까지 본인이 알아낸 정보를 알려드리겠습니다. 독고 회장의 학생운동 경력과 좌파 집안내력을 본인이 조사하여 정리한 인쇄물을 집회가 끝난 다음 배포할 텐데, 그 자료를 보면 일목요연하게 드러나듯이, 저 사람은 한국에서 올사모에 가입하던 고등학생 시절부터 불온한 서적을 선별하여 탐독하며 공산주의 사상에 물들어 건전한 사회 및 환경운동 단체인 올사모의 다른 회원들과 걸핏하면 쓸데없는 이념 논쟁을 일삼아 따돌림까지 당했고, 대학에 진학해서는 좌익 집단 깃발총연맹에 가입하여 한국의 민주 정권을 타도하려는 반정부 투쟁에서 항상 선두에 나서서 싸웠습니다.

　이제 그는 이곳 황송으로 넘어와 올사모를 접수하여 공산화하고는, 세력을 확장해서, 우리 우파세력을 말살하겠다는 무서운 음모를 꾸미고 있음이 분명합니다. 우리는 건전한 사회단체를 이런 식으로 붉게 물들이려는 자를 회장으로 받들어 섬겨서는 안 됩니다. 그래서 본인은 독고섭을 탄핵하자는 안건을 상정합니다.”

　‘탄핵’이라는 멋진 말이 튀어나오자 신선한 충격을 받은 여러 회원이 “옳소! 재청이요!”라며, 좌우뿐 아니라 전후에서도 시끄럽게 공감을 드러냈다. 그들이 삽시간에 몰지각한 열광의 도가니를 벌이며 너도나도 탄핵안에 닥치는 대로 동조했던 까닭은, 회장의 사상적인 좌경 성향이 못마땅해서라기보다는, 일방통행만 계속하는 독고섭의 작태에 지겹도록 신물이 났기 때문이었다.

　그동안 참고 참았던 답답한 오른쪽 심정이 한꺼번에 폭발하여 집회장의 격앙된 분위기가 한껏 끓어오르자, 과도한 열기를 조금이나마 가라앉히려고 한 젊은이가 의자에 우뚝 올라섰다. 윤대복 회원이었다. 그는 대졸 노숙자 생활을 하던 무렵 고조선건설 지하의 비밀금고를 무료 급식소로 잘못 알고 휩쓸려 들어갔다가 반혁명 세력으로 몰려 강군복과 같은 구치소에서 옥살이를 하고 나온 인물이었다.

　“진정하세요, 여러분, 진정합시다.” 강복을 내리는 성직자처럼 두 팔을 치켜 벌리고 윤대복이 청중을 설득했다. “지금이 어떤 시대인가요? 공산주의는 결국 노동자들이 망가트리고, 사회주의는 종주국이 무너져 시장을 개방하고 자본주의화의 길을 내달리는가 하면, 반대편에서 자본주의는 복지정책으로 사회주의적 이상을 찾으려 하는 세상입니다. 소수의 투기꾼들이 세계경제를 마비시키는 자유시장 경제 또한 개인의 생산력을 퇴화시키는 공동생산 개념이나 마찬가지로 결함을 보여 지구촌이 새로운 제3의 이데올로기를 찾아내려고 노력하는 요즈음, 케케묵은 사상 논쟁으로 쓸데없는 시간을 낭비하지는 맙시다. 냉전과 이념 전쟁이 끝난 지가 언제인데, 아직도 좌익이니 우익이니 해가며 생산성이 전혀 없는 소모적인 논쟁을 벌여서 무얼 하자는 말입니까?" 윤대복은 구치소 동지였던 강군복을 감히 손가락으로 가리키며 이렇게 지적했다. "제3공화국으로부터 제5공화국에 이르기까지, 한국에서 좌익을 키우고 확산시킨 세력은 당신처럼 군복을 걸치고 국민을 탄압하던 지배계층이었습니다. 버스를 타고 가다가 왼쪽을 쳐다보기만 해도 좌익으로 몰아 남산으로 끌고 가서 초죽음을 만들어 내보내던 그런 시대는 이미 오래 전에 종지부를 찍었습니다."

강군복이 자리에서 벌떡 일어나 검지를 들어 젊은 윤대복에게 삿대질을 했지만, 너무 비분강개해서 손을 부들부들 떨기만 할 뿐이었고, 양쪽 끝에 허연 게거품을 문 입에서는 질식음 이외에 아무 말도 나오지 않았다. 간질 환자처럼 두 눈이 허옇게 뒤집히고 콧구멍에서 연기를 뿜어대는 전직 국방장관을 대신하여 몇 명의 퇴역 군인이 여기저기서 윤대복을 향해 "저 빨갱이새끼 때려 죽여라!"거나, "저 새끼 내쫓아라!" 고함을 지르며 구두짝을 벗어 던졌고, 연단에 버티고 선 독고섭을 향해서도 홧김 신발이 우박처럼 날아갔지만, 논리적인 반박을 하기에 어려움을 느껴 격한 감정을 촌스러운 욕설로밖에는 표현할 줄 모르는 그런 사람들의 공격에 대해서 독고섭은 미동조차 하지 않았다.

색깔 논쟁은 그러나 곧 끝났다. 아버지 윤대복을 따라 와서 회의를 방청하던 어린 도형이가 손을 번쩍 들고 이런 질문을 했기 때문이었다. "왼쪽과 오른쪽은 방향이지, 왜 그게 색깔예요?" 대여섯 살밖에 안 되는 순진한 아이가 내던진 이 엉뚱한 말을 듣고 모두들 폭소를 터뜨리는 바람에 색깔 논쟁은 당장 빛을 잃고 말았다.

첨예한 대립의 긴장이 그렇게 맥을 잃은 다음 몇 사람의 짤막한 의견 피력을 거쳤고, 그러자 강군복 장군이 제기한 독고섭 회장 탄핵안을 표결에 부치자는 재청이 뒤따랐다. 재청자는 솔섬 원주민 황염치 노인의 벽돌공 아들 완석이었다.

황완석은 솔섬이 바다 위로 떠오른 다음 한국 정부가 제공하는 정착금을 타먹으려고 귀향했지만, 황송 당국에 매수되어 돈과 넓은 땅을 받고 다시 송도리를 벗어났으며, 그렇게 해서 굴러들어온 정착금과 이주금 목돈을 도박에 투자하여 대박을 터뜨리겠다며 선죽도 바다이야기로 몇 차례 원정을 나가 날려버리고는, 벽돌공의 생활로 돌아갔다. 여느 때나 마찬가지로 낮술에 반쯤 취해 몽롱한 상태였던 황완석은 윤대복을 흉내 내어 의자에 올라서서, 두 팔을 치켜 벌리고 일단 중심을 잡더니, 흐물흐물한 두 무릎으로 겨우 버티고 서서, 동서남북으로 느릿느릿 휘청거리며, 말을 더듬거렸다.

"아, 아무리 황송이 웃기는 나라이고, 아무리 웃기는 세상이라고 하더라도, 저 친구처럼 저 혼자 출마하고 저 혼자 투표하여 제멋대로 회장이 되는 거 좀 너무 웃기기 때문에, 우리는 민주적인 절차로, 웃기지 않게 새로운 지도자를 뽑아야 하는 거 아니에요?"

그래서 공개 거수투표를 거친 결과, 독고섭은 탄핵 찬성 416표 대 반대 2표로 회장직을 박탈당했으며, 사무국장 이상국이 그 자리를 승계했다. 탄핵에 반대한 사람은 독고섭 자신과 윤대복뿐이었다.

　　"국민은 계몽하고 이끌어줘야 할 대상이지, 설득하고 토론하거나, 동의를 구하며 섬겨야 할 상전이 아닙니다." 해안방위군 총사령관 겸 국정홍보처장 민충수 제독이 언론을 엄격하게 통제해야 하는 까닭을 임해도 사장에게 분명히 밝혔다. "통치자가 국민의 여론으로부터 탄압을 받으면서 쫓기는 신세가 되고, 정부가 언론에 짓밟혀 무기력해지면, 그것은 국가와 국민에게 다 같이 불행한 일입니다."

　　《황송혁명신문》의 사장실은 6층에서 절반을 널찍하게 차지했고, 광장 쪽으로 커다란 남향 창문을 내기는 했지만, 바다와 하늘을 누런 황사가 두텁게 가려버린 답답한 풍경 말고는 아무것도 내다보이지를 않았다. 창턱에는 꽃집 진열대처럼 갖가지 선인장과, 정성스럽게 분재한 해바라기와 감나무, 그리고 벽돌의 한가운데를 파내고 코스모스와 채송화와 맨드라미를 심은 화분을 여비서가 수집해서 줄지어 늘어놓았고, 안쪽 벽에는 박제한 참새와 박쥐가 높다랗게 천장 가까이 매달렸다.

　　책상 위에는 임해도 사장의 명패 바로 옆에 언론을 상징하느라고 아크릴로 큼직하게 도형화한 파란 펜촉을 만들어 앉혔는데, 바로 앞에 버티고 앉은 홍보처장의 우람한 체구에 압도당해서 한 뼘쯤밖에 안 되는 상징물이 지극히 초라해 보이기만 했다. 키가 시골 오리정 장승만큼이나 크고 어깨는 전함처럼 단단히 벌어진 홍보처장은, 제복 차림에 모자까지 똑바로 갖춰 쓴 모습이, 변웅호를 축소하여 복제한 독재자가 영락없다고 임해도는 상상했다.

"언론의 비판 기능을 사람들은 민주주의의 초석이요 정의 사회의 기둥이라고 주장하지만, 우리나라의 언론은 올바르게 국민을 비판하는 대신, 정부를 향해 일방적으로 유치한 언어 폭력만 자행해 왔을 따름입니다." 시찰 나온 감독관 같은 말투로 민 처장이 단호한 훈시를 계속했다. "군부가 집권한 직후에 아동들을 보호하려고 고속도로에 세발자전거 전용차로를 병설하겠다고 정부에서 발표했을 때, 저질 황송언론에서는 국고 낭비라고 쌍지팡이를 짚고 나서서 얼마나 열심히 반대를 했던가요?

시민들의 사상적인 성향을 수사당국이 효과적으로 한눈에 알아보기 쉽도록, 개별적인 이념지수에 따라 그들이 타고 다니는 승용차를 연두와 분홍과 보랏빛으로 분류하여 도색하라는 훈령을 내렸을 때도, 연예 스포츠 무가지들이 이념과는 아무런 관계가 없는 심리학자들까지 동원해 가면서 그런 색채가 정서불안을 일으킨다느니 어쩌니 또 얼마나 호들갑을 떨었고요.

그뿐이었던가요? 대통령 각하께서 손수 도안하여 대량생산에 돌입하려던 삼지창 이쑤시개도 운동권 인터넷 신문들이 들고 일어나 치아를 손상시키는 흉물이니 뭐니 미술대학 교수들을 시켜 비난의 글을 쓰라고 난동을 부리는 바람에 결국 보급을 포기하지 않았던가요? 나이도 새파란 기자들이 뭘 안답시고 뒷말이 그렇게 많은지 사사건건 국가정책을 비방하며 말도 안 되는 소리를 시시콜콜 늘어놓고, 그러니 우리 위대한 영도자의 입에서 '대통령 못해 먹겠다'는 소리까지 나오는 거 아닙니까?"

재작년 추석에는 등에 만큼이나 귀찮은 언론의 이런 행태를 보고 변웅호 대통령이 참다못해 진무성을 불러 "악성 언론이 함부로 놀리는 입을 봉쇄할 종합적인 대책을 마련하라"는 지시를 내리기에 이르렀다. 당시 비서실장이었던 진무성은 지체 없이 민충수 제독을 불러 언론 자유의 부르짖음을 완벽하게 진압할 정책을 수립해 달라고 주문했다.

민 처장은 그가 정치적인 도약을 이룬 다음 손발처럼 부리려고 몰래 사조직으로 육성하여 애지중지하는 문민 두뇌집단 386명을 총출동시켜 '집현전' 안가에 감금하고는, 언론 선진화 정책의 졸속한 각본을 최대한 신속하게 작성하도록 닦달했다. 386집단은 갖가지 언론개혁 각본을 인터넷 PX에서 헐값으로 입수하여 생물시간의 개구리 표본처럼 정밀하게 해부한 다음 쓸 만한 뼈다귀를 정성껏 추려 철저히 표절해서는 한국 제5공화국의 전세환 식 군사독재적 통폐합을 실시하여 13개 일간지와 텔레비전 3국과 라디오 4국을 일거에 전멸시켰지만, 군사문화에 위배되는 언론 작태를 통째로 종식시키기가 생각처럼 그렇게 쉽지는 않았다.

민충수 제독이 저질렀던 행정상의 유일한 실수는 신문과 방송사들을 없애기는 했지만 기자들을 제대로 정리하지 못하고 그냥 넘어갔다는 표본오차 ±3.5% 범위의 착오였다. 하지만 이런 작은 오차가 아주 심각한 결과를 가져와서, 이미 없어진 신문이나 방송의 미해고 기자들은 은퇴한 노조간부들처럼 줄기차게 기자실을 드나들며 취재활동을 계속하고는, 야간업소 전단지에 등사기로 인쇄한 개별 기사를 길거리에서 배포하는 소매업 형태를 취하여 언론인으로서의 명맥을 겨우 유지했다.

"그놈의 쪽지신문들이 벌이던 유령보도 행태를 임 사장은 잘 기억하겠죠? 정치, 경제, 군사, 외교 따위의 중요한 제문제에 대해서는 입도 뻥끗하지 못하면서 음주 운전으로 걸릴까봐 도주하던 차량에 헌병이 발포하여 운전자가 즉사했을 때는 노숙기자들이 과잉단속이

니 뭐니 온갖 너절한 소리를 늘어놓으며 또 얼마나 법석을 부렸던가
요?” 홍보처장이 격앙된 목소리로 외쳤다. “아니, 과잉단속이라니.
공권력을 무시하고 함부로 도망치는 폭주족들은 처음부터 모조리
쏴 죽여야 정신을 차리지, 단속을 제대로 안 하고 흐지부지 내버려
두면 나라꼴이 한국처럼 무질서한 교통지옥이 되지 않겠어요? 도대
체 언론인이라는 것들은 언제 정신을 차려 국가 시책의 홍보에 적극
적으로 발 벗고 나서겠단 말인가요?”

민 처장은 유령 기자들의 원외 활동을 저지하여 통폐합 작업을 마
무리 짓기 위해서 한국 노세환 대통령 방식의 대못질 언론 정책까지
도 모방하여, 모든 관공서의 기자실 출입문을 산소용접기로 질러서
막아버리고는 핑계 김에 모든 기자의 관청출입 권한을 압류했다. 국
정홍보처는 각 부처로부터 쫓겨난 출입 기자단들에게 “공연히 쓸데
없는 고생을 해가면서 취재를 한답시고 돌아다닐 생각을 아예 하지
말고, 국가에서 일목요연하게 정리하여 나눠주는 정책 홍보자료를
질서정연하게 베끼도록 하라”는 박세환 식 보도지침 주문을 했다.

그러나 기자실 대못질이라는 유치한 발상에 분노한 언론인들의
비협조적인 태도는 어디를 눌러도 터지지 않고 빠져나가는 풍선 효
과를 교묘히 타고 다니며 조금도 개선되지 않았다. 그들은 ‘공산당
식 일방통행 언론통제’에 대한 반격을 가하느라고 온갖 교묘하고,
악의적이고, 왜곡된 잘라먹기 편법을 대뜸 동원했다. 기자들은 홍
보처에서 일괄적으로 배포하는 보도자료를 중간쯤에서 잘라버려 의
미를 뒤집고 곡해하는 재래식 수법을 남용했는데, 예를 들어서 “서
울 하수도의 더러운 물을 맑은 생수로 대체하겠다”는 모범답안 기사
를 나눠주면, 기자들은 뒷부분을 싹둑 잘라버리고 “서울 하수도의
물이 더럽다”는 비방성 내용만 기사화하여 쪽지신문에 손바닥만큼

펼쳐놓고는, 마치 그런 사실을 그들 스스로 취재하여 알아내기라도 한 것처럼 비일비재 허위보도를 일삼았다.

범죄에 대한 보도 방식도 이런 꺾기로 인해 국민들의 판단을 혼란 시켜서, 어떤 사건이 일어나면 폭력성을 자극하는 범죄 과정만을 선 정적이거나 선동적으로 요란하게 보도하고, 범죄자들이 나중에 얼 마나 신속하게 검거되어 어떤 엄중한 처벌을 받았는지는 전혀 추적 하거나 언급하지 않았다. 정의가 집행되는 부분을 사이비 언론이 국 민에게 전혀 알리지 않는 바람에 마치 나라 전체가 납치와 살인과 방 화만 날뛰는 무서운 세상이 되기라도 한 것처럼 애꿎은 국민이 기만 당하고는 했다.

"이런 썩은 언론의 전통과 관행은 일찌감치 우리 사회에서 가차 없 이 몰아내었어야 합니다." 민 처장이 변웅호 식으로 설명했다. "그리 고 이런 악랄한 관행에 물든 언론 집단의 자질을 향상시키려면, 취 재기자들을 모조리 잡아다 수용소에 집어넣고 재교육을 시키는 방 안도 당연히 강구해야만 합니다."

이러한 언론문화의 뒤틀린 현실을 바로잡고 싶었던 국정홍보처는 재차 언론 정화사업을 구체적으로 구상하여, 꺾기 보도를 저지른 기 자들을 혁명광장 주말 재교육에 끌고 나가 그들이 잘라버린 기사의 길이만큼 손가락을 잘라버릴 엄벌 계획도 본격적으로 세웠다. 그러 나 재교육 계획에 대한 정보를 비밀리에 불법 취재를 통해 수집한 언 론계는, 꺾기에서 진일보하여, 협소한 지면의 한계를 이유로 들면 서 정권을 선전하는 기사라면 아예 한 줄도 쓰지 않겠다고 집단 저항 을 벌였다. 그러다 보니 일제 강점기에 크나큰 구경거리였던 꽃전차 축제를 부활시킨 변웅호 정부의 혁혁한 업적과 휴대용 골프장 건설 같은 찬란한 공훈이 제대로 국민에게 전해지지 않는 불상사가 생겨나고 말았다.

"앞뒤를 가리거나, 길고 짧은지를 대보지도 않고, 아무 생각도 안 하면서 이런 식으로 무작정 반대나 비난부터 하는 잔소리 수준의 언론은 국가 발전에 아무런 도움이 되지 않습니다." 임 사장의 여비서가 들여온 쑥차의 맛이 무척 쓰다는 듯 얼굴을 찡그리며 홍보처장이 말했다. "신문이나 방송에서는 왜 늘 험악한 사건과 사고 기사만 싣는지 모르겠어요. 사고를 내지 않은 사람들이나 사건이 일어나지 않는 수많은 마을에 대한 보도는 안 하면서 말예요. 그렇게 비관적인 내용만 집중적으로 보도하면 국민의 정신 건강을 해칠 따름입니다."

불효막심한 언론에 맞서 변 대통령이 다시 한 번 쾌도난마 반격을 개시한 것은 음주운전 방지용 맹물 소주 이외에는 어떤 주류의 생산이나 유통도 금지한다는 혁명적인 정책을 야심차게 발표한 다음이었다. 반역적인 황송 언론은 이번에도 국가와 통치자를 찬양하는 글을 단 한 줄도 실어주지 않았다. 왜색이 심한 벚꽃을 황송 전역에서 박멸하겠다는 새로운 정책을 이튿날 잇달아 발표했을 때도 마찬가지였다.

이 무렵에는 임해도가 이끄는 《황송혁명신문》뿐 아니라 심지어는 군용 매체인 《전우신문》까지도 국정에 별로 기여하고 싶어 하지 않는 눈치가 역력하던 실정이었다. 그동안 폐간된 수많은 매체의 해고자들이 먹고 살아야 한다는 절박함에 쫓겨 야금야금 두 신문사로 은밀히 잠입하여 어느새 하부 구조를 이루고는 서서히 언론의 반란을 소극적으로 주도했지만, 임해도는 그의 코앞과 발밑에서 벌어지는 그들의 방해공작을 수수방관할 수밖에 없었다. 나라 전체가 앞날의 조망이 불투명한 풍전등화의 정국에 빠져들어 누구를 믿고 누구를 경계하고 누구를 배척해야 할지를 판단할 뚜렷한 가시적인 지표가 없기 때문에 정말로 골치가 아픈 중구난방 난형난제 소용돌이 현실에서는 우유부단이 최선의 처신방법이기 때문이었다.

그러다가 지난 주일에 임해도는 경제 망명자로 한국에서 도피 생활 중이던 한재산 회장의 밀사 자격으로 국내에 잠입한 하니와 비밀리에 접합하는 사이에 뜻밖의 정보를 불로소득으로 횡재했다. 주명복을 위시한 《혁명신문》의 22명 취재기자가 한 회장으로부터 원거리 사주를 받아 황송 최초로 언론 노동조합을 비밀리에 결성하리라는 정보였다. 물론 임해도는 이런 움직임을 막으려는 마음이 조금도 없었다. 한재산의 지원을 받는 세력이라면 언론노조 운동은 필시 성공하겠고, 그러면 자칫 주명복이 신문사의 대표로 등극하면서 상대적으로 몰락하게 될 임 사장과 위치가 뒤바뀔 가능성도 없지 않았다. 그렇다면 임해도는 주명복의 적이 되고 싶지가 않았다.

언론노조에 관한 정보를 임해도는 민충수 홍보처장에게 알리고 싶지 않았다. 그는 언제부터인가 국정홍보처에서 실행하는 온갖 정책을 놓고 누군가 중간에서 2중이나 3중으로 농간을 부린다고 확신했으며, 민충수 제독 역시 무엇인가 틈틈이 단속을 소홀히 한다는 인상을 받았었다. 그의 육감은 정확했다. 하니는 민 제독이 지금까지 한재산의 반란 계획에 포섭된 군부 주요 인물 가운데 하나라는 정보도 그에게 전해 주었다. 그렇다면 민충수와 주명복은 한통속일지도 모르는데, 만일 그가 반란 계획에 관한 정보를 군부의 민 제독에게 알려준다면, 그는 밀고자로 낙인이 찍혀 나중에 주명복에게 미움을 받고 수습기자로 강등되는 봉변을 당할지도 모를 일이었다.

하지만 임해도는 언론노조 결성에 관한 정보를 진무성 총리한테만큼은 지체하지 않고 알렸다. 한재산 진영의 반란이 실패하는 경우에 대비한 보험을 들어두기 위해서였다. 임해도는 변웅호 대통령이 군부 도처에서 진행 중인 모반 움직임에 대해서 얼마나 알고 있는지, 그리고 변웅호에 대한 진 총리의 충성심이 여전히 철석같은지 여부는 확인할 길이 없었다. 앞으로 닥쳐올 정변에 대해서 대통령과 총리가 얼마나 자유롭게 그리고 솔직하게 정보를 공유하는지도 미지수였다. 그래서 어떤 경우라고 해도 임 사장은 위험한 모험은 하고 싶지 않았다.

주명복 일당은 지난 금요일에 마침내 노동조합을 결성하여 전격 등록하는 데서 그치지 않고, 편집국을 점거하고는 언론의 자유를 쟁취하겠다며 기습적인 농성을 시작했다. 어느 계통의 명령 체계가 동원되었는지는 모르겠지만, 공권력의 출동 또한 신속했다. 농성이 시작되기를 근처에 잠복하면서 미리부터 기다리기라도 한 듯, 무장 진압대가 출동하여 주모자들을 전원 체포했다. 이튿날 즉결재판에서 3년형을 받은 주명복 일당은 현재 황송구치소에서 닷새째 복역 중이었지만, 변웅호 대통령은 국가 통제를 벗어나려고 발버둥치는 언론의 마지막 발악이 더 이상 눈뜨고 보기가 싫어서 《혁명신문》을 폐간할 의사를 밝히기도 했었다.

변웅호 대통령이 《혁명신문》을 살려두기로 겨우 마음을 돌린 까닭은 진무성 총리가 극구 만류했기 때문이었다. 국정홍보처가 정병군 법무장관과 협조하여 언론인 재교육을 추진하려고 했던 과정에서도 변웅호 대통령은 마지못해서나마 국무총리의 설득을 받아들였다. 그래서 임해도는 요즈음 잠재적 모반 세력과 변웅호에 대해 진무성 총리가 이상하고도 은근한 견제력을 구사한다는 인상을 받기까지 했다.

《혁명신문》의 폐간을 보류하는 조건으로 마지막 경고를 다짐하라는 지시에 따라 오늘 신문사를 방문한 민충수 홍보처장은 임해도에게 최후통첩을 전했다.

"각하의 뜻을 받들어 이제부터는 모든 매체에서 뉴스 보도를 없애 버리기로 했습니다. 그 이유는 잘 알겠죠?"

여섯 신고

"신고합니다!" 총리실을 방문한 민충수 제독이 직각으로 꺾어지는 거수경례를 진무성에게 붙이며, 훈련병한테나 어울리는 낭랑한 목소리로 우렁차게 말했다. "해안방위군 총사령관 민충수는 1971년 5월 7일자로 황송공화국 국정홍보부 장관으로 명을 받았으므로, 이에 신고합니다!"

민충수의 과장된 신고 태도는 어딘가 불성실해 보였다. 해군 제독 민충수는 육군 준장 진무성보다 나이가 열 살이나 위였고, 군 경력도 12년이 선배였으며, 현재의 계급 또한 제독이 상관이었다. 그러나 아무것도 모르는 체 태연하게 진무성은 국정홍보처가 부로 승격하는 바람에 생각지도 않게 갑자기 장관의 자리에 오른 제독을 축하했다. 그리고 불완전한 충성심을 요란함으로 포장하며 민충수 제독은 중령에서 두 계급이나 특진해가면서 독재 정부의 첫 국무총리로 등극한 진무성 준장을 축하했다.

두 사람은 타원형 탁자에 마주앉아 국정홍보부가 앞으로 전개해나갈 계획들에 대한 의견을 주고받았다.

"주무 장관으로서, 분골쇄신 온몸을 다 바쳐, 언론 탄압에 헌신하겠습니다." 홍보장관이 그의 확고한 포부를 선언적으로 밝혔다. "그러니까 앞으로 많은 협조를 바랍니다."

이것은 아랫사람이 윗사람에게 올리는 겸손한 부탁이라기보다는 완곡한 명령에 가까운 말투였다. 진무성 총리는 민충수 장관이 이제는 목소리와 말투까지도 변웅호 대통령을 퍽 닮아간다고 느꼈다. 충견이 주인을 닮아가는 듯한 모습이었다.

주인을 물려고 도사리면서 충견이 서투른 표정으로 모반의 칼날을 위장하려는 속셈을 빤히 읽어내면서도 진무성은 민 장관에게 6백 명의 인원 확충과 새 청사 건물을 '협조'하겠다고 지체 없이 약속했다.

더욱 의기양양해진 홍보장관이 돌진을 계속했다. "그리고 이미 보고 드린 바와 같이 《혁명신문》 사태도 무사히 수습했으니까, 내친 김에 이제는 여기저기서 독버섯처럼 생겨나는 악질적이고 극성스러운 인터넷 언론 매체를 모조리 색출하여 말살시키는 작업을 개시할 때가 되었다고 생각하는데요. 총리의 견해는 어떠십니까?"

민충수의 태도가 지난 한 달 사이에 갑자기 담대해진 까닭이 무엇인지를 진무성은 훤히 알았다. 지금 이 순간에도 민 제독의 표정에서 명현하게 번져 나오는 오만한 자신감은 미래에 대한 과신에서 비롯됐다. 반역의 무리는 그들의 음모가 성공하리라고 과신했다.

《황송혁명신문》의 임해도 사장이 진 총리에게 확인해준 바로는, 한국 정부가 제공하는 북한제 소형 잠수함을 타고 아랑도사의 딸 한이가 비밀리에 황송으로 잠입하여, 채공손 합참의장과 이안 매컬럼 대사를 만나 반역 음모를 꾸며놓았다고 했다. 한이로부터 임 사장이 직접 입수했다는 이 정보를 진무성은 대통령에게 즉각 보고했다. 그런데 놀랍게도 변웅호는 그런 사실을 이미 알고 있었을 뿐 아니라,

반역을 주도하는 합참의장이 현대업 국방장관과 민충수를 포섭하는 데 성공했다는 첩보를 총리에게 거꾸로 알려주기까지 했다.

"인터넷 매체의 통제는 보다 신중하게 접근해야 할 문제라고 생각하는데요." 국무총리가 민 제독에게 그의 '견해'를 밝혔다. 골고다의 전우 이상국에게 닥쳐오려는 운명을 얼핏 생각하면서. "지하 매체는 세포조직과 같은 특성 때문에 색출하기도 쉽지 않으려니와, 예를 들어 《목소리》만 하더라도, 정식으로 등록한 바가 없는 매체여서 폐간시키기가 현실적으로 불가능하잖아요. 그뿐 아니라 언론이 지나치게 일방적인 목소리만 내면 오히려 국민이 지도자의 말을 믿으려 하지 않는 반동 성향을 보이기 때문에, 반대하는 여론도 어느 정도는 남겨 둬야 상승효과가 발생하지 않겠어요?"

마음속과 머릿속이 훤히 들여다보이는 민 제독을 진 총리가 적절히 조종하기는 그리 어렵지 않았다. 문제는 변웅호였다. 진무성은 변웅호가 입을 열기도 전에 그가 하려는 말을 예측해서 가려운 곳을 효과적으로 긁어주는 특이한 재능의 소유자였지만, 요즈음 그는 변 대통령의 심중을 읽어내는 자신의 감각이 무디어졌음을 문득문득 느끼고는 했다. 지금도 마찬가지였다. 그토록 항상 행동이 빠른 변웅호인데, 왜 그는 민 장관의 동향을 알면서도 서둘러 손을 쓰지 않는 것일까?

그러나 변웅호는 동지와 적의 마음을 다 같이 읽어내는 감각이 뛰어났으며, 장군들의 모함이나 모략을 꿰뚫어보면서 통제하고 역공하는 용병술 또한 대단했다. 그렇다면 변 대통령은, 가장 위험하고 무서운 적이 가장 가까운 곳에 숨어서 접근한다는 사실을 알면서, 틀림없이 어떤 대책을 단단히 준비해 놓고는, 무엇인가 계산을 하면서 일부러 시간을 끌며 기다리는지도 모를 일이었다.

민충수 제독은 국무총리의 견해는 들은 체도 하지 않고 계속해서 밀어붙였다. "나한테 다 복안이 있으니까 총리께서는 그냥 구경만 하시면 됩니다."

일곱 낙인

윤대복이 소주 한 병을 플라스틱 쟁반에 덩그러니 담아 들고 들어와서 방바닥에 내려놓았다. 안주라고는 서둘러 썰어 접시에 아무렇게나 수북이 담은 오이 두 개와 고추장 한 종발이 전부였다. 참으로 초라한 잔칫상이었지만, 그들 두 사람의 처지에 차라리 잘 어울리는 상징성이라고 독고섭은 생각했다.

올사모에서 회장 자리를 빼앗기고 느닷없이 밀려나는 바람에 정치적인 야심을 발붙여 키울 곳이 없어진 독고섭은 탄핵 표결에서 유일하게 그를 지지했던 윤대복을 찾아와서, 의기를 투합하여 새로운 동지들을 포섭하는 방안을 모색하려 했지만, 좀처럼 뾰족한 묘수가 보이지를 않았다. 의로운 동지들을 규합하여 비밀결사를 만들거나, 하다못해 선동이 용이한 새로운 어떤 세력을 창출하려면 무엇인가 단체를 조직해야 하는데, 황송 땅에서 이름을 붙일 만한 집단이나 조직이 없었으니, 둘이서 아무리 머리를 짜내도 쓸 만한 건더기가 나오지 않았다.

윤대복은 몇 년 전에 노숙자 생활을 청산하기는 했지만, 아무리 세월이 흘러가도 그의 살림살이는 별로 나아지지 않아, 독고섭은 아까 다가구주택으로 처음 들어설 때 그가 얼마나 궁색하게 살아가는지를 한눈에 알아보았다. 철문 안쪽에는 주택 철거 따위의 일용직 일거리를 얻으러 나갈 때 그가 타고 다니는 허름한 자전거가 힘겹게 서서 월요일이 오기를 기다렸고, 달동네 고지대임에도 불구하고 어디선가 습기가 배어나와 반지하층으로 내려오느라고 층계는 푸른 청태가 미끄럽게 덮였으며, 곰팡내로 찌든 현관에는 더러운 물이 한 뼘이나 고여, 공사장에서 주워 온 벽돌을 석 장 나란히 깔아 댓돌을 만들어 그 위에다 신발이 젖지 않도록 올려놓았다.

아내가 몇 달 전에 가출해버려 눅눅하게 밀린 빨랫감이 여기저기 무더기를 이루며 쌓인 안방에는 어디선가 주워온 낡은 흑백텔레비전의 화상이 일그러졌고, 좁다란 안방에서 기어나가면 부엌의 한 쪽 벽을 따라 빈 소주병이 수북했다. 그리고 안쪽으로 마주 보이는 컴컴한 골방에서는 여섯 살 난 아들 도형이가 문을 반항적으로 열어놓고는, 고슴도치 자세로 도사리고 앉아 지극히 못마땅한 표정으로, 무능력한 아버지와 반갑지 않은 손님을 빤히 노려보았다. 아버지를 따라 올사모 집회로 놀러 갔던 어린 도형은 왼쪽과 오른쪽을 방향이 아니라 색깔이라고 우겨대며 어른들이 한심한 논쟁을 끝없이 벌이던 꼴을 목격한 이후 무식한 기성세대에 대해서 심한 환멸을 느끼던 중이었다.

세상에 넘쳐나는 온갖 못마땅한 사람들에 대한 비방과 자신들에 대한 신세 한탄을 주고받느라고 두 사람이 소주를 반 병쯤 비웠을 즈음에, 윤대복이 느닷없는 돌발 제안을 했다. "노숙자 연합을 만들면 어떨까요? 노숙자라면 노동자보다도 훨씬 심한 불이익을 당하는 약자이면서도 자신의 권익을 지켜줄 변변한 조합 하나 결성할 힘이 없잖아요. 만일 이들 소외된 자들의 편에 서겠다고 공약하며 단체를 하나 만들면 우린 올사모보다 훨씬 강력한 세를 결집할 수 있을 겁니다."

오랜 노숙자 생활로 얻은 체험적 지식을 동원하여 회원들을 모집하는 갖가지 요령을 제시하는 사이에 윤대복은 지난날의 핍색(逼塞)하던 아픔들이 되살아나서 감정이 왈칵 격해지는가 싶더니, 어느새 자신의 제안에 스스로 도취하여 주체하지 못할 정도로 왕성한 상상력을 분출해내면서 앞으로 연합이 힘차게 추진할 만한 구체적인 활동 방식을 줄줄이 열거했고, 노숙자들의 명의로 대포통장을 만들어 전화사기를 벌여 마련한 비자금을 활동비로 삼아 전업 시위꾼을 다수 고용해서 대규모 불법집회를 개최함으로써 연합의 존재를 세상에 알리자는 기발한 대목에 이르러서는, 점점 흥분하여 얼굴을 붉히고 열을 올리더니, 급기야는 팔뚝을 걷어 올리고 웅변가처럼 손가락으로 허공을 찔러대기도 했다.

자신이 한 얘기가 아니라 타인들의 견해라면 본디 별다른 관심을 보이는 적이 드물었던 독고섭으로서는 그런 허황된 제안에 아무런 흥미를 느끼지 못했지만, 열변을 토하면서 휘둘러대던 윤대복의 오른쪽 팔뚝 안쪽에 찍힌 두 개의 검은 자국을 보고는 갑자기 긴장해서 물었다. "낙인이 두 개나 됩니까?"

윤대복이 당황해서 얼른 소매를 끌어내려 팔을 가리며 머리를 끄덕였다.

변웅호 정부에서는 1980년에 혁명 4주년을 맞아, 사회 정의를 철저히 실천하는 국가의 탄생을 기념하는 뜻으로 제 2차 도덕 정화작업을 벌인다며, 거의 1년에 걸쳐 전과자를 한 명도 빠짐없이 재차 잡아들여서는 하루에 수백 명씩 혁명광장에 정렬시켜 무릎을 꿇어앉히고 전기인두로 팔뚝에 낙인을 찍었다. 이 독창적인 정화작업의 낙인찍기 대상자들로는 길바닥에 침을 뱉거나 노상 방뇨를 한 자, 담배꽁초를 무단으로 투기하거나 무전취식을 한 번이라도 저질렀던 파렴치범 같은 경범죄 전과자라면 누구나 당연히 포함되었다.

윤대복은 노숙자 생활을 하다가 시청 쓰레기 단속반에 적발되었던 기록과 고조선건설의 지하 금고에서 1억원짜리 감귤 상자 네 개를 훔쳤던 전과로 인해서, 네모꼴 테를 두른 '노숙'과 인감도장처럼 동그란 '절도' 낙인이 찍혔다. 황송에서는 낙인이 하나만 찍혀도 정규직으로 취업이 되지 않았으니, 훈장을 두 개나 달고 살아온 윤대복이 겪어야 했던 불이익은 가히 짐작이 가고도 남았다. 그리고 3진 퇴출 원칙에 따라, 한 번만 더 법을 어기면 윤대복은 주말에 혁명광장으로 끌려가 필시 해괴한 방법으로 처형이 될 처지였다.

"고생이 심했겠어요." 독고섭이 윤대복의 눈치를 살피며 물었다.

"일단 낙인이 찍히면 이 나라에선 어떻게 되는지 잘 아시잖아요." 독고섭에게 소주 한 잔을 더 따라주며 윤대복이 비극적으로 말했다.

'노숙'이나 '전과'보다 훨씬 가혹한 '연좌(連坐)' 낙인이 찍혀 한국에서 오랜 세월을 힘겹게 살아야 했던 독고섭으로서는 윤대복의 고충을 충분히 알고도 남았다. 대학을 졸업하고 오정아(吳貞娥)와 결혼한 다음 국가공무원 시험을 보려던 독고섭은 서류 접수조차 거부를 당했었다. 이때부터 연좌 낙인은 강력한 영향력을 발휘하며 평생 독고섭을 쫓아다녀서, 그는 직업 군인이나 경찰이 될 수가 없었고, 웬만한 정규 직장에서는 그에게 면접의 기회조차 주어지지 않았다. 결국 독고섭 부부는 콩나물 국밥집을 차려 근근이 생계를 연명하다가, 낙인으로부터 해방되려는 꿈을 품고 신세계 황송으로 건너왔지만, 이곳 역시 색깔의 낙원은 아니었다.

　"그러니까 노숙자들처럼 사회적으로 낙인이 찍혀 불이익을 당하는 약자들을 대변하고 권익을 지켜주는 역할을 우리가 나서서 맡자는 얘깁니다." 독고섭에게서 술 한 잔을 되받으며 윤대복이 목소리를 높였다. "그리고 이들 약자들을 적절히 단결시키는 데 성공하기만 한다면 우리에게는 정말로 막강한 힘이 생겨납니다. 가진 것이 없으면 잃을 것도 없고, 잃을 것이 없는 사람들은 물불을 가리지 않으니까요."

　아버지를 빤히 지켜보던 골방의 도형이가 천천히 방문을 닫고는, 어둠 속으로 말없이 모습을 감추었다.

<h1 style="text-align:center">여덟 하날마을</h1>

　독고섭에게 연좌 낙인이 찍힌 이유는 학창시절의 운동 경력 때문이 아니었다. 그가 젊은 시절 한때 사회주의 사상에 심취했던 사실을 독고섭은 전혀 사상적 범죄 행위가 아니라고 믿었다. 주변 아이들이 호기심에 끌려 금서들을 찾아 읽기 시작하던 무렵, 대학생 독고섭은 다분히 청년기의 경쟁심에 휘말려 좌익 서적들을 탐했다. 그리고 그는 사상과 논리의 체계가 워낙 뚜렷하고 신념과 행동강령 또한 철저했던 마르크스주의자들의 신화에 흠뻑 매료되었다. 학교 주변이나 하숙방 그리고 싸구려 주점에서 풋풋하게 각성한 어린 사상가들의 논쟁이 벌어질 때 잠시만 귀를 기울여 봐도 왼쪽의 이상주의

가 언제나 옳았고, 그들의 이념적인 화법에는 빈틈이 별로 없었으며, 어떤 논쟁이 벌어지더라도 그들의 설득력이 나태한 다수보다 항상 뛰어났다. 반면에 게으르고 부유한 자들의 역겨운 기득권은 세상의 부패와 갈등만 번식시켰다.

수많은 사람들이 오해하듯 공산주의를 악의 씨나 인류에 대한 죄악이라고도 그는 생각하지 않았다. 소비에트 사회주의 공화국 연맹의 붕괴를 놓고 사회주의가 패망했다고 사람들은 말하지만, 독고섭은 사회주의가 시작부터 잘못이었다고는 믿고 싶지 않았다. 각 시대는 저마다 다른 이념과 철학을 필요로 하는데, 마르크스의 시대에는 잔혹하고 혐오스러운 부르주아 지배 계층의 착취와 탄압을 소멸시키려면 사회주의가 필요했고, 레닌의 시대에는 경제 이론으로서의 사회주의가 자본주의의 경쟁 이론보다 훨씬 이상적이고 인본주의적이었으며, 만일 사회주의의 기본 사상이 지금이라도 제대로 실현이 되기만 한다면 정말로 지상의 낙원이 도래하리라고 그는 변함없이 믿었다.

마르크스주의가 실패한 까닭은 마르크스 자신이 부르주아 출신이어서 프롤레타리아의 참된 심성이 무엇인지, 그리고 궁핍한 자의 윤리관이 때로는 얼마나 이기적으로 작용하는지를 알지 못했기 때문이었으며, 탐욕을 이기지 못하는 인간성으로 인해서 가난한 자가 기회를 잡으면 전리품을 더 악착같이 긁어모은다는 불변의 진리 때문이기도 했으며, 그리고 무엇보다도 사회주의가 경제 이론의 차원을 넘어 정치권력을 장악하려는 집권의 도구로 변질되었기 때문이라고 독고섭은 생각했다. 사회는 정신적으로 그리고 도덕적으로 끊임없이 진화해야 하는데, 급진적인 공산주의가 집권에 성공하자 '적'을 제압하기 위해 부르주아 통치보다도 훨씬 더 무자비하고 잔혹한 비

인간성을 드러냈고, 그래서 보복에 지나치게 열중하다 보니 사회를 윤리적으로 진보시키는 틀로서 기능하기에 실패했을 따름이었다.

일찌감치 운동권으로 진입한 독고섭은 좌익이 아니면 진보적인 지식층 영역에서는 명함도 내밀지 못하는 세상에서 그가 살아간다는 사실을 곧 깨달았지만, 가만히 따져보면 그것은 당연한 현실이었다. 폭압 정권을 물리치고, 사회 정의를 실현하고, 인권을 확립하려는 투쟁의 선봉에는 좌익이 나섰고, 그래서 반정부 투쟁은 곧 반독재 투쟁이 되었고, 반독재 투쟁에 참여하는 젊은이들이 대한민국의 유일한 애국자였기 때문에 반독재 투쟁은 곧 좌익 활동이라는 연쇄 공식이 이루어졌던 탓이었다. 그러다 보니 지긋지긋한 독재에 시달리던 사회 전체가 좌익 운동권 학생들을 열렬히 지지했고, 독재보다는 차라리 폭력적인 좌익이 좋겠다는 의식이 팽배하면서 대학과 문단 그리고 다른 지식인 집단들이 경쟁을 벌이다시피 너도나도 왼쪽으로 기울게 되었던 결과였다.

이렇게 해서 길거리 화염병 투쟁에 뛰어든 독고섭은 제5공화국 시절 시위현장에서 지금의 아내 오정아를 만났다. 독고섭과 마찬가지로 깃발총연맹 대원이었던 오정아의 집안은, 강군복이 올사모에서 배포한 자료에 의하면, "그야말로 골수 적색분자"였다. 하지만 독고섭은 처참한 과거의 소상한 진실을 정아 자신의 고백을 통해서가 아니라, 국가공무원 시험을 보려다가 서류 접수를 거부당한 다음 경찰 기록을 확인하고서야 알게 되었다.

독고섭의 장인 오막돌(吳莫乭)의 집안은 지리산 기슭 하날마을(天里)의 만석꾼 악덕지주로 널리 알려진 황금동(黃쭉童) 진사의 집에서 대대로 머슴살이를 했었다. 황 진사는 마을의 소작인들을 피가 마르도록 착취하여, 소작료를 못 내면 덜컥 송아지를 끌어가기가 십

상이었고, 눈길이 미치는 계집종들은 물론이요 머슴의 아낙들까지
닥치는 대로 농락하여 온 동네의 원성이 자자했다. 막돌의 어머니도
황금동의 뒷방으로 한밤중에 불려 들어간 적이 한두 번이 아니었다.
그러나 막돌이 금동 영감한테 원한이 각별하게 사무친 가장 큰 이유
는 따로 있었다.

추수를 얼마 앞둔 어느 날, 황 진사는 40자루의 낫을 벼릴 일이 생
겼다. 하지만 금동 영감은 일곱 살 난 막돌에게 집에서 대신 낫을 벼
리도록 시켰다. 대장장이에게 품삯으로 곡식을 퍼다 줄 생각을 하니
아깝고 속이 상했던 까닭에서였다. 그래서 서투른 솜씨로 풀무를 돌
리며 불질을 하던 어린 막돌은 코크스 불똥이 두 눈에 튀어 안구를
태우는 바람에 시력을 잃고 말았다. 그리고는 암흑 속에서 처참하고
도 불행한 소년시절을 보낸 막돌이 건장한 청년으로 성장했을 무렵
에 전쟁이 터졌고, 인민군이 내려와 하날마을을 느닷없이 해방시키
자, 힘없는 노동자와 농민이 부자들을 마음대로 응징해도 좋은 천지
개벽이 도래했다.

세상이 뒤집혔다는 소식을 듣고 막돌이 가장 먼저 취한 행동은 광
으로 가서 두 손으로 더듬거리며 홍두깨를 찾아 치켜들고는 황금동
의 방으로 달려가서 비명소리가 들려오는 방향을 사정없이 타작하
여 악덕 지주 내외를 때려죽이는 것이었다. 하날서당에 본부를 차린
내무서의 공산당 간부들은 막돌이 보여준 "영웅적인 귀감"을 전해 듣
고는 당장 그를 불러다가 붉은 완장을 팔뚝에 채워주고 하날뿐 아니
라 이웃 여러 마을에서 지주들과 부자들을 색출하여 인민재판에 회
부하는 막중한 사명을 맡겼다.

오랏줄에 묶여 청년당원이나 내무서원들에게 서당 앞 깃대 마당
으로 줄줄이 끌려온 사람들 가운데 반동분자를 분류해내는 심판자

의 역할을 열성적으로 수행하던 오막돌은 시각장애인이었던지라 눈으로 주민들의 신분을 가릴 길이 없어서, 기가 죽어 몸을 움츠리고 차례로 그의 앞을 지나가는 사람들을 하나씩 세워 손바닥을 만져보고는, 험한 농사일로 군살이 박힌 사람은 틀림없이 프롤레타리아라면서 풀어주었고, 놀고먹기만 해서 손바닥이 말랑말랑한 부르주아 계급은 즉석에서 골라내어 죽창으로 배를 찔러 죽였다. 이렇게 오막돌이 혼자서 손수 처형한 반동분자만 해도 42명에 이르렀다. 뿐만 아니라 내무서로 붙잡혀 오다가 섣불리 도망이라도 치려고 도주한 부잣집 이웃들은 빨간 완장을 두른 청년당원들을 시켜 끝까지 쫓아가 논바닥에서 곡괭이와 도끼와 낫으로 마구 찍어 죽이게 했다.

그러다가 전세가 바뀌어 국방군이 돌아오고 석 달 동안의 붉은 핏빛 천하가 끝장이 나자, 오막돌은 이웃들로부터 보복을 당할까봐 두려워 젖먹이 딸 정아와 아내를 내버리고 목숨아 나 살려라 혼자 피신을 감행했다. 앞을 못 보는 오막돌은 허겁지겁 숲으로 도망쳐 헤매다가 이념의 자기장에서 남북이 두 차례나 뒤바뀌는 바람에 애꿎은 방향감각을 잃고는 길을 헤매다가, 그만 다른 마을인 줄 잘못 알고 자신이 살던 하날마을로 되돌아와 어느 빈 집 외양간에 숨어 야음을 기다렸는데, 하필이면 그곳이 막돌의 죽창에 찔려 죽은 군수의 집이었다. 군수 아들의 손에 붙잡혀 마을사람들에게 오막돌이 돌로 쳐죽임을 당하던 날, 역시 소경인 그의 아내는 밤이 되자 딸을 품에 안고 나주 쪽으로 일단 피신했다가, 전쟁이 끝난 후에는 고생고생 전국을 떠돌아다니며 살았다. 그리고는 20여 년이 지나 오막돌의 딸 정아는 홀어머니 밑에서 아름다운 처녀로 성장했고, 우여곡절 끝에 서울로 이주하여 운동권 여성이 되어 민주화 투쟁의 현장에서 독고섭을 만나 인연을 맺었다.

　오막돌의 이런 과거 행적을 알게 된 독고섭은 동족상잔의 잔혹한
역사가 그와 지나치게 가까운 인연 속으로 들어와 있음을 인식하고
는 갈등에 빠졌다. 독고섭은 이상적인 공산주의 논리가 현실에서 실
현이 불가능한 몇 가지 새로운 이유를 이 무렵부터 곰곰이 깨닫기 시
작했다. 전쟁 자체가 부도덕하고 비윤리적인 현상이고 보면, 쌍방
의 야만적 폭력과 혼란 속에서 오막돌이 자행한 개별적인 행위를 놓
고 독립된 윤리성을 따지기가 애초부터 무리이기도 했지만, 결국 그
는 가해자와 피해자 어느 쪽도 이념 전쟁에서는 완전한 정당성을 이
론적으로 내세우기가 어렵다는 결론에 이르렀다. 인식과 관념은 상
황과 시기에 따라 기준이 달라지고, 어떤 개괄적 이념도 저마다의
특정 현실에서는 완전한 실패나 완전한 성공을 장담하지 못하기 마
련이었으며, 그래서 그는 지금까지 자신이 맹목적으로 따랐던 이념
의 궤도를 완충하려고 노력했다.
　하지만 그 노력은 별로 오래가지 못했다. 오막돌이 벌어놓은 죗값
을 독고섭이 함께 분담하기를 강요하는 연좌의 낙인에 쫓기기 시작
하면서, 곧 오기와 앙심으로 더욱 굳어진 독고섭의 편광 시각에서는
세상의 균형이 여전히 한 쪽으로만 기울어져 보였기 때문이었다.

아홉 74-HA

　트렌트 '트리플' 트라이던트 소장이 보낸 밀사를 조패구가 신뢰하기로 판단했던 가장 결정적인 이유는 미6군 정보참모부가 신세계 사단의 비밀 은거지를 군사 위성으로 추적하여 정확한 위치를 찾아내고서도 그렇게 중요한 정보를 벌써 여러 해째 '범죄와의 전쟁'을 벌여온 변웅호 정부에 넘겨주지 않았다는 사실 때문이었다.

　제4구 계룡산으로 잠복한 조패구의 주요 병력은 신흥 종교단체들이 모여들어 북적이는 지저스 밸리와 부처골을 피해 인적이 드문 반대편 북쪽 능선을 따라 전개하여, 비밀 출입구를 개미귀신 집의 여닫이문처럼 완벽하게 위장하여 숨긴 지하 동굴을 본부로 삼았다. 무기고를 중앙에 배치한 원형 전술기지들까지도 지하로 들어가 전혀 눈에 띄지 않는 이곳 은신처에서 몇 년 동안이나 숨어 지내던 장병들을 먹여 살리느라고 등산객으로 가장한 병참대가 틈나는 대로 보급품을 일일이 배낭으로 져서 날랐으며, 여름철에 어쩌다 길을 잘못 든 등산객이 이곳으로 올라오려고 하면 삼림감시원으로 가장한 돌쇠들이 주요 통로에 숨어서 지키며 기다리다가 입산금지 표지판을 얼른 세워 차단하고 출입을 금지시켰다.

　정부군 토벌대는 밀림이 우거진 북쪽 능선에는 어쩐 일인지 아직까지 한 번도 얼씬하지 않았지만, 미 군사위성은 돌출된 바위에 숨어서 사주경계를 하는 관측병들의 위치를 하늘에서 식별하고, 소수 병력이 야간 작전임무를 수행하려고 간헐적으로 하산하거나 회귀하는 산악 경로를 종합하여, 정확하게 조패구의 비밀본부를 추적해냈다.

트라이던트 장군이 파견한 밀사는 한국인 2세인 일라이자 초이 (Elijah Choi) 소령이었다. TTT 휘하의 황송 전담반 74-HA (Hwangsong Augmentation)의 기획 책임자인 초이 소령은 돌출 바위 부근의 여러 망루에 숨은 신세계 경비병들에게 관측을 당하는 줄 훤히 알면서도 태연히 능선을 오르다가, 불쑥 나타나서 입산을 금지시키려는 감시원 돌쇠에게 자신의 신분과 임무를 밝히고는, 다짜고짜 조패구가 몸을 숨긴 현재 위치 좌표를 정확히 대면서, 그를 지금 당장 만나게 해달라고 면회를 신청했다.

긴급 보고를 받은 조패구는 삼엄한 다단계 확인절차를 거쳐, 고건석 제 1연대장이 나가서 밀사를 대신 만나보도록 했다. 반나절이나 걸려 산을 오르느라고 허기가 진 일라이자 초이는, 사방으로 시야가 터진 평바위에서 고건석과 마주 앉아서는 자신이 가져온 김밥을 함께 나눠 먹자고 권하며, "변웅호 독재 정권을 타도하려는 신세계 사단의 시민전쟁에 미6군 정보참모부 74-HA 기획단이 동참하고 싶다"는 뜻을 전했고, 동참을 원하게 된 동기도 솔직하게 밝혔다.

"황송의 반정부 저항세력이 서서히 좌경화하는 움직임을 미국 정부는 심히 우려하는 바입니다. 그래서 74-HA 기획단은 신세계와 손을 잡고 좌경화를 촉발시키는 극우 군사정권을 퇴진시키기를 원합니다."

변웅호 독재 정부와의 전쟁에 장기간 시달려온 조패구로서는 뜻밖의 우방을 얻게 되어 신중하게 기뻐했으며, 조 회장은 이튿날 새벽에 다산 정약용으로 변장하고 산을 내려와 미6군 사령부 영내 플레이보이 카지노에서 트라이던트 소장과 단독으로 회담을 열었다. 이 자리에서 조패구는 미국이 신세계 사단의 맹방임을 증명한다는 의미에서 그의 동생 조막구의 구명운동에 적극 나서달라고 요구했다.

신세계 사단의 부사령관 겸 야전사령관 역할을 맡았던 조막구는 부족한 무기를 확보하려는 목적으로 유격대를 이끌고 황송군의 제5 전투 사단 탄약고를 공격하다 체포되어 현재 군 형무소에서 무기수로 복역 중이었고, 그래서 조패구의 무력항쟁 계획이 큰 차질을 빚는 실정이었다. 갑작스러운 요구이기는 했지만, 만반의 준비를 마치고 회담에 임했던 트라이던트는 조 회장에게 즉석에서, 범죄 산업에 대한 부정적인 국민의 정서를 고려하면 거물 조폭 조막구를 무작정 합법적으로 석방하기는 어려운 일이라고 일단 전제하고 나서, 채공손의 은밀한 협조를 받아 어떻게 해서든지 그가 스스로 탈출에 성공하도록 돕겠다고 약속했다.

그리고 TTT는 조막구를 풀어주는 대가로 변웅호를 제거하는 끝내기작전에 조패구가 거느린 신세계 사단의 돌쇠들을 동원해 달라고 마주 요구했다. 국가 원수의 암살 작전에 미국이 공개적으로 앞장을 섰다가는 국제적인 문제가 발생할 우려가 크기 때문에, 병력은 신세계가 조달하고, 그 병력에 대한 훈련과 작전 수립은 74-HA가 수행하겠다는 절충안이었다.

한 주일 후에 플레이보이 카지노에서 열린 가장무도회에 산적으로 변장하고 참석한 고건석 연대장은 일라이자 초이 소령과 환전실에서 은밀히 접선하여, 신세계 병력이 변웅호를 제거하려는 작전에 적극적으로 참가하는 경우, 그에 따르는 막중한 위험을 고려할 때, 조막구의 구명 정도로는 보상이 부족하다면서, 군사 정권을 전복시키고 난 다음 신세계 진영에 어떤 정치적인 혜택을 따로 마련해주겠느냐고 타진했다.

네 번째 플레이보이 카지노 비밀협상에 참석한 채공손 합참의장은 고건석에게 직접, 거사가 성공하여 새로운 민간 정부가 들어서기만 한다면 "신세계 그룹의 합법적인 경제 활동을 최대한 보장하겠다"
고 다짐했다. 하지만 제5차 협상에서 다산 조패구를 만난 트라이던
트 장군이 다시 단서를 붙였다. 작전이 끝난 다음에는, 공화국 자체
의 존립에 위협이 되지 않도록, 신세계 사단의 무장을 조직 생존에
필요한 최소한의 수준으로 감축하여 유지하도록 노력해야 하며, 정
치에는 절대로 개입하지 말라는 조건이었다.

조패구는 "신세계 사단이 국민을 상대로 폭력과 약탈과 약취와 착
취를, 국가의 안위를 위협하지 않는 한도 내에서 마음대로 자행하도
록 정부에서 눈감아 주기만 한다면, 합법적인 신세계 기업이 재벌로
성장하는 추이를 확인해 가면서, 무장 해제를 20년에 걸쳐 단계적으
로 실시하겠다"고 합의했다.

이런 밀약이 성공적으로 마무리 짓자 신세계 사단의 고건석, 강대
규, 오국희는 각자 연대 병력 중에서 서양인처럼 허우대가 멀쩡한
돌쇠 대원을 1개 중대씩 차출했고, 일라이자 초이 소령은 계룡산 지
하 동굴을 방문하여 그들 가운데 키가 각별히 훤칠한 대원 2백 명을
암살단원으로 선발했다. 선발된 암살단이 신세계 배출대에서 다음
지시를 기다리며 대기하는 동안, 74-HA 기획단은 훈련 계획을 수립
하여 트라이던트 소장에게 제출했고, 종합 전략지침서 〈천자문 각
본〉에 대한 최종 승인이 떨어지자 기획단 분장 요원 두 명이 계룡산
으로 들어가 단원들에게 속성 성형을 실시했다.

분장 요원들은 차출한 돌쇠들의 얼굴에 라텍스(latex)로 큼직하게
가짜 코를 만들어 붙이고 눈에는 파랗거나 초록빛인 콘택트렌즈를
끼워 푸른 눈의 미군 병사로 변신시키고는, 야음을 틈타 그들을 인
솔해서 북쪽 금잔디 능선을 타고 하산하여, 제3구에 위치한 미6군
의 훈련소에 돌쇠들을 인계했다. 개인호와 교통호는 물론이요 참호

까지 갖춘 미군 훈련소에 입소한 암살단은 일라이자 초이 소령의 기획단이 준비한 2개월 PRI 기본교육 계획에 따라 강훈련에 돌입했다.

제식 훈련과 화생방 교육 따위의 고전적인 기초 훈련을 거쳐, 가을로 접어들자 암살단은 미국 본토에서 밀파한 델타 포스 교관들 지도로 정밀사격술을 집중적으로 연마했다. 그리고는 무슨 이유에서인지 그들은 거의 6개월에 걸쳐 미군 의장대로부터 집총 훈련을 받았다.

이렇듯 강도 높은 1차 훈련이 끝나자 74-HA 기획단은 돌쇠 훈련병들의 개별적인 적성과 능력을 철저히 분석하고 평가한 결과, 그들 가운데 1차로 1백 명을 다시 선발하여 대통령을 저격할 40명 정예조를 조직하고, 유사시에 대비한 예비 저격병 60명을 확보하는 한편, 나머지 1백 명은 거사 현장에서 대통령 경호원들을 제압하는 지원부대로 재편성했다.

이들 3개 조는 그들이 맡은 임무에 따라 차별화한 제 2기 하계 특수 훈련에 돌입했다.

열 　천자문

암살중대의 2백 돌쇠 병사가 미6군 훈련소에서 74-HA 기획단 조교들로부터 고도의 맞춤 훈련을 받는 동안, 끝내기작전의 황송 측 주모자인 3인방 채공손 합참의장과 현대업 국방장관 그리고 민충수 국정홍보부 장관은 민속촌 계룡서당에서 일라이자 초이 소령으로부터 〈천자문 각본〉이라는 암호명의 종합 전략지침서를 교재로 삼아 모반의 세뇌 연수를 받았다. 민속촌에 복원해 놓은 서당을 비밀 학습 장소로 트라이던트 정보참모가 지정한 이유는 황송인들이 너도나도 고가 사설 영어학원으로만 몰리는 바람에 서당에는 발길을 하는 관광객이나 구경꾼이 아무도 없어 보안 유지가 용이하기 때문이었다.

워낙 얼굴이 동양적인 데다가 한국말과 한문에 능통하여 누구에게도 의심스러운 인상을 주지 않았던 초이 소령은 행인들의 눈에 잘 띄지 않도록 늙은 훈장으로 변장하고는 사령부를 출발하여, 타조를 타고 회초리를 채찍처럼 휘두르며 수요일과 금요일마다 서당으로 출근해서는 하루에 30분씩 전술전략을 강의했다. 초이 훈장은 〈천자문〉으로 위장 제본한 반란 각본을 세 사람에게 배부하고, "하늘 천 따 지"를 읊듯이 반복 암기를 시켜, 각 단계의 세부적인 행동 지침들을 숙지하도록 유도했다.

거사 예정지는 혁명광장이었다. 독재 정부의 대부분 주요 행사가 광장에서 이루어졌으므로, 변웅호 대통령이 공개석상에 나타날 확률이 가장 큰 장소가 그곳이어서였다. 따라서 모년 모월 모일, 변 대통령이 기념식에 참석한다는 일정이 잡히기만 하면, 끝내기작전이 즉각 발동될 예정이었다.

"거사 예정 시간은 09시입니다."

일라이자 초이 훈장이 겨우 세 명의 학도를 마룻바닥에 무릎 꿇어 앉혀놓고 열강했다.

"국가에서 거행하는 광장의 기념식은 항상 09시 정각에 시작되기 때문이죠. 잊지 마세요. 09시 정각입니다. 텔레비전과 라디오 생방송으로 기념식이 시작된다고 전국에 전해지는 순간, 그러니까 09시에, 끝내기작전의 예비 단계인 쉬파리작전이 각 예하 부대에서 시작되어야 합니다. 주요 전투 부대의 지휘관들이 광장 기념식에 참석하느라고 자리를 비워 자대에서는 전혀 손을 쓸 길이 없는 틈을 타서, 거사에 동원하려고 포섭한 예하 부사령관이나 연대장은 저마다 담당지역에서 무력으로 지휘권을 장악하여, 병력이 이동하지 못하도록 저지하는 임무를 맡습니다. 이들 현지 지휘관들에게 반항하려는 참모나 하급 장교들이 나타나면, 여러분은 그들의 지휘고하를 막론하고 현장에서 사살해도 좋다는 암호 밀서를 미리 전령을 통해 하달해야 합니다.

그럼에도 불구하고 국부적인 저항이나 변절로 인해서 끝내 진압 출동을 강행하는 부대가 생겨나는 경우에 대비하여, 제1구를 TAOR, 즉 작전 책임지역으로 관리하는 수도경비사령부 병력이 9시 10분에 전략 요충지로 전개를 개시합니다. 한국에서 건너오기 전 현대업 장관께서 연대장으로 근무할 때 휘하 중대장이었던 최국(崔鞠) 준장이 지금은 수경사의 부사령관이니까, 반란에 동참하도록 협조를 구하기는 어렵지 않으리라고 예상합니다. 최 부사령관에게는 09시, 잊지 마세요 — 09시 작전 개시와 함께 혁명광장으로부터 반경 30킬로미터에 걸쳐 부채꼴로 방어진을 구축하고, 전차가 통과할 만한 주요 도로를 남김없이 차단하여 출동부대를 진압하라는 작전 명령을 수행하게 하세요. 알겠습니까?"

"예, 알겠습니다." 세 명의 학도가 힘차게 목소리를 합쳐 복창했다.

〈천자문〉에는 수경사를 제외한 모든 타 전투 병력을 동시다발적으로 무력화하는 작전 임무를 단위별로 분담할 모반의 집단도 완벽하게 구성해 놓았다. 그들 집단은 3인방이 한국이나 황송에서 상관과 부하로 함께 근무했던 인연과 인맥으로 맺어져서, 하나같이 충성

74-HA
MANUAL X-2

심이 확인된 제2진 지휘관들이었다. 이들의 점조직은 횡적인 연결이 철저히 차단되어, 다른 부대에서 누가 어떤 지령을 받았는지를 어느 누구도 알지 못했으며, 3인방 또한 필수적으로 공유해야 할 민감한 내용을 제외하고는 저마다 다른 두 주동자의 조직에 대한 어떤 세부적인 정보에도 접근하기가 불가능했다. 전체적인 윤곽을 통째로 파악하고 있는 인물은 트렌트 '트리플' 트라이던트 오직 한 사람뿐이라고 초이 훈장은 설명했다.

미6군 정보참모부 74-HA 기획단이 저작권자로 문화부에 등록된 〈천자문 각본〉은 거사 현장인 혁명광장에 상주하는 정부 측 경비 병력을 제압할 치밀한 청사진도 빈틈없이 마련해서 수록했다. 주요 행사 때마다 본부석 노릇을 하는 가설무대에서 1백 미터 전방 양쪽에 설치할 두 개의 거대한 전광판 밑에는 전투 경찰대 닭장차가 한 대씩 배치되어 항시 대기했다. 광장의 좌우로도 한 쪽에 두 대씩 전경 버스가 실전 태세로 경계에 임했는데, 이들 6대의 차량은 실제 상황이 개시되기 전에 반란군 측에서 장악할 계획이었다.

닭장차들은 작년 여름부터, 적어도 정치 행정구역인 제1구에서라면, 늘 눈에 익어온 살벌한 풍경의 필수적인·한 부분이었다. 시민들과 학생들의 반정부 시위가 빈번해지고 점차 극렬해지면서 닭장차는 주요 도로 어디를 가나 단골 삽화처럼 흔히 보이는 한 폭의 현실로 고착되었다. 시위대와 전투 경찰의 공방전이 끊이지 않다 보니 서울 도심과 대학가의 거리는 밤낮으로 최루탄 안개가 매연처럼 자욱했고, 로마의 검투사처럼 차려입은 전투 경찰은 커다란 방패와 떡갈나무 곤봉으로 무장하고 밤낮 없이 골목골목 뛰어다녔으며, 딱총약과 폭죽을 생산하던 미미한 중소기업 황송화약회사는 재작년부터 최루탄을 생산하는 시설을 갖추고 나서 급성장을 계속하더니, 급기야 작년 제4분기에는 산업 경제의 모든 분야에서 제1위의 실적을 올렸다.

이런 어수선한 시국을 맞은 혁명광장에서는, 재교육 훈련이 벌어지는 주말만 제외하고는, 평일이면 거의 날마다 불법 정치집회가 열려 난동으로 발전하고는 했는데, 이들을 진압하기 위해 최소한 여섯 대의 닭장차들이 바다로 막힌 남쪽만 열어놓고 ㄷ자로 세 방향에서 광장을 둘러싸고 밤낮으로 상주하며 대기했다.

"광장의 진압차 여섯 대에 배속된 전경 병력을 제거하는 작업은 민충수 제독이 책임지고 진두지휘 실시해야 합니다."훈장이 석 자짜리 허연 가짜 수염을 휘날리며 지시했다. "미6군 훈련소에서 현재 대기 중인 160명의 완전무장한 돌쇠들은 작전 개시일 0시에 야음을 이용하여 여섯 대의 관광버스로 입경해서는, 폐쇄된 국회의사당으로 은밀히 잠입합니다. 02시에 민 장관은 미리 포섭해 놓은 전경대장에게, 정병군 법무장관이 눈치 채지 못하도록 비밀리에 광장 파견병력을 그동안 맹훈련을 시켜온 새로운 병력으로 대체하라고 지시합니다. 04시에 전경대장은 대원들에게 '오늘은 대통령 각하께서 행사에 참석하는 만큼 경계를 특별히 강화하기 위해 타 중대와 병력을 교체한다'고 알립니다. 그러면 의사당에서 기다리던 암살단은 닭장차를 아무런 저항 없이 쉽게 접수할 것이며, 임무가 해제된 전경들은 암살단이 타고 온 여섯 대의 관광버스로 순순히 갈아타고는, 헌병 1개 소대의 호송을 받으며 어둠 속에서 곧장 정북진 제238조폭훈련소로 끌려가 수감됩니다. 알겠습니까?"

"예, 알겠습니다." 민충수 학도가 상반신을 꼿꼿이 일으키며 힘차게 복창했다.

"안전 수칙 제337항은 성실히들 이행중인가요?" 〈천자문〉 교본을 탁상에 엎어놓으며 일라이자 초이 훈장이 불쑥 물었다.

"예, 성실하게 이행중입니다." 세 명의 학도가 힘차게 목소리를 합쳐 복창했다.

337항은 대통령을 암살하는 순간에 저격조 의장대의 사선(射線)으로부터 3인방이 벗어나도록 대비하는 안전장치였다. 〈천자문〉의 각본에 의하면, 저격조 40명은 미6군 의장대로 가장하여 축하 공연을 한다는 명목으로 기념식에 참석할 예정이었다. 변웅호는 이안 매컬럼 대사로부터 세계적인 명성을 얻은 미6군 의장대의 집총 훈련 시범에 관한 설명을 여러 차례 들었고, 그래서 기회가 나면 그들의 솜씨를 한 번 보여 달라고 예의상 부탁하는 언어적 시늉을 했었다. 매컬럼은 변 대통령의 부탁을 기정사실화했으며, 따라서 다음 광장 기념식에는 가짜 의장대가 CIA에서 특수 제작한 고성능 소총과 실탄을 지급받아 두 대의 트럭에 나눠 타고 미6군 훈련소를 출발하여 행사장에 곧장 나타날 예정이었다.

변웅호는 공식 행사에 참석할 때마다 "친애하는 애국 동지 여러분"이라는 판에 박힌 말로 연설을 시작했는데, 모년 모월 모시에 거행될 기념식에서 9시 20분에 그가 연단에 올라 "친애하는"이라고 첫마디 말을 입 밖에 내는 순간, 의장대 암살단이 그에게 일제 사격을 가하도록 〈천자문〉 각본은 매우 구체적으로 명시했다. 이때 변 대통령은 다른 귀빈들이 앉은 자리로부터 10미터 전방에 위치한 연단에 서겠고, 그래서 명사수 돌쇠들이 한꺼번에 쏘아대는 총탄이 귀빈석까지 날아올 염려는 좀처럼 없었지만, 그래도 만일의 경우에 대비하여 채공손과 현대업과 민충수 세 사람은 교차 사격의 사선을 벗어난 자리에 몰려 앉도록 국방장관이 신경을 써가며 좌석을 따로 배치했다.

반란의 3인방은 3개월 전, 그러니까 작년 국군의 날 기념식부터, 공식적인 행사가 열릴 때마다 귀빈석에서 항상 오른쪽 맨 끝줄에 앞뒤로 나란히 앉았다. 변웅호는 워낙 기억력이 꼼꼼한 사람이어서, 귀빈석에 고정된 좌석의 배열이 어딘가 달라지면 혹시 이상한 변칙이나 돌발 상황의 낌새를 눈치 챌지도 모르니까, 진작부터 끝줄에 앉은 세 사람의 모습이 그의 눈에 익숙해지도록 충분한 시간에 걸쳐 각인시켜 놓아야 한다는 것이 트라이던트 장군의 권고 사항이었다.

그리하여 편안한 마음으로 변웅호의 입에서 "친애하는 애국 동지 여러분"이라는 말이 떨어지는 순간, 의장대 돌쇠들 가운데 절반인 전열의 20명은 서서 쏴 자세로 대통령에게 일제사격을 가하고, 여기에서 제 2공화국은 최후를 맞으리라고 일라이자 초이 훈장이 열강을 마무리했다.

열하나 의장대

아직도 시골 논두렁 수로에는 얼음이 녹지 않아 퍼석거리는 겨울이었어도, 동북아시아에 위치한 황송공화국은 벌써부터 숨이 막힐 지경으로 날씨가 뜨거웠다. 아마도 지구온난화 때문인 모양이라고 트렌트 트라이던트 장군은 생각했다. 그래서 여덟시를 조금 넘긴 시간이었지만 혁명광장 주변의 미루나무에서는 이른 아침부터 짝이 그리운 쓰르라미 한 마리가 요란하게 울었고, 잠시 짝짓기 울음이

멈추면 아스팔트 바닥에서 햇빛이 되튀며 또각 소리가 들릴 정도로 적막해졌다.

1970년 2월 25일, 변웅호의 독재혁명 제14주년을 맞는 오늘은 오랫동안 피를 말리며 준비해온 끝내기작전이 드디어 개시되는 날이었다.

시민 대표, 학생 대표, 공무원과 군인들, 경제계와 문화계 인사들, 산업 군단과 일용직 근로자들이 2만 명이나 광장에 모여, 평양의 김일성광장에서 집회에 참석한 북한 사람들처럼, 오와 열을 맞춰 꼼짝도 않고 서서, 기념식이 시작되기를 기다렸다. 기념탑 밑에 마련한 3백 평에 달하는 가설무대 위에서는 군과 민간 대표 104명이 꼿꼿하게 철의자에 줄지어 앉아서 변웅호 대통령이 도착할 때까지 충성스럽게 자리를 지켰다.

합참의장 채공손 대장과 현대업 국방장관 그리고 민충수 제독은, 안전 수칙 337항에 따라, 오른쪽 맨 끝줄에 앞뒤로 나란히 앉았으며, 지난달에 중장으로 진급하여 미6군 총사령관의 자리에 오른 TTT는 이안 매컬럼 대사와 왼쪽 맨 끝줄에 앞뒤로 배석을 받았다.

8시 30분 정각에 트라이던트 사령관은 롤렉스로 시간을 확인하고, 혁명회관의 오른쪽에 위치한 국회의사당으로 눈길을 돌렸다. 대못질을 한 다음 14년 동안이나 버려두었던 터라 의사당의 거대한 철문은 칠이 벗겨져 녹슬었고, 원형지붕에 이끼가 두툼하게 담요처럼 뒤덮였다. 잠시 후에 의사당 우측 4차선 도로에 하얀 별을 그린 미6군 소속의 트럭 두 대가 나란히, 엔진 소리조차 내지 않고 조용히 나타났다. 트라이던트 장군은 타인들의 눈에 보이지 않는 희미한 미소가 채공손 합참의장의 눈가를 재빨리 스쳐 지나간다고 생각했다. 한 시간 후에 이루어질 승리를 미리 음미하는 흐뭇함이었다.

두 대의 트럭이 가설무대 앞까지 와서 소리 없이 멈춰 섰고, 앞에 총을 한 다국적군 병사들이 장난감 오뚝이 병정들처럼 아스팔트 바닥으로 뛰어 내려 발딱 자세를 잡고는 재빨리 정렬했다. 오늘의 행사에서 집총 시범을 보이라고 특별 초청을 받은 가짜 미군 의장대였다. 돌쇠 암살단을 부려놓은 트럭들은 서둘러 국회의사당 뒤로 유유히 사라졌다. 40명의 의장대가 무대에서 불과 2백 미터 전방에 4열 횡대로 늘어섰다. 거울처럼 하얗게 반짝이며 반들거리는 의장대의 40개 철모에서 태양 광선이 부딪혀 쇠구슬 소리가 났고, 침묵의 긴장감은 그래서 더욱 차가웠다.

변웅호 대통령은 1초의 오차도 없이 계획대로 9시 1분 전에 혁명 광장 행사장에 도착하여 귀빈석 앞줄 가운데 자리에 앉았다. 기념식은 예정대로 착착 진행되었다. 9시 10분에는 기념식의 진행을 맡은 의전 장교가 연단에 설치된 여덟 개의 확성기를 통해 "이제부터 미 제6군 의장대의 축하 공연이 있겠습니다"라고 광장에 모인 군·관·민에게 알렸다.

인상적인 의장대의 멋진 집총 시범이 벌어졌다. 은빛으로 반짝이는 40개의 철모가 두 줄을 지어 노란 햇살을 튕기고, 파란 제복에서는 황금빛 견장과 수장이 물결치듯 움직이는 무늬를 이루었다. 의장대는 기계처럼 완벽한 안무 동작으로, 구령도 없이, 소리도 없이, 직각으로 꺾이는 동작을 반복하며, 착검한 소총을 서로 던져 주고받았다. CIA에서 특수 제작한 최신형 소총들이 공중에서 원을 그리고 회전하며 떨어졌다가 다시 날아오르기를 반복했다. 총신과 개머리판이 암살단원들의 손바닥에 달라붙는 소리와 군화가 경쾌하게 아스팔트를 차는 소리밖에 들리지 않는 2월의 햇볕 속에서, 광장의 군중은 대형 전광판으로 집총 묘기를 지켜보며, 감동적인 침묵을 지켰다.

의장대가 마침내 시범을 끝내고 무대 앞에 정렬해 서서 다음 순서를 기다렸다. 트라이던트가 힐끗 곁눈질로 살펴보니, 오른쪽 끝줄의 3인방은 바짝 긴장해서 자기도 모르게 호흡을 멈춘 듯싶었다. 변웅호가 앞자리에서 일어나 연단으로 나아갔다.

변웅호 대통령이 축하 연설을 시작했다. 연설의 첫 마디는 여느때나 마찬가지로 "친애하는 애국 동지 여러분"이었다. 채공손 합참의장은 안전 수칙 337항에 따라 얼른 몸을 던져 무대 바닥에 엎드렸다. 현대업 국방장관과 민충수 홍보장관도 동시에 엎드렸다.

미6군 사령관과 매컬럼 대사는 꼼짝도 하지 않았다.

돌쇠 의장대 앞줄의 20명이 연단을 향해서 사격을 가했다.

그러나 총성은 울리지 않았다.

단 한 발도.

당황한 돌쇠들이 재장전을 하느라고 노리쇠를 철커덕거리고는 다시 방아쇠를 당겼지만, 딸각 딸각 격발은 되면서도, 여전히 총탄은 나가지 않았다.

뒷줄의 나머지 암살단원 20명도 황급히 공격에 가세했지만, 마찬가지였다. 작동이 되는 총이 단 한 자루도 없었다.

무대 뒤편에 배치된 적와대 경호원들이 재빨리 달려 나와 암살단 돌쇠들을 이스라엘제 기관단총으로 침착하게 차례로 사살했다.

닭장차에서 달려 나온 전경들도 대통령 경호원들과는 총격전을 벌이지 않았다. 전경들은 미6군 훈련소에서 비밀리에 훈련시킨 돌쇠들로 아예 교체조차 되지 않았다.

연단의 변웅호 대통령은 총탄을 피하거나 몸을 숨기려는 시늉조차 하지 않고, 그대로 꼿꼿하게 서서, 바닥에 엎드린 반역의 3인방을 차가운 시선으로 내려다보았다. 그는 암살 계획이 실패하리라는 사실을 처음부터 알고 있었다. 그리고는 가슴에 품었던 권총을 꺼내 들고 변웅호는 채공손과 현대업과 민충수에게, 한 사람에 두 발씩, 차례로 발사했다.

열둘 뒤집기

"한국으로 망명한 한재산과 몇몇 기업인이 제공한 군자금을 가지고 군부의 일부 세력이 변웅호 대통령 각하를 암살할 계획을 추진하는 중입니다."

트렌트 트라이던트 장군을 대동하고 한남동 총리 공관으로 극비리에 찾아간 이안 매컬럼 대사가 진무성에게 이런 사실을 알려준 것은 7년 전, 부처님 오신 날을 며칠 앞두고 연등제가 벌어지던 밤이었다.

"한재산이 파견한 밀사 하니가 6개월 전에 저하고 민충수 제독을 몰래 만나서는, 변웅호 정부를 전복시키는 음모를 군부와 미국이 도와주지 않겠느냐고 의사를 타진했어요." 매컬럼 대사가 말했다. "우리는 기꺼이 도와주겠다고 거짓말을 해서 안심시키고는 반란자들의 동태를 예의 감시해 왔습니다."

진무성 총리는 매컬럼 대사에게 암살 음모를 6개월 전에 알았다면서 왜 이제 와서야 알려주느냐고 물었다.

매컬럼은 아메리카합중국의 맹방인 변웅호 정권을 도와주려고, 반역 집단의 음모를 뒤집어 그 반동을 이용해서 파괴할 완벽한 작전 계획을 트라이던트 정보참모가 마련하려다 보니, 시간이 좀 지체되었다고 설명했다.

"그 사이에 우린 신세계파의 회장 조패구를 설득하여 음모에 끌어 들였죠. 그러면 군부의 반역 세력뿐 아니라, 감히 국가 권력에 도전해온 폭력 집단까지, 한 번의 공격으로 토끼 두 마리를 제거하는 길이 열립니다."

이어서 트라이던트 장군은 끝내기작전을 마무리 짓는 '작계(作計) 74'의 내용을 설명했다.

진무성의 주선으로 나흘 후에 적와대에서 변웅호 대통령을 알현한 매컬럼과 트라이던트는, 공관에서 국무총리에게 설명했던 끝내기작전 뒤집기의 개념을, 중요하지만 세부적인 사항 두세 가지만 생략해 가면서, 다시 설명했다. "군주는 아무도 믿으면 안 된다"는 신념을 기본 통치 철학으로 삼아온 변웅호는 음모가 진행 중이라는 정보에 조금도 놀라는 기색이 없었고, 세 사람이 돌아가며 설명하는 대책 내용에도 별다른 반응을 보이지 않았다. 그렇지만 무표정으로 일관하면서도 변웅호는 매우 주의 깊게 귀를 기울였다.

이때부터 대통령은 저격이 이루어질지도 모르는 어떤 공식석상에도 무려 7년 동안 모습을 보이지 않았다.

음모의 주모자가 누구인지를 알면서도 변웅호가 반대 세력을 서둘러 제거하지 않고 TTT가 마련한 끝내기작전 뒤집기 시나리오를 추진하느라고 그렇게 오랜 기간을 보냈던 속셈은, 시간이 좀 걸리더라도 군부 내의 반대 세력을 철저히 파악하여 한꺼번에 효과적으로 몽땅 숙청한다는 실속 이외에도, 음모에 가담한 조패구의 신세계 조직을 단순히 소탕하는 정도가 아니라 그들과 요란하게 전면전을 벌임으로써, 강력한 통치자로서의 위상을 국민 앞에 과시하겠다는 속셈에 따라서였다.

변웅호는 백성을 두려워할 만큼 비겁하고 불행한 독재자가 되고 싶지는 않았다. 군중의 증오는 만만하고도 적절한 대상을 만나면 순식간에 집결하여 강력한 원동력으로 전환되는데, 변웅호는 그런 폭발적 공격의 목표가 되기를 원하지 않았다. 그가 지배해야 마땅한 누구에게인가 쫓기지 않으려면 거꾸로 그들을 먼저 쫓아야 하고, 표적이 되지 않으려면 상대방을 끊임없이 표적으로 삼아야 하며, 만일 군중과 맞서 싸우기에 힘겨운 경우라면, 그들이 그의 곁에서 방향을 바꿔 함께 쫓으며 표적으로 삼을 만한 제3의 목표를 지배자가 따로 제공해야 했다. 그래서 그는 국민이 독재자 대신 적으로 삼고 추적해야 하는 적으로 조패구를 제공할 작정이었다.

TTT와 변웅호는 신세계 사단이 주적이라고 국민에게 각인시키는 준비과정에 차근차근 돌입했다. 한국어가 유창한 미6군 74-HA 기획단 요원들은, 가짜 의장대로 차출된 돌쇠 훈련병들에게 집총 시범과 사격술을 가르치는 틈틈이, 조패구 조직에 대한 갖가지 조각 정보를 수집했다. 트라이던트의 직속 장교들도 작전수립과 준비과정에서 조패구의 연대장이나 참모들과 수시로 접촉을 거듭하며 신세계 주요 비밀기지의 위치를 모조리 파악해 나갔다.

트라이던트는 암살 음모에 가담하기로 등록한 황송군 장군들과 영관 및 위관급 장교 424명의 명단을 꼼꼼히 작성하여 진무성에게 넘겼고, 변웅호는 예비 작전 쉬파리를 개시하려던 예하 부대의 모반자들을, 혁명 기념일 0시를 기해, 신속하게 미리 잡아들였다. 광장으로 파견될 저격수들에게 미군 74-HA 기획단 요원들이 탄피에서

장약을 뽑은 빈 실탄을 지급하여, 격발은 되면서도 소화기를 무용지물로 만들도록 손을 쓰는 일쯤은 아무런 어려움이 없었다. 진짜 전경대원들을 훈련소로 빼돌려 감금하는 체하면서 다시 여섯 대의 닭장차로 돌려보내 광장에서 대기시키는 과정도 지극히 간단했다. 불발탄으로 무장하고 제3구에서 도착한 160명의 가짜 전경 돌쇠들은 전원 이동 중에 수도경비사령부 헌병대가 잡아들여 군사재판에 즉각 회부했다. 주모자 3인방은 행사장에서 변웅호가 직접 처형했다. 돌쇠 의장대 40명도 현장에서 사살되었다.

그렇지만 내부의 적을 정말로 완전히 뿌리를 뽑았다고는 아직도 믿지 못했던 변웅호는 부하들을 의심하며 혼자 고립되어 살아가는 외로운 통치자가 되고 싶지는 않았다. 그래서 그는 잠재적인 배반자들에게 효과적인 경고를 해서 그들의 물밑 저항을 공포심으로 진압하겠다고 작정한 듯싶었다.

혁명광장 암살 작전을 신속하게 수습한 다음, 대통령은 국무총리를 적와대로 불러들이고는, 그가 강감찬만큼이나 숭배하는 마키아벨리의 목소리로 그의 심경을 솔직하게 밝혔다.

"일반적으로 사람들은 배은망덕하고, 간사하고, 거짓되고, 비겁하고, 탐욕스러워서, 누가 성공을 거두는 한 그들은 승리자에게 완전히 순종한다. 그럴 필요가 별로 없을 때면 그들은 지배자에게 피와 재산과 생명과 자식을 제공하지만, 실제로 그래야 할 필요성이 막상 닥칠 때는 오히려 등을 돌린다.

이런 사람들의 입에 발린 약속에만 전적으로 의존하면서 다른 준비를 게을리 하는 군주가 파멸을 맞는 까닭은, 이성의 숭고함이나 위대함으로 인해서가 아니라 보상을 통해 획득하는 호감이란, 돈을 주고 사들이기는 가능할지 모르지만 확고한 것이 아니어서, 정작 필요할 때는 신뢰하기가 불가능하기 때문이다.

만인에게 두려움의 대상이 되는 사람에게는 그러지 못하면서도, 타인들에게서 사랑을 받는 사람의 마음을 상해주는 행위를 인간이 거리끼지 않는 이유란, 사랑을 존속시키는 의무감의 끈은 비열한 인간성으로 인해서 유리한 기회가 닥치기만 하면 끊어지게 마련이지만, 처벌에 대한 공포감의 힘은 결코 실패하는 적이 없어서이다.”

인간의 감정은 변함없이 원시적이며, 공포는 가장 본능적인 정서라고 변웅호는 오래전부터 믿었다. 그리고 마키아벨리 또한 공포는 가장 확실한 통치와 지배의 수단이요 무기라고 믿었다.

“사랑을 받느냐 아니면 두려움의 대상이 되느냐 하는 문제로 되돌아가자면, 사람들은 자신의 의지에 따라 사랑하는 반면에 두려움은 군주의 의지로 인해서 발생하기 때문에, 현명한 군주는 타인들이 아니라 자신이 통제하기가 가능한 기반을 확립해야 하며, 다만 증오만은 피하도록 노력하라는 결론을 내리고 싶다.”

열셋 거울

“청산회라는 이름이 좋겠다는 생각이 들어.” 독고섭이 말했다.

화장실 거울에 비친 자신의 얼굴과 마주 서서 백설공주의 계모처럼 대화를 나누는 버릇이 생겨난 시기는 독고섭이 탄핵을 받고 회장직에서 물러나게 되자 홧김에 올사모에서 탈퇴하여 혼자가 되어버린 이후 어느 누구하고도 상종하기를 거부하는 취향이 과도해져서, 그가 만만하게 주체성을 발휘하러 마땅히 찾아갈 곳이 없어졌을 무렵부터였다. 그는 요즈음 얼굴의 생김새와 말투는 물론이요 생각까지도 자신과 완벽하게 똑같은 사람을 만나 일방적인 일사천리 대화를 나누고 싶었지만, 아무리 세상을 뒤져봐도 그런 인간형은 나타날 리가 없었고, 그래서 차라리 거울속의 자신과 혼잣말을 하는 습관이 심하게 굳어버렸다.

"청산회?" 아무리 자리를 피하고 싶어도 피할 길이 없었던 거울 속의 독고섭이 짜증스럽게 물었다. "푸를 청에 뫼 산 청산회야?"

독고섭이 머리를 끄덕였다.

거울 속의 독고섭이 참으로 딱하다는 표정을 짓고 한참 물끄러미 내다보더니 되물었다. "무슨 이름이 그래? 산악회를 만드는 것도 아니고."

대화를 나누기 시작한 후 처음 몇 달 동안은 거울 속의 독고섭이 거울 밖 독고섭과 말이나 동작 그리고 생각이 당연히 일치했었다. 그러더니 거울 속 독고섭이 언제부터인가 언행의 기계적인 되풀이를 중단하고는, 가끔 아무 말도 없이 반항적으로 빤히 쳐다보는가 하면, 심지어는 불쑥 말대꾸도 했다. 그러더니 이제는 거울 속의 분신이 독립된 정체성을 갖추기라도 했는지 제멋대로 혼자 생각하고, 판단하고, 때에 따라서는 지금처럼 고집스러운 비판까지 서슴지 않았다.

"모르는 소리 하지 마." 독고섭이 발끈했다. "내가 왜 청산회라고 이름을 지으려고 하는지를 언젠가 나중에 알게 되면 놀라 자빠지고 말 테니까."

"회원들은 어디에서 구하고?" 거울 속의 독고섭이 물었다. "여기저기 만나는 사람마다 치고받기만 하느라고 이제는 같이 일할 동지가 한 명도 남지 않았을 텐데."

"노숙자 출신인 윤대복 동지가 나의 개혁 의지에 크게 공감해서 끝까지 함께 일하겠다고 약속했어. 그러니까 우리 둘이서 촛불 집회를 거행하든지 어쩌든지, 어떻게 해서든 청산회를 꼭 창립하고 말겠다니까. 내가 올사모를 떠난 건 여하튼 잘 된 일이야. 탈퇴 역시 개혁이라면 개혁이거든. 나 자신을 위한 개혁이지. 올사모에는 뜻이 맞는 인물이 별로 없어서 무엇 하나 마음대로 개혁이 안 될 처지였잖아. 그래서 난 벌써부터 새로운 단체를 만들고 싶었어."

"청산회를 만들어서 무얼 하겠다는 생각이야? 게처럼 왼쪽으로 걸어가자는 운동이라도 벌이려고?"

"대권을 잡아야지."

"대권이라고?" 거울 속의 독고섭이 코웃음을 쳤다. "대통령을 아무나 하는 줄 알아?"

"몰랐어?" 독고섭이 쏘아붙였다. "어떤 어중이떠중이들이 대통령 한 번 해보겠다고 사방에서 얼마나 설치는지 몰라서 그래?"

"아무리 그래도 대통령쯤 되려면 이른바 정견도 있어야 하고, 조직도 필요하지 않겠어?"

"난 정견이 아주 많고, 조직은 필요 없어. 우린 '미래 사회를 생각해보는 인터넷 모임(가칭)'이라는 온라인 친목단체로 활동을 시작할 테니까. 그러다가 서로 얼굴도 모르는 회원들이 짤막한 댓글들만 주고받으며 의기투합이 이루어지고 숫자도 늘어나면, 기회를 봐서 청산회를 정당으로 개혁하고, 난 단독 투표를 통해서 당수가 될 생각이야.

난 인터넷 정치라는 새로운 지평을 열어보고 싶어. 컴퓨터는 군중

을 동원하는 데 돈도 안 들고, 힘도 안 들고, 시간도 안 걸려. 발가
락에 티눈이 생기거나 단추가 깨지는 정도의 지극히 사소한 사실 하
나만 가지고도 태풍처럼 거대한 호들갑 헛바람을 키우기가 아주 간
단하니까. 괴소문을 대량으로 생산하여 무기화하며 살포하면 어떤
위력이 탄생하는지 잘 알잖아. 그런 엄청난 파괴력에 대해서는 아무
런 책임조차 지지 않아도 되는 편리한 도구가 인터넷이라고. 집단적
인 선동에 의존해야 하는 군중 정치에서는 인터넷이야말로 진짜 이
상적인 매체거든. 그러니까 종이 정치(paper politics)와 도당 정치
(clique politics)는 결국 우리 사회에서 사라지고 말 거야.

　머지않아 새로운 정권이 등장해야 할 시기가 닥쳐올 텐데, 그때를
대비하여 난 개혁 인터넷 정당을 설립하겠어. 그래서 집권을 하게
되면, 나의 수많은 정견을 기초로 삼아, 온갖 꿈같은 개혁을 실컷 실
현해 보게 말이지.”

　“하지만 어떻게 새로운 정권이 창출된다는 말이야?” 거울 속의 독
고섭이 다시 코웃음을 쳤다. “변웅호가 종신 집권을 얼마나 열심히
설계하는 판국인데.”

　“지난번 혁명 기념일에 똥대통령(便大統領)을 암살하려던 음모가
실패로 돌아가기는 했지만, 한 번 암살은 영원한 암살이야.” 독고섭
이 고집했다. “그러니까 머지않아 군부 내의 다른 세력이 반역을 일
으켜 결국 독재 정권을 전복시키겠지. 두고 보라니까. 이런 무법 정
권은 꼭 전복돼야 한다고. 2011년까지는 영원히 무너지지 않을 카다
피 정권처럼 체제가 비교적 영구히 굳어버리기 전에 우리 국민은 기
필코 군사 독재를 끝내야 하지. 그리고 그때를 대비해서 난 인터넷
정치집단을 만들어 차근차근 준비를 마쳐야 해.”

　“만일 청산회가 어쩌다 정말로 집권하게 된다면, 넌 도대체 무슨

개혁을 할 계획인데?”

“나라를 바로 세우려면 우선 보수 세력부터 말살해야 해.” 거울의 질문을 아까부터 기다리기라도 했다는 듯 갑자기 목소리를 흥분시키며 독고섭이 냉큼 대답했다. “권위주의로 머리가 굳어버린 수구 꼴통들부터 모조리 몰아내야 한다고. 이계산 시절의 부패하고 무능한 보수 세력이 지금까지는 군사 독재에 눌려 오랫동안 동면하면서 호시탐탐 기회를 노리고 기다리기만 했는데, 최근에 다시 준동을 시작했어. 무슨 이유에서인지 언론은 계속 입을 다물고 버티지만, 지난 번 변웅호 암살 음모도 한국으로 도망친 수구 꼴통 정경유착 족벌들이 기획했다는 소문이 파다해.

그런 낡은 잔재 세력이 재집권을 꿈꾸며 물밑 공작을 벌이는 낌새가 사방에서 점점 더 가시적으로 감지된다고. 물론 군사 독재도 나쁘니까 하루 빨리 제거해야 하지만, 건국 이래 지금까지 기득권과 특권을 누려온 부자 정객들부터 먼저 몰아내야 해. 정경유착의 더러운 공생시대로 되돌아가는 각종 현상을 침몰시킬 준비를 단단히 해둬야 한다는 얘기야.

보수 세력은 썩은 물과 같아서, 수세식 변기를 틀듯 확 모조리 씻어내려야 해. 꼴통들과는 대화도 필요 없어. 무작정 몰살시켜야 하니까. 적들과의 우호적인 타협과 대화를 모색하느라고 시간을 낭비했다가는 어떤 개혁도 힘들어. 어디를 봐도 아니꼽고 못마땅한 세상을 내 마음대로 바꾸는 길은 꼴통들을 홀랑 쓸어버리고, 오직 우리들만의 뜻에 따라 싹쓸이 개혁을 밀어붙이는 것뿐이라고.”

“그건 개혁이 아니라 폭력적인 혁명이잖아.” 거울 속의 독고섭이 미간을 찌푸리며 반박했다. “사상까지도 극도로 분업화한 요즈음 세상에서는 무식한 혁명이 아니라 점진적인 진화과정을 거쳐야만 개혁이 제대로 이루어져. 현대적인 정치 혁명은 멀리 내다보고 천천히 실천해야만 성공한다고. 19세기형 급진적인 개혁은 기존 질서의 무질서한 파괴를 뜻하고, 그러면 파괴의 대상이 될 집단은 당연히 목숨을 걸고 저항하게 마련이지. 아무리 좋은 일이라도 반발을 짓밟아가며 일방적으로 서두르면 졸속을 피하기 어렵거든. 투쟁적인 개혁은 생각처럼 그렇게 쉽지가 않아. 그런 저항력을 줄이려면 개혁을 준비하는 각종 파괴행위가 저마다 옳고 그른지, 좋고 나쁜지를 저항 세력과 진지하게 먼저 따져봐야 하는 거 아니겠어?”

“넌 나하고 똑같은 놈이 왜 자꾸 나하고 다른 소리만 늘어놓는 거야?” 언어의 일방통행이 어려워지려고 하면 늘 그러듯이, 자리를 박차고 화장실 밖으로 뛰쳐나가면서 독고섭이 소리쳤다.

열넷 🌲 시루떡

　　시루떡 조찬회가 열릴 야전사령부로 떠나는 대통령 전용 헬리콥터가 적와대 착륙장에 나타나기도 전에 변웅호가 재빨리 올라탔고, 시동이 걸리기도 전에 그는 혼자 몸만 이륙해서 편안한 자세로 허공에 걸터앉아 하늘을 가로질러 날아갔다.

　　오늘은 태양이 다른 날과 달라서 날이 밝기 전에 미리 떠올라, 대지에는 아직 어둠이 걷히지 않았어도 하늘에 가득한 검은 구름 덩어리들의 아래쪽이 핏빛으로 물들었으며, 그는 붉은 태양을 2시 방향에 고정시켜 나침(羅針)으로 삼고는 비행을 계속했다.

이런 식으로 변웅호가 어디론가 출동을 하면, 비서실장과 경호실장이 방탄 차량이나 헬리콥터를 뒤늦게 타고 뒤따라가야 하는 경우가 날이 갈수록 늘어났다. 그러나 변웅호는 항상 몸이 누구보다도 먼저 빨리 이동하기는 해도, 마음과 생각은 늘 침착하고 느리게, 천천히 그리고 깊이, 조용하게 나중에 움직였다. 그래야만 생각과 행동이 서로 균형이 맞고, 그래야만 그는 제대로 기능을 발휘했다.

지금도 그의 마음은 전혀 동요하지 않았다. 두려움의 원칙을 실험해야 할 중요한 하루가 밝아오는 이런 아침에는 빠른 행동보다 냉정한 머리가 훨씬 더 필요했다. 변웅호의 삶은 끝없이 이어지는 위기의 연속이었으며, 오늘도 위기였다. 그는 이렇게 위기를 맞을 때마다 그가 가장 숭배하는 강감찬 장군처럼 용감하고 빠르게 행동했지만, 지나치게 앞서가는 행동을 보완하여 수습하려고 니콜로 마키아벨리처럼 무겁게 생각했다.

"모름지기 군주는 전쟁과 그것을 수행하는 법칙 및 훈련 이외에는 어떤 다른 목적이나 생각을 갖지 말아야 한다. 어떤 다른 분야의 연구도 그가 선택하지 않아야 하는 까닭은, 그것만이 통치하는 자가 갖춰야 하는 유일한 기술이고, 오직 그런 능력만이 군주의 운명을 타고난 자의 근본일 뿐더러, 그런 힘은 흔히 평범한 신분으로부터 지도자로 상승하도록 인간을 도와주기 때문이다. 그러하기 때문에 군주가 안락함을 무기보다 더 많이 생각하면 나라를 잃기가 십상이다."

땅에는 아직 두터운 어둠이 깔려 거무스레한 공간에 아무런 빛깔이나 풍경이 없었지만, 시야를 흐트러뜨리는 시각적인 장애물이 없으면 변웅호의 집중력은 지금처럼 한층 높아졌다. 그리고 그렇게 맑아지는 새벽 머릿속에서 목소리가 들려왔다. 그것은 오늘 야전사령 부에서 거행될 성찬식의 도화선 노릇을 한 목소리였다.

"두려움의 대상이 되기보다 사랑을 받느냐, 아니면 사랑을 받기보 다는 두려움의 대상이 되느냐 ― 그것이 문제다. 두 가지를 다 성취 하도록 노력하고 싶다는 대답도 가능하겠지만, 한 인간이 두 가지를 함께 갖추기가 어렵기 때문에, 둘 가운데 하나를 꼭 포기해야 한다 면, 사랑보다는 두려움의 대상이 되어야 훨씬 안전하다."

대통령이 군복 차림으로 혼자 야전사령부에 도착했을 때는 아직 도 새벽이 대지를 밝히기 전이었지만, 28명의 황송군 지휘관들은 국 기게양대 앞에 한 줄로 늘어서서 한 시간째 대기하던 참이었다. 그 러나 오른쪽 끝에 꼿꼿이 선 진무성 야전사령관 이외에는 오늘의 조 찬회에 그들이 초대된 이유를 아무도 몰라서, 그들은 갑작스러운 행 사에 퍽 긴장한 표정이었다.

국기게양대 뒤쪽에서는 야전사령관의 천막 지휘소 옆에 직경이 50미터인 납작한 원형 구조물을 1개 중대 병력의 공병대가 철야로 공사중이었다. "무슨 건물이냐?"고 대통령이 물으려고 했더니, 진무 성 총리가 미리 알아서 대답했다.

"상평통보입니다."

'상평통보(常平通寶)'는 변웅호 정부가 조폭과의 전면전을 쉽게 그 리고 효과적으로 수행하도록 트라이던트 정보참모가 구상하고 설계 한 건물이었다. 시루떡 조찬회가 열릴 장소는 상평통보와 사령관 지 휘소 바로 옆에 대형 천막 세 개를 나란히 붙여 세운 임시 식당이었 다. 식당 안은 노출된 전깃줄에 과일처럼 주렁주렁 매달린 노란 알 전구가 한없이 썰렁한 분위기를 만들었고, 급조한 널빤지 식탁 위에 는 아무것도 차려놓지를 않았다.

대통령이 먼저 자리에 앉았다. 진무성 장군이 그의 오른쪽에 앉았다. 다른 장군들도 배정된 자리로 찾아갔다. 변웅호는 칼날 같은 눈초리로 장군들을 한 사람씩 노려보았다. 그리고는 짤막하게 말했다.

"시작하지."

국무총리 겸 야전사령관 진무성이 널빤지 책상 아래쪽에 달린 호출 단추를 눌렀다. 천막 한 쪽 끝의 자락을 밀어 들추고는 두 명의 취사 장교가 떡시루를 마주 들고 들어와 식탁 한가운데 놓았다. 접시와 식기를 든 세 명의 취사병이 뒤따라 들어와서, 서른 개의 접시를 시루 옆에 높이 포개 놓은 다음 회의에 참석한 장군들 앞에 수저를 한 벌씩 가지런히 늘어놓았다. 그러는 사이에 취사 장교들이 칼로 시루떡을 피자 조각처럼 삼각형으로 썰어 접시에 하나씩 담았으며, 병사들이 떡 접시를 서열에 따라 장군들 앞에 차례로 배달했다.

바깥에서는 뒤늦게 도착한 대통령 전용 헬리콥터가 흙먼지를 휘날리며 착륙하느라고 숨을 헐떡였다.

취사반이 지극히 간단한 식사를 신속하게 차려놓고 문 앞에 한 줄로 정렬하여 절도 있게 거수경례를 하고 식당에서 나간 후에, 변웅호는 그의 앞에 놓인 접시를 내려다보았다. 세모꼴로 자른 시루떡은 팥물이 번진 듯 적갈색 얼룩이 위장복 무늬를 지었고, 만두소처럼 잘게 썬 고기 조각이 여기저기 박혔다.

떡에 박힌 고기 조각들이 반역의 3인방 채공손과 현대업과 민충수의 간과 쓸개를 냉동시켜 보관했다가 삶아서 다져 넣은 것이라는 사실을 아는 사람은 회의에 참석한 장군들 가운데 변웅호 말고는 진무성밖에 없었다. 어제 저녁에 적와대로 들어온 국무총리에게 혁명 기념일 반역에 가담한 영관급 장교들에 대한 형량을 어떻게 정할지를 지시하고 나서, 대통령은 이런 말을 했다.

124

“나를 죽여 없애려던 자들은 간덩이가 부어오르고 쓸개가 빠진 놈들이야. 그래서 다시는 어느 누구도 그런 엉뚱한 생각을 품지 못하도록 지휘관들에게 경각심을 불어넣기로 했어. 3인방의 시체에서 부어오른 간과 빠져버린 쓸개를 떼어내서 떡을 만들어 가지고 말이야.”

대통령을 배반했다가는 어떤 꼴을 당하게 되는지를 충격적으로 보여주려고 변웅호는 처음에 《수호전(水滸傳)》에서처럼 3인방의 시체를 썰어 인육 만두를 만들어 먹이는 공포의 예식을 마련할까 생각했었지만, 이미 널리 알려진 방법은 효력의 강도가 상대적으로 약하리라는 판단에 따라 포기했다. 대통령은 인터넷을 여기저기 뒤져 1986년 미국 텍사스에서 정육점 주인이 아내를 죽여 시체를 분쇄기로 갈아서 소시지를 만들어 손님들에게 팔았다는 엽기적인 사건에 관한 정보를 찾아냈는데, 3구의 시체를 저며내려면 이 또한 절차가 지나치게 번거로울 듯싶었다. 그래서 그는 간과 쓸개만 상징적으로 잘라내어 시루떡에 넣어 참석자들에게 먹이더라도 효과가 충분하리라는 결정을 내렸다.

진무성은 별다른 저항감을 드러내지 않으며 대통령의 뜻을 따라 세 명의 군의관과 두 명의 취사 장교를 불러 간과 쓸개로 시루떡을 만들라는 지시 사항을 전달했다. 지금 황송공화군의 28명 장군들 앞에 바로 그 시루떡이 한 조각씩 놓여 기다렸다.

변웅호 대통령이 포크로 떡을 찍어 먹기 시작했다.

진무성 국무총리도 떡을 먹었다.

무엇으로 만든 떡인지를 모르는 다른 장군들도 저마다 뒤따라 예식에 동참했다.

변웅호는 진무성이 시루떡의 비밀을 장군들에게 절대로 누설하지

않으리라고 믿었다. 변응호가 왜 이런 떡을 만들었는지 그 동기를
제대로 이해했는지 어쩐지는 알 길이 없었지만, 어쨌든 진무성은 변
응호의 동의 없이는 섣불리 입을 열 사람이 아니었다. 온 세상에서
끝까지 그를 배반하지 않을 마지막 인물이 진무성이라고 대통령은
믿었으며, 병이 들거나 나이를 먹어 그가 권좌에서 물러나야 할 때
적들로부터 정치 보복을 당하지 않도록 막아줄 만한 후계자 역시 진
무성뿐이었다.

하지만 시루떡을 만드는 작업에 참여한 취사 장교들은 달랐다. 그
들은 어젯밤 집으로 돌아가서 가족에게, 그리고는 다른 장교들한테
조심스럽게 소문을 퍼뜨리기 시작했겠고, 내일쯤이면 전국의 지휘
관들은 그들이 야전사령부로 불려가서 무엇을 먹었는지를 깨닫고는
경악하리라고 변응호는 짐작했다. 3인방의 간과 쓸개는 그들의 몸
속에서 그때쯤이면 이미 소화가 끝나 공포의 씨앗만을 그들의 머릿
속에 남겨놓았으리라.

덴마크의 어느 철학자는 미지의 대상이 공포를 일으킨다고 주장
했지만, 때로는 대상의 정체를 알면 공포가 훨씬 심해진다고 변응호
는 믿었다. 서로 모르는 체하면서 숨죽인 목소리로 주고받아 퍼져나
가는 소문은 점점 더 기괴한 상상력으로 채색되리라. 이렇듯 가장
원시적이고 강력한 언어로 변응호는 타인들로 하여금 그를 두려워
하게 만들고 싶었다.

열다섯 불면

　악몽을 꾸게 될까봐 며칠이나 몇 주일 심지어는 몇 달씩이나 잠이 들지 못하는 장기 불면이 되풀이되다가 이번에는 특히 오래 계속되어 어언 2년이 다 되었고 시찬은 극도의 피로감으로 두개골 속에서 눈알이 터지는 듯한 고통이 오늘도 어제와 같고 그저께와 같고 날마다 밤과 낮이 같았으며 혼미한 나날이 너무나 괴로워 그는 아무 생각도 하기가 싫었고 혼란스러운 증오와 두려움으로 보내는 기나긴 시간이 암흑의 굴속처럼 공포스러웠지만 도피와 탈출의 길이 보이지 않아 무엇인가 종말이 가까웠다는 절박한 인식에 쫓기면서 미쳐버리는 듯싶었고 어쩌면 벌써 오래전에 그는 자신도 모르는 사이에 미쳐버렸는지도 모를 일이었다.　그의 두뇌 속에서 오가며 흐트러지는 잡생각들은 주제도 없고 줄거리도 없이 난마처럼 뒤엉켜 가닥이 잡히지를 않고 정신이 흐릿해져 이제는 무엇이 실제이고 무엇이 상상인지 무엇이 경험이고 무엇이 환각인지 그리고 바깥세상이 왜 이렇게 싫어졌는지 이성적으로 이해하고 설명할 능력이 없어져서 시찬은 가볍고 볼이 좁은 구두가 왜 멋있는지를 알지 못했다.

　"아무것도 없이 직선 하나를 그어놓은 듯한 수평선이나 지평선이 그토록 아름다운 이유가 무엇일까요?" 몽롱한 진공 속에서 동희가 속삭였다.

　죽음의 순간이 되면 겨우 몇 초 사이에 평생 살아온 삶의 과정이 주마등처럼 한꺼번에 머릿속에서 펼쳐진다고 경험담을 털어놓은 서양인이 여럿 있었지만 시찬은 요즈음 며칠에 한 번씩 그런 주마등의 기나긴 촌음이 반복되어서 나는 벌써 죽었는지도 모르겠다는 엉뚱한 생각이 들었고 도대체 나는 누구일까 걸핏 궁금했으며 나는 누구이고 무엇이길래 이런 속박의 인생을 살아야 하나 답답했지만 인간이란 언젠가는 죽어야 하기 때문에 한국에서 경제 망명 생활을 하는 그의 아버지 한재산도 심장에서 혈액이 말라 없어지는 희귀병에 걸려 앞으로 오래 살지 못하리라는 소식이 증권가 헛소문 통신에 실렸고 죽음에 대한 슬픈 생각은 유화요정에서 보낸 어린 시절에 그가 사랑했던 향단이를 생각나게 했지만 기생 곱단이의 사생아인 그 예쁜 계집아이는 지금 어디에서 무엇을 하며 살아가는지 궁금해도 알 길이 없었으며 얼굴이 아무리 예뻐도 머리가 종이처럼 가벼운 여자들이 세상에 그렇게 많지만 바깥세상 여자들은 다 어디로 갔는지 귓전에서 속삭이는 동희만 이제는 그의 곁에 머물렀다.

"자기보다 나은 사람을 보면 시기하고, 비슷한 사람들 만나면 우열을 다투려 하고, 자기보다 못한 사람은 깔보려하는 천성 때문에, 인간의 마음속에는 수평선과 지평선이 나타나지를 않는답니다."

밤낮으로 이어지는 어지러운 불면의 혼란 때문에 시찬은 컴퓨터 속으로 들어가야만 오히려 점점 더 현실감을 느낄 지경이 되었고 자판에서 손을 떼고 뒤로 물러나 앉으면 그는 집밖의 바깥세상과 컴퓨터 속의 세상을 완충하는 제 2의 중간 세상으로 나와 눈앞에 어른거리는 환각을 보기도 했는데 그의 몸 어느 부분이 상처를 입으면 피가 나기 시작해서 죽을 때까지 출혈이 멈추지 않았고 수박을 잘라 먹은 다음 책상에 놓아둔 칼이 날아와 그의 눈을 찔러서 죽을 때까지 피가 나오게 했고 며칠 동안 흘러나오고 또 흘러나오고 끝없이 흘러나온 피가 방 안에 가득 괴어 웅덩이를 이루었고 그는 직육면체 우물에 둥둥 떠서 창백하게 죽어갔으며 피의 웅덩이는 천장까지 수면이 높아져 결국 그는 숨이 막혀 죽었는데도 피가 계속 흘러나왔고 오존층의 파괴로 녹아내린 극지방의 얼음물에 온 세상이 잠겨 시체들이 둥둥 떠다니면 어쩌나 하는 걱정이 그치지 않았다.

동희가 다시 속삭였다. "내가 좋아하는 것을 내가 싫어하는 것과 대립시키면, 마음은 병이 들고 말아요."

그리고는 빛이 보였다. 기나긴 어둠의 구멍을 지나 멀리서 은은하게 밝아오는 작고 동그란 빛은 시찬을 익사시키려는 혼돈으로부터 환탁이 탈출하는 통로의 입구였다. 그리고 그 빛을 아득한 광배처럼 등지고 선 사람은 "세상이 생각처럼 사악하지만은 않다"면서 큰우산 운동을 활성화하자고 깨우쳐준 올사모의 회장이었다.

열여섯 총동원령

토벌 전쟁을 앞두고 발동한 총동원 포고령은 변웅호 대통령의 지시에 따라 신임 국방장관 박필승 소장이 초안을 작성했다. 변웅호의 마음을 하루 24시간 맑은 유리알처럼 꿰뚫어 읽어낸다고 알려진 박필승은 혁명 당시 상륙군 사령관이었다가 방위 사령관으로 밀려났었지만, 끝내기작전 예비 단계에서 모반자들을 색출하느라고 보여준 꾸준한 해바라기 충성심을 인정받아 뒤늦게 토벌 전쟁 주도세력으로 발탁된 인물이었다. 그리고 그가 만든 총동원령은 병역 기피자들에 대한 대통령의 심중을 정말로 거울처럼 반사했다.

"우리 사회에서 가장 암적이고 병적인 계층은 군인들이 목숨 바쳐 지킨 나라에서 신성한 병역의 의무는 전혀 준수하지 않으면서 풍족하고 행복한 삶의 단맛만을 골라서 빨아먹는 이기주의자들이다. 가장 기본적인 의무는 수행하지 않으면서 부패와 거짓으로 실속만 차리는 늙은 정치가들과 기업인들 — 그들은 사회를 좀먹고 병들게 하는 기생충들이다. 그래서 황송의 건국 이래 발생한 병역 기피자 전원을 이번 기회에 색출하여 깨끗하게 정리하겠다.

기피자들은 정밀 재검사를 거쳐 나이 고하를 막론하고 모조리 징병하여 이등병 계급장을 붙여준 다음, 복무 기간을 80배로 늘려 160년 동안 진급을 시키지 않고 최전방 말단 부대에서 복무하도록 명한다. 병역 기피 확인대상은 현재 나이 80까지의 남성 전원이며, 특히 공직에 올라앉은 미필자들의 병력을 철저하게 조사하겠다. 손가락을 자르거나 자해를 가하면서까지 병역을 기피하고도 사회 각계각층에서 떵떵거리며 호의호식하던 자들은 8순 늙은 나이에나마 뒤늦게라도 총을 들고 싸움터로 나가 조패구와의 전쟁에 임하여 민족에 대한 응분의 빚을 갚고, 그들의 참된 본분을 깨닫도록 계몽시켜야 한다. 우리는 너도나도 솔선수범 입대하여 기회가 균등한 사회를 만들어야 하고, 그래야만 우리 국민이 군인을 존경하고, 너도나도 스스로 훌륭한 군인이 되려고 분투하는 국가로 황송이 다시 태어나리라고 본인은 믿는다.

앞으로 토벌 전쟁을 거치며 우리는 공직 사회에 건전한 군인 정신과 우뚝한 군사 문화를 다시 심어, 나밖에 모르는 이기주의 대신 목숨을 걸고 서로를 돕기 위해 싸우는 전우애를 앙양시켜야 한다. 국민은 그들을 보호해 줄 강력한 자를 지도자로 원한다. 그래서 훌륭한 통치자는 우선 훌륭한 군인이어야 옳다. 19세기 유럽과 러시아에서도 군인은 귀족 계급이었으며, 영국의 엘리자베스 여왕도 젊은 시절에 트럭 운전사로 군 복무를 했고, 앤드류 왕자는 포클랜드 전쟁 때 조종사로 활약했는가 하면, 해리 왕자는 아프가니스탄에서 전투에 임했다. 그리고 밴 플리트 미8군 사령관은 한국전쟁에서 아들이 전사하기까지 했다.

하지만 이웃나라 대한민국의 경우, 장·차관이라는 자들은 물론이요 국회의원도 일가친척까지 다 함께 신체검사에서 병역 면제를 받은 불합격자들이 태반이라고 한다. 국가를 경영하는 고위 지도층의 경우 몸이 시원치 않아 군대에도 못 간 경우가 일반인들보다 10배에 이른다고 하니, 그렇다면 한국은 팔다리조차 성하지 못한 불구자들이 다스리는 나라인가? 멀쩡한 몸으로 장애인 판정을 받아 주차장과 경유차의 혜택을 누리는 자들은 정신이 장애인이듯이, 기피자는 결국 정신이 불구자이니, 우리는 황송공화국을 그런 불구대천의 나라가 되지 않도록 바른 길로 이끌어줘야 한다.

50년 동안 전쟁을 하지 않았던 결과로 한국이 얼마나 나약한 국가로 전락했는지를 우리 국민은 깨달아야 마땅하다. 걸핏하면 젊은이들이 정신병에 걸리는 그런 나라를 우리는 절대로 용납하면 안 된다. 생존력이 결핍되어 환청을 듣고 환각을 보며 살아가는 정신병자들을 우리나라는 하나라도 생산하면 안 되겠다. 건전한 정신은 건강한 육체를 집으로 삼고, 신체적이거나 정신적인 질병은 나약한 인간들만이 걸린다.

요즈음 젊은이들이 섬약해져서 걸핏하면 집단 자살을 벌이는 까닭은 그들이 갖가지 작은 고통에 대한 면역을 얻지 못해서이다. 그들을 구제하려면 우리는 새로운 군사적인 가치관과 영웅관을 국민의 마음속에 깊이 심어주는 제 2의 혁명을, 정신적인 혁명을 일으켜야 한다.”

변웅호가 제2의 혁명을 구상하기는 벌써 오래전부터였다. 하찮은 삶을 살아가는 평범한 시민들은 강력한 군사 독재의 미덕을 올바르게 이해하지 못했고, 그래서 날이 갈수록 저항이 심해졌으며, 변웅호는 그들의 사고방식을 어떻게 해서든지 올바르게 수정해줘야 했다. 민심이 그에게서 자꾸만 멀어지는 까닭은, 미얀마와 베네수엘라와 파키스탄과 그루지야 그리고 여러 다른 군사 정권이나 독재국가에서와 마찬가지로, 자질구레한 생각만 많고 행동력은 없는 나약한 국민이 강력한 지도자를 이해하지 못하기 때문이었다.

독재의 천국에서 행복하게 살아가려면 황송 국민이 지금보다 정신적으로 훨씬 강해져야 하고, 그래서 변웅호는 그들에게 새로운 동기를 확고하게 부여하지 않으면 안 되었다. 지도자의 그런 인식은 총동원령 포고문에 확실하게 반영되었다.

“과거와 현재의 모든 전쟁이 그렇듯 앞으로 우리가 치러야 할 토벌 전쟁 또한 큰 희생이 따르겠지만, 어느 정도의 희생은 국가 경영에서 필수적이다. 그런 희생은 강력한 국가와 민족을 건설하려면 꼭 치러야 하는 필수적인 대가이며, 나는 국민이 이렇듯 보람찬 헌신에 기꺼이 동참하기를 명령한다.

국민을 가장 효과적으로 단결시키는 힘은 전쟁이다. 나는 전쟁이 인간을 순화시킨다고 진심으로 믿는다. 그래서 전쟁은 필요악이 아니라 선이다. 삶과 죽음 말고는 다른 선택의 여지가 없는 절박한 상황은 위험의 악몽을 매개로 삼아 뭉친 전우들의 마음에서 부도덕한 이해타산을 씻어낸다. 장병들은 죽음의 위기를 맞아야 자신과 타인의 가치를 제대로 재인식한다. 그리고 위험에 쫓기면 생존의 본능만이 남아서, 나쁜 생각과 못된 생각을 머리에 담을 겨를이 없어져 마

음이 순수해진다. 포탄에 살점이 갈기갈기 찢겨나가는 죽음 앞에서
인간이 얼마나 하찮은 존재인지를 우리 국민이라면 누구나 다 알아
야 한다.

인생과 사회정의의 참모습은 단순하게 생각할 때 가장 잘 보이며,
의무감과 희생의 정신은 평화로 썩어 뭉그러진 사회에서는 찾아보
기가 불가능한 영웅적 미덕이다. 나 변웅호는 이런 가치관의 각성을
모든 국민에게 마련해 주려는 마음에서 이번 토벌을 정규전으로 확
대하겠다는 결단을 내렸다.

군인은 승리를 위해서만 존재한다. 옛날에는 패배한 군대는 죽어
서 식인종에게 먹히거나 적의 노예가 되었다. 그래서 이제, 우리는
승리를 위한 출병에 앞서, 강한 것은 완벽하고, 전쟁은 아름다우며,
전쟁에 임하는 지금 우리의 각오가 남다르다는 사실을 만방에 알려
야 한다.”

박필승 소장 못지않게 변웅호의 속을 항상 빤히 들여다보며 살아
온 진무성 야전사령관은 대통령의 이런 화법 뒤에 숨겨진 칼날, 이
제는 더 이상 쓸모가 없을 정도로 무디어진 칼날이 눈에 매우 거슬렸
다. 전투력을 강화하려면 확실한 동기를 부여하고 확고한 정신무장
을 시켜야 한다고 믿는 변웅호가 사치하고 화려한 어휘로 진리를 과
장하고 장식하던 수사학과 웅변은 깃발과 나팔소리와 구호로 구성
된 군대에는 썩 잘 어울리겠지만, 시민사회의 정의가 지녀야 하는
본질을 멀찌감치 벗어난다고 진 총리는 생각했다.

진무성은 군인이 되기 전에 어리고 순진한 마음으로 골고다 전투
에 참가했던 시절로 되돌아가고 싶었다.

독재자의 입에서 줄지어 흘러나오는 말은 마음속의 타산(打算)을
감추기 위한 위장술이요, 이기심을 포장하는 껍질일 따름이었으며,

변웅호는 국가를 곤충박멸용 소독약으로 세탁하려는 원시적인 미련을 아직도 버리지 못했다. 그만큼 실패했으면 시행착오를 인정하고 궤도를 수정해야 마땅한데, 변웅호는 정화사업의 미래를 변함없이 확신했다. 실패와 잘못은 덮어버리려고만 하면 더욱 큰 실패와 잘못을 초래하고, 권력은 독선에 빠지면 죄를 짓게 된다고 진무성은 믿었다.

열일곱 출동

"어제 15시 34분에 당 지점에서 북북동으로 이동하는 7명의 적 병력이 관측되었다는 보고가 74-HA 기획단장 일라이자 초이 소령으로부터 접수되었다." 원탁 위에 조립한 계룡산의 홀로그램 모형 지도에서 246고지를 지휘봉으로 가리키며 변웅호 통수권자가 말했다. "그래서 첫 전투는 이곳에서 전개한다."

변 대장의 오른쪽에 석고처럼 굳은 표정으로 버티고 선 야전사령관 진무성 소장은 아무런 감정도 느끼지 않으려고 자신을 최면시켰다. 앞으로 그는, 오늘 04시에 공식적으로 시작되는 본격적인 토벌전쟁에서, 조패구 일당을 궤멸시키려는 변웅호의 전투 방식에 대해 아무런 반응을 하지 않기로 굳게 작정한 터였다. 취합한 정보에 입각해서 모든 전략적인 결정은 스스로 내리겠다고 했던 대통령의 선언은 계룡산 전투만큼은 직접 챙기겠다는 의미였다. 그렇다면 야전사령관은 방관자의 자리로 물러나야 옳았다.

자정에 소집된 작전 회의는 3개월이나 걸려 어제 오전에 완공된 상평통보 특수 작전상황실에서 개최되는 첫 행사였다. 벽과 천장 그리고 바닥을 모두 강철로 제작한 방은 완전조립식 직육면체여서, 구석과 모서리들을 대형 리벳 나사못으로 서로 이어 붙여 박았다. 책상과 의자 또한 태풍이나 포격을 맞아도 전혀 흔들리지 않도록 철로 만들어 바닥에 대못으로 고정시켰다. 출입문은 하나뿐이었고, 창문은 아예 내지도 않았다.

'상평통보'는 조패구와의 전쟁을 위해 비밀리에 창설한 제 1469비마부대(飛馬部隊)의 작전본부 건물에 트렌트 트라이던트 미6군 총사령관이 붙여준 암호명이기도 했다. 상평통보는 전체를 철재로 조립한 원형 건물이어서, 웬만한 포탄이 공격해도 미끄러지며 튕겨나가도록 설계했고, 다섯 토막으로 분리가 가능했다. 철옹 금고를 방불케 하는 대형 궤짝처럼 설계한 중앙의 상황실은 상평통보 엽전에서 가운데 네모난 구멍 부분에 위치했다.

한가운데 위치한 상황실의 하나뿐인 문은 북쪽 '상(常)'에 위치한 정보참모부와 연결되었고, 남쪽 '평(平)' 토막은 인사참모부였으며, 동쪽 '통(通)'은 병참부, 그리고 서쪽 '보(寶)'는 작전참모부였다. 유사시에 건물이 적으로부터 격렬한 집중 공격을 받더라도 상황실만 서랍처럼 따로 떼어 네 귀퉁이를 헬리콥터에 매달고는 안전하게 다른 장소로 신속하게 이동시키기 쉽도록 분리한 특수 구조였다.

계룡산 토벌작전 기간 동안 제 1군의 전진기지 노릇을 할 비마부대는 남동항으로부터 40킬로미터 북서쪽에 위치하여, 제 4구 가운데 조패구가 준동하는 지역을 초승달 모양으로 접하며 전개했는데, 특수부대의 창설과 본부 건물의 분리식 설계는 둘 다 미6군 정보참

CP

모부가 진무성의 동의를 거쳐 변웅호에게 제안한 사항이었다.

"246고지 정상에 헬리콥터로 공중 투하할 병력은 제 31연대 제 1 대대로 결정했다." 원탁에 둘러 선 대대장 이상의 지휘관들과 참모들을 한 사람씩 부릅뜬 눈으로 붙잡아 차례로 노려보면서 변웅호 대통령이 말했다.

작전 명령을 받은 제 1대대장 박맹희(朴盟熙) 이등병은 잔뜩 소침해져서, 숨소리도 내지 않고, 얼어붙은 표정으로, 부동자세를 더욱 굳혔다. 그는 48시간 전까지만 해도 모스키토 야구단의 4번 타자로 인기가 하늘 높은 줄 모르고 홈런처럼 치솟아 광고 영화를 한 달에 두세 편씩 찍어 벌어들인 돈으로 수백 개의 방석을 만들어 집안 여기저기 사방에 깔아놓고 편안하게 살았었지만, 병역을 기피했다는 사실이 밝혀져 비마부대로 끌려와 기초적인 군사 훈련조차 받지 않은 채로 대대장에 임명되었다.

박맹희 이병과 함께 246고지로 투입될 대대원들도 하나같이 운동선수 출신의 병역 기피자들이었다. 일부러 무거운 아령을 들거나 동료 선수가 어깨를 밟아 뼈를 탈골시키고, 커피를 많이 마신 다음 아랫배에 힘을 주어 신검에서 고혈압 판정을 받았던 축구선수들 그리고 약물 복용으로 4급 판결을 받은 야구선수들로 구성된 선발대는 전원 총동원령에 따라 징집된 병력이었다.

변웅호는 원탁 위에 조립한 계룡산의 홀로그램 모형 지도 너머로 제 1대대장의 명찰을 확인하고는, 영원한 이등병 박맹희의 두 눈을 뚫어져라 노려보면서 말했다. "이미 명령을 하달받았겠지만, 귀관과 대원들에게는 무기가 따로 지급되지 않을 테니까, 각자 선수시절에 사용하던 야구방망이와 스파이크 축구화로만 무장한 채로 전투에 임해야 한다. 소총을 지급하지 않은 이유는, 훈련 부족으로 워낙 전투력이 불량한 기피자들이라면, 무기를 적에게 탈취당할 위험성이 그만큼 크기 때문이다. 그래서 제 1진 전투 병력에게는 주로 적의 화력을 소모시키는 총알받이 역할을 맡기려고 한다. 우리 사회에서 가장 쓸모없는 기피자 시민들은 뒤늦게나마 적의 탄약을 축내는 영광된 과업을 부여받았으니, 살신성인하기 바란다. 그리고 제 2대대장 19001 이병.”

“예, 이병 19001!” 제 2대대장이 힘차게 복창했다.

나이 스무 살을 갓 넘긴 19001은 탄타라 원더라는 예명으로 열아홉에 가수가 되어 요란한 인기를 누리면서, “연예인도 공인(公人)이니까 모범적으로 처신해야 한다”는 말을 입버릇처럼 달고 다녔다. 하지만 군에 입대하여 활동을 중단하면 인기와 인생이 몽땅 반 토막이 나리라는 걱정이 들어 금송아지 한 마리로 징병 검사관을 매수하여 병역을 면제받았다가 결국 들통이 나서 비마부대로 끌려온 몸이었다.

그는 재검사를 받지 않겠다고 소송까지 벌이며 끝까지 버틴 전투적 경력을 인정받아 제 31연대에서 대대장으로 발탁되었으며, 그가 거느린 기피자 부대는 온갖 화려한 외국어 이름으로 활동하던 가수 및 기타 분야의 연예인들이 제 1중대와 제 2중대를 구성했다. 종교적 병역 거부자들로 구성된 제 3중대원들도 대부분 야고보, 안드레, 보아스 따위의 외래명을 내둘렀지만, 국방부에서는 언어 순화의 차원에서 그들의 명찰에 이름 대신 1900-으로 시작되는 일련번호를 쓰도록 규제했다.

“종교를 빌미로 병역을 기피하는 자들, 스스로 나라를 지키겠다는 기본적인 양심조차 없는 양심적 병역 거부자들은 믿음의 자유를 보장하는 나라에서 살아갈 권리가 없다.” 변웅호가 19001대대장에게

호령했다. "그들은 무기를 들고 싸우기를 거부하는 권리를 처음부터 원했으므로, 비무장으로 전투에 임해야 한다. 그리고 주로 가수들로 구성된 기피자 연예인들은 갖가지 음표를 무기로 활용하여 ♩, ♪, ♫ 따위의 낱개 음표를 표창처럼 던져 적을 살상하도록 하며, 다량의 음표를 함께 덩어리로 뭉쳐 폭탄으로 만들어서 사용해도 무방하다. 그리고 제3대대장!"

"예, 이병 노인래!"

이번에 색출된 기피자 가운데 최고령자인 노인래(盧寅來) 이병은 주민등록증을 위시하여 온갖 서류를 위조해서 장기간 병역을 기피한 채로 7급 공무원으로 조달청에서 일하며 충실히 사리사욕을 채우다가 징집당해 제31연대의 제3대대를 이끌게 되었다. 호적까지도 워낙 자주 위조를 하다 보니 그는 자신의 나이가 진짜로 86세인지 아니면 68세인지 그것도 아니면 아직 40도 안 되었는지 이제는 헷갈려 알 길이 없었다.

그가 거느린 노년층 대원들도 거의 다, 수단과 방법을 철저히 가려 병역을 기피한 다음, 평생을 철밥통 공직에서 평안한 생애를 보내며 연금을 차곡차곡 쌓아나가던 중에 느닷없이 전쟁터로 끌려온 스스로 억울하다고 생각하는 사람들로서, 전직 국회의원도 여럿이었다. 대대에서 제3중대는 특히 기피율이 우수한 전직 장관이나 시장 그리고 시의원 출신만으로 구성되었다.

변웅호가 옹골찬 목소리로 노인래 대대장에게 명령을 내렸다. "제1대대가 246고지 정상에 투입되는 04시 같은 시간에, 귀관들은 제2대대와 함께 고지의 3부 능선을 타고 산기슭을 빙 둘러 포위망을 형성하여 숲을 샅샅이 뒤지며 산을 올라가야 한다. 3대대가 사용할 무기는 북과 꽹과리이며, 기타 큰 소리를 낼 만한 어떤 물건이라도 좋다. 그래서 시끄러운 소리를 내며 돌쇠들을 산꼭대기로 몰고 올라가면, 그곳에서 대기하던 제 1대대가 뒤처리를 맡는다.”

이렇게 작전 설명을 끝내는가 싶더니 변웅호는 어느새 밖으로 나가 냅다 적와대로 날아갔고, 시동까지 걸어놓고 착륙장에서 기다리던 대통령 전용 헬리콥터가 허둥지둥 뒤쫓아 이륙했다.

제5부

몰락하는 전쟁

하나   성탄절

진무성 국무총리 겸 야전사령관은 지프에서 내리지 않았다. 차 밖에서 사나운 폭설이 몰아치기 때문은 아니었다. 그는 장병들의 사기 앙양을 도와야 한다는 필요성에 따라 진중교회(陣中敎會)에서 군목이 이끄는 1970년 성탄절 심야 예배에 꼭 참석해야 했고, 그래서 상평통보의 야전 철제 숙소에서부터 여기까지 거의 반시간이나 걸려 휘몰아치는 눈보라 속을 더듬거리며 찾아왔다. 그리고 차에서 내려 십자가 천막까지 이르려면 300미터 가량 미끄러운 비탈길을 더 올라가면 그만이었다. 하지만 그는 지나치게 일찍 교회로 들어가 남들에게 초조한 심사를 노출시키고 싶지가 않았다.

그는 무신론자였다. 그런데도 진무성이 지휘관으로서 예배에 참석하겠다고 군목에게 동의한 이유는 내전을 그만큼 빨리 끝내고 싶어서였다.

2개월이면 끝나리라고 쉽게 생각했던 신세계 사단과의 계룡산 전투가 벌써 10개월째 질질 이어졌고, 앞으로도 좀처럼 끝날 기미가 보이지 않았다. 그래서 진무성은 요즈음 사복 차림으로 서울로 가서 국무총리 노릇을 하는 시간이 별로 없어졌고, 영내의 상평통보 상황실에 야전침대를 들여놓고 거의 모든 시간을 군인으로서 생활했다. 그는 국무회의도 장관들을 상평통보로 불러다 비마부대에서 주관하는 횟수가 점점 늘어났으며, 그럴 때면 진무성은 솔섬 파견대장으로 '귀양'을 왔던 무렵에 변웅호가 감수해야 했던 운명을 자신이 물려받지나 않았는지 의구심이 일어나기까지 했다.

전쟁에서 승리하도록 도와달라고 믿지도 않는 신에게 기도드리는 짓은 사기 행위라고 그는 생각했다. 그럼에도 불구하고 오늘밤 진 총리가 천막교회를 찾아온 이유는 전쟁이 지나치게 길어지면 그의 계획에 차질이 생길 것이므로, 열심히 싸우도록 장병들을 부추겨 하루라도 더 일찍 전쟁을 끝내야 한다는 계산 때문이었다. 이런 식으로 전쟁이 길어진다면 매컬럼 대사와 트라이던트 장군의 임기가 끝나 황송을 떠나버리고, 그러면 그들과 진 총리가 수립해놓은 계획이 불발로 끝나버리고 말 일이었다.

요즈음 진무성은 혹시 그가 변웅호의 덫에 걸리지나 않았는지 퍼뜩 긴장해서 조바심을 하는 일이 많아졌다. 변절을 최고의 전술로 구사하는 트라이던트와 매컬럼은 진 총리와의 밀약은 아예 처음부터 실천에 옮길 생각조차 없었고, 오히려 변 대통령과 함께 모종의 새로운 숙청 작업을 도모하는 중인지도 모를 노릇이었다. 그렇다면 물론 차기 숙청에서는 진무성이 1순위 대상임이 틀림없었다. 그래서 일부러 전쟁을 지연시키느라고 초기 전투에 변웅호 통수권자는 정규 병력을 투입시키지 않고 병역 기피자들만 골라서 전선으로 내보냈으리라는 추측도 가능했다.

기초 훈련조차 받지 못해 소총을 장탄할 줄도 모르는 자들을 246고지로 출동시키겠다며 변웅호가 처음 작전 계획을 설명했을 때, 물론 지금까지 변웅호의 명령에 단 한 번도 반발한 적이 없는 그이기는 했었지만, 진무성은 정말로 반론을 제기하고 싶었었다. 그리고 벌써 오래전부터, 그러니까 혁명에서 성공하여 권력을 잡은 지 얼마 후부터, 그는 군 지휘관이 아니라 대통령으로서 변웅호가 통치를 제대로 하도록 적극적으로 도와주었어야 옳았다. 군대와 국가는 본질적으로 달랐고, 국민은 장병이 아니었다. 정권은 무력으로 쟁취했더라도, 통치는 사회 및 정치 철학을 기초로 삼았어야 했다. 그래서 진무성은 대통령의 지시와 명령을 행정상으로는 열심히 따르면서도, 언제부터인가 마음으로는 따르지 않는 저항의 싹을 서서히 키워 왔다.

진 사령관의 옆에는 운전병 차도선 상병이 꼿꼿하게 앉아서, 시동을 끄지 않은 채로, 진무성이 차에서 내리기를 말없이 기다렸고, 저렇게 굳어버린 운전병 같은 인간은 눈에 보여도 존재하지 않는 셈이라고 진무성은 생각했다. 계급은 인간관계를 석화(石化)시키고, 거기에서부터 국민과 통치자의 소통은 단절을 시작했다.

그리고 예배시간이 되기를 차에서 기다리던 진무성은 그가 인생의 첫 전투를 골고다의 언덕에서 치렀다는 사실이 무엇을 의미하는지 궁금해 하면서, 지프의 앞창에 쌓여가는 눈을 물끄러미 지켜보았다.

폭설은 좀처럼 끝날 기미가 보이지 않았다.

둘 독설족

환탁은 아직도 안심이 안 되어서, 자신에게 닥칠지도 모르는 새로운 위기가 얼마나 심각한지를 확인해 보려고, '포고령 국방 747 징집' 사항을 다시 한 번 인터넷으로 불러냈다. 조패구와의 토벌전쟁 초기에 병역 기피자들을 주력 부대로 계룡산에 투입했다가 별로 신

통한 전과를 거두지 못한 직후, 정부에서는 독설족(毒舌族)을 일망
타진하여 그들을 특공대로 편성해서 전쟁에 동원하겠다는 새로운
포고령을 내렸는데, 환탁은 그것이 자신을 선별적으로 겨냥한 정책
일지도 모르겠다고 의심했다. 그가 지금까지 컴퓨터 속에다 건설해
놓은 환탁나라의 존재를 확인하고는 반란의 위협을 느낀 나머지, 변
웅호 대통령이 그를 독설족으로 몰아 제거하려는 술책으로 국방 747
포고령을 내렸다는 가능성을 환탁은 벌써부터 경계했다.

모니터 화면을 가득 채우며 가장 먼저 떠오른 그림은 독설족의 특
징을 한눈에 보여주는 합성 사진이었다. 그리고 바로 뒤따라서 독설
족에 대한 악의적인 설명이 올라왔다.

"한국에서 '악플러'라고 지칭하는 독설족은 인터넷에 기생하여 창
궐하는 신종 정신병자들이다. 상대방의 얼굴 표정을 안 봐도 되기
때문에 언제 날아올지 모르는 주먹을 걱정할 필요가 없이 자유롭게
막말을 쏟아내는 그들의 가장 두드러진 신체적인 특징은 눈과 혀와
손가락이다. 독설족의 눈은 눈동자가 염소처럼 옆으로 째졌는데,
이런 눈동자는 중세 유럽에서도 악마의 특징으로 간주되었고, 그래
서 당시 기독교 예식에서는 속죄용으로 염소(scapegoat)를 죽여 신에
게 제물로 바쳤다고 한다.

독설족의 또 다른 특징은 한 손에 손가락이 하나뿐이라는 점이다.
컴퓨터 자판을 한 손가락으로만 너무 열심히 두드린 나머지 다른 손
가락들이 모두 퇴화하여 생긴 결과다. 그리고 그들의 혀는 보통사람
들의 3치보다 두 배 반인 8치에 이르며, 혀끝에는 날카로운 칼이 3개
가 달려서, 거짓말의 날을 휘둘러 생사람을 잡는 매우 효과적인 무
기로 사용한다."

747 포고령은 이어서 독설족이 "흉악한 괴물의 얼굴을 차마 사람

들 앞에 드러내지 못해서, 좀도둑처럼 비겁한 익명으로 복면을 하는 행태"를 보이면서 "끊임없이 사회를 좀먹는, 치질만도 못한 벌레들"이라고 정의했다. 그리고 "독설 질환자들은 능력과 외모와 성격이 워낙 비뚤어지고 못나서 조금이라도 예쁘거나 사회에서 성공한 사람을 보기만 하면 열등감을 못 이겨 만성 배앓이가 즉각 시작되어, 자신의 부끄러운 이름을 감춘 채로 온갖 욕설을 퍼붓고는 그것이 언론의 자유라고 착각하는 범죄적 저능아"라는 가혹한 과장도 덧붙였다.

"어두운 망상이 시야를 가리기 때문에 저지르는 행동이겠죠." 동희가 귓전에서 환탁에게 속삭였다. "자신의 마음이 추악하면 세상이 온통 추악하게만 보이거든요."

환탁은 그런 서술 내용이 자신에게 얼마나 해당되는지를 꼼꼼히 따지면서 포고령을 계속 읽어 내려갔다.

"자신의 미천한 존재에 대해서 열등감을 느끼는 인터넷 정신병자들은 어느 훌륭한 사람을 욕하면 자신의 신분이 상대적으로 그만큼 상승한다는 망상에 빠지기 쉽다. 우월한 인물은 못난 사람을 아예 경쟁상대로 간주하지 않기 때문에 애써 힘들여가며 욕하지 않는 반면, 독설족은 그들이 속한 최하층 신분을 필사적으로 벗어나려는 욕망에 사로잡혀 닥치는 대로 타인을 비열한 언어로 공격하려는 충동을 느낀다.

자신의 무능함 때문에 전혀 아무것도 이룩하지 못하고 초라한 삶을 살아가는 자들이 성공한 사람들을 무차별적으로 헐뜯는 이런 집중사격 현상은 사회를 병들게 한다. 그런데 이제는 모략과 비방과 중상으로 간접 살인도 서슴지 않고 저지르는 독설 흡혈귀들이 등장하는 사태에까지 이르렀다. 온갖 거짓말과 헛소문으로 연예인이나 다른 인기인들을 교묘하게 괴롭히다가, 거물급 인물로 하여금 자살을 하게끔 만드는 집요한 헐뜯기 공격에 효과적으로 성공하면, 이들 흡혈귀들은 사방에 촛불을 밝히고 떼를 지어 모여앉아, 소주잔으로 희생자의 피를 나눠 마시며 그들의 승리를 자축하는 황홀한 의식까지 거행하고는 한다.”

독설족의 이런 살해 능력을 전투력으로 활용하겠다는 황당무계한 논리를 앞세워 변웅호 정부는 인터넷 질환자들의 일제 검거에 나서서, 포고령을 발표한 당일로 무려 8만 명을 구속했는데, 군경 합동으로 잡아들인 이들 독설족 중에는 2~30대의 젊은 여성이 53퍼센트에 달했다. 국방부에서는 2주일에 걸쳐 체포된 독설족 20만 명을 인수받아 그들을 생화학전 특공대로 편성했다. 이들 특공대는 적군을 후방에서 교란하라는 임무를 부여받고, 3개의 칼이 달린 혓바닥 말고는 전혀 아무런 무장을 하지 않은 채로, 계룡산 일대에 낙하산으로 한꺼번에 투입되었다.

주변에서 채집한 돌멩이나 몽둥이만 들고 싸워야 했으므로 독설 특공대가 비록 조패구 반란군을 다수 살상하는 괄목할 만한 전과를 올리지는 못했어도, 그들이 뿜어대는 독성 증오의 바이러스가 식물의 생태를 교란시키는 고엽제 효과를 가져와서, 뒤따라 투입된 정규 병력의 작전에는 크게 도움이 되었다. 울창한 숲의 잎사귀가 독설 바이러스에 말라죽어 지형을 벌거숭이로 노출시키는 바람에 반란군이 몸을 숨길 만한 은신처를 박탈당했기 때문이었다.

물론 독설부대가 지리멸렬한 다음 황송 정규군이 주도적으로 전쟁을 수행하는 단계로 들어선 이후에는 환탁이 군대로 끌려가서 낙하산에 매달려 적 후방에 강제로 투하되어 맨손으로 싸우다 개죽음을 당할 위험성은 그만큼 적어졌지만, 일단 독설족으로 몰리면 앞으로 어떤 불이익을 당하게 될지는 좀처럼 전망하기가 여전히 쉽지 않았다. 떳떳하게 나서서 세상의 수많은 적과 맞서지 못하고 컴퓨터의 가상현실 속에 숨어 간접 살상을 자행해온 환탁의 복수 행적은 누가 봐도 독설족의 행태와 매우 유사했다. 하지만 그는 염소 눈에 8치 혀로 거짓말을 날름거리는 그런 악마가 결코 아니었다.

"생각을 만들지 말아요." 동희가 환탁에게 속삭였다. "생각을 만들면 진실을 진실 그대로 보는 데 방해가 되거든요. 하늘에 검은 구름이 끼면 세상이 어두워지고, 생각의 구름이 사라지면 그제야 푸른 공간이 보이잖아요. 하지만 흰 구름을 보면서도 아름다움을 느끼지 못하고 어둠의 수증기 덩어리라고 기본적인 개념만 보는 사람 또한 생각의 방해를 받기는 마찬가지겠죠."

환탁은 인터넷 정치의 전성시대가 멀지 않았다고 믿었는데, 어쩌면 이런 위험한 사상 때문에 그는 국가의 감시 대상으로 분류되었을 가능성도 적지 않았다.

증오와 경쟁의 대립사회가 아니라 사랑과 협동의 인간관계를 도모하자는 큰우산 운동을 주창한 올사모의 회장 독고섭이 "부정부패와 이합집산의 패거리 정치를 대체할 인터넷 정치를 육성하자"고 역설하는 글을 올리기 시작하자, 그의 정치론에 담긴 효율성과 도덕성에 크게 공감한 환탁은 여러 가명으로 댓글을 달아 올사모와 독고섭에 대한 지지를 적극적으로 표현해 왔다. 독설족에 대한 정부의 단속이 사회 정화 차원에서 암적인 존재들을 제거하려는 순수한 동기에서가 아니라 날이 갈수록 사방에서 준동하며 강력해지는 인터넷 정치 세력을 압박하고 규제하려는 정치적 목적에서 시작되었다면,

거대한 조직을 갖춘 환탁나라의 황제는 언제 국가 폭력의 공격을 받
게 될지 예측하기가 힘들었다.

"아마도 그런 이유 때문일 거야." 환탁이 동희에게 말했다. "그래
서 난 변웅호의 미움을 받게 되었나 봐."

셋 좌담회

"혁명광장 재교육 훈련 행사가 700회를 맞았다는 역사적인 업적을
우선 축하드립니다." 임해도 사장이 말했다.

지금 사장실에서 진행되는 좌담회 내용은 《황송혁명신문》 1면에
싣기로 국정홍보부가 지침을 직접 통보한 바여서, 발행인이 몸소 사
회를 맡았다.

"이번 행사는 대통령 암살 시도 이후 중단되었다가 처음으로 다시
거행되는 재교육이어서, 국민의 경각심을 각별히 고취하려는 목적
이 우선이라던데요, 그렇다면 규모가 대단하겠군요."

"예, 그렇습니다." 제 2군 사령관 겸 법무장관 정병군 중장이 미리
작성된 원고에서 그에게 배당된 대목을 읽어 내려갔다.

다음 토요일 재교육은 본디 북어에 좀약을 넣어 보관하던 업자들
과 중국 고춧가루로 가짜 전통 고추장을 만든 제조업자들, 그리고
각종 식품의 함량을 속여 판 상인들을 400명 모아놓고 거행할 고전
적인 '강제로 먹이기' 행사에 곁들여, 2부에서는 "당신 아이를 내가

납치했다”고 거짓말 전화를 걸어 대포통장으로 송금을 받다가 체포된 사기공갈범들의 혓바닥을 자르는 여흥 정도로 끝낼 계획이었지만, 약발이 오래 전에 고갈된 이런 시시한 재교육 행사로는 국민이 더 이상 겁을 내지 않으리라고 판단한 변웅호 대통령의 특별 지시에 따라, 여태까지 집행을 미루어오던 사형수들 가운데 아동을 납치하여 성폭행과 토막 살인에 시체 유기를 자행한 흉악범을 위시하여 “인간 세계의 대표적인 오물(汚物) 48명을 공개 처형할 예정”이었다.

“나는 그들의 공개 처형에 반대합니다.”

법무장관의 설명이 끝나자 주명복 사회부 제 1차장이 그에게 배당된 부분을 읽었다. 그는 오늘의 좌담회에서 반정부 여론을 대표하는 상징적인 들러리로 참석한다는 조건을 수락하는 조건으로 지난 화요일에 가석방이 되었다. 주명복은 벌써부터 임해도의 주요 경계 대상이었으며, 그래서 임 사장은 이런 유화적인 기회를 국홍부에 건의했고, 구치소에 갇힌 몸으로는 무엇 하나 마음대로 할 수가 없었던 주 차장도 사장의 제의에 별다른 저항을 보이지 않고 응했다.

“사형 제도가 흉악범을 감소시킨다는 사실이 과학적으로 증명된 바가 없기 때문에 나는 사형 집행에 찬성하지 않겠습니다.”

“그럼 사형 제도를 철폐하면 범죄가 감소한다는 사실은 과학적으로 증명되기라도 했단 말인가요?” 정병군이 원고를 읽었다.

“사형 제도를 폐지하자는 소수 탁상공론가의 눈치를 보느라고 다수의 시민이 원하는 정의를 실천하지 못하다니, 이것은 언어도단입니다. 흉악범도 개과천선하면 혹시 한두 명이라도 선인이 될지 모르니까 사형수를 모두 살려줘야 한다는 올사모 큰우산 운동본부의 주장은, 평생 온갖 나쁜 짓만 하다가도 죽기 직전에 개종과 더불어 고해성사를 한 번만 하면 죄가 몽땅 사라진다는 종교 사기꾼들의 주장과 일맥상통합니다. 그래서 흉악범이 선인 행세를 하며 여생을 편안히 사는 동안, 처음부터 선인이었다가 흉악범들에게 육체적 또는 정신적 죽음을 당하고 평생 괴로움을 겪어야 하는 피해자들 그리고 그들의 가족은 어쩌라는 애깁니까? 사형수를 풀어주면 사람을 하나라도 더 죽이면 죽였지, 해친 사람을 되살리지는 않습니다.

쓰레기 인간들에게 면죄부를 주어 악과 범죄를 방조하고 세상을 어지럽히는 짓은 하지 말아야 합니다. 그래서 우리 정부에서는 흉악범들을 체포하면 48시간 안에 신속히 죽여 없애서 깨끗하고 정의로운 사회를 만들려는 새로운 법안을 곧 마련하려고 합니다. 그리고 연쇄살인범 같은 자들을 영웅시하며 동조하고 찬양하는 인터넷 카페 운영자들도 잠재적인 공범으로 잡아들여 함께 처형하는 방안도 현재 검토 중임을 밝힙니다.”

“듣고 보니 맞는 얘기로군요.” 주명복 차장이 원고에 적힌 대로 공감했다.

“그리고 이번에는 낯가죽 벗기기라는 특별 행사도 제 3부에 마련했다면서요?” 임해도 사장이 원고에 적힌 대로 물었다.

“그렇습니다.” 법무장관이 원고에 적힌 대로 대답했다.

“감언이설로 노인들을 속여 가짜 의약품과 싸구려 수의(壽衣)를 팔아먹거나, 인터넷을 통해 엉터리 명품을 헐값에 판다고 속이는 사기꾼이나, 1년에 1,800퍼센트의 이자를 받아내는 고리대금업자들과, 쓰레기 매립장에 버린 더러운 솜을 모아 이불과 베개를 만들어 파는 인간 말종들과, 사람들이 버린 낡은 침대 매트리스를 포장만 바꿔 새것이라고 속여 팔면서 ‘재활용을 열심히 하는 우리들이야 말로 진정한 애국자’라고 우기는 파렴치한들, 그리고 제자의 논문을 표절하여 제 이름으로 발표하고 연구기금을 타먹은 대학교수처럼 뻔뻔스러운 사람들 가운데 700명을 선발하여, 펄펄 끓인 물을 얼굴에 끼얹어 두꺼운 낯가죽을 문질러 벗겨내는 특별 여흥을 준비했으니, 많은 국민의 열광적인 관람을 권합니다.”

“낯가죽이 두꺼워지는 파렴치 현상은 공직 사회에까지 전염이 되었다면서요?” 임해도 사장이, 평생 몸에 밴 언론인의 본능을 발휘하여, 원고에 없는 질문을 하나 불쑥 던지는 실수를 저질렀다.

느닷없는 질문에 제 2군 사령관 겸 법무장관 정병군 중장은 붉으락푸르락 당황한 얼굴로 원고를 앞뒤로 뒤져보더니, 적당한 응답 내용이 눈에 띄지 않자, 무슨 대답을 하면 좋을지 알아봐야 하니까 잠시 기다려 달라고 양해를 구하고는, 국정홍보부로 긴급히 전화를 걸었다. 그리고는 국홍부의 즉흥적인 자문을 받아 원고에 없는 대답을 또박또박 되풀이했다.

“부도덕한 고위 공직자로서는 채공손 합참의장과 현대업 국방장관 그리고 민충수 국정홍보부 장관이 대표격이었습니다. 채 의장은 친구 151명에게 추석 선물을 하면서 갈비 대금은 물론이요 택배 비용까지 사령부 식당 주인더러 대납하라고 요구했으며, 현 장관은 아내의 자가용 운전사 월급을 대납하도록 운전사의 아버지에게 부탁했고, 민 장관은 아들의 유학 비용과 딸의 LA 주택 구입비를 비밀 성매매 업소 사장에게 대납하라고 강요했다가 적발되었습니다. 이런 보고를 열흘 전에 받고 진노하신 변응호 대통령 각하께서는 확실한 죄상이 밝혀지기 전에 그들을 미리 독재 혁명 제 14주년 기념 행사장에서 처형하셨습니다.

그러나 공직 사회의 부도덕성보다 훨씬 더 심각한 문제는 법과 질서와 권위를 경시하는 시민들의 풍조입니다. 음주운전을 하고도 잘났다며 경찰서에서 행패를 부리기는 식은 죽 먹기요, 병원 응급실에서 조폭들이 문신 전시행위 예술을 공연한다며 피투성이 난동을 부리는가 하면, 비아그라를 학교에서 판매하다가 적발되자 담임선생을 구타한 초등학생이 자신에 대한 혐의는 정치 보복을 하려는 국가차원의 조작이라며 검찰 소환에 불응하는 판국이죠. 그런데도 큰우산 운동본부라는 곳은 인간의 도덕성이 어쩌고 시민 사회의 비폭력은 저쩌고 선동을 해가며 인터넷에다 망발의 헛소리만 늘어놓으니, 앞으로 이 나라의 장래가 어찌 되려는지 심히 걱정입니다.”

넷 걸 레

　　세상은 어지럽고 더럽기만 한 듯싶지만, 그런 더러움을 닦아 치우겠다며 걸레가 되려는 사람들 또한 적지 않습니다. 사랑하고 인내하며, 도덕성을 되찾고 베풀며, 명상하여 지혜를 섬기겠다고 큰우산 운동을 펼치는 사람들은 바로 그런 걸레들입니다. 자신의 몸을 더럽히며 세상을 깨끗하게 닦아내려는 걸레들은, 스스로 몸을 불태워 세상을 밝히는 촛불처럼, 인간의 대지에서 토양을 비옥하게 만듭니다.

　　단테 알리기에리의 지옥에는 고통과 슬픔의 강이 흐르고, 강물은 질병의 거품으로 덮였으며, 죽음을 향해 질주하는 격류에 인생의 배가 속절없이 떠내려갑니다. 근심과 아픔의 지혜는 물살이 너무 빠르고, 같은 배를 탄 사람들은 서로 시기와 미움의 칼을 겨누며 증오하는데, 좁은 배에서는 칼끝을 피할 길이 없습니다. 그래서 타인의 메마른 마음에 증오의 불꽃을 지피면, 불타는 비를 피할 우산을 구할 길이 없습니다.

죽음의 소용돌이는 언제 배를 삼킬지 모르는데, 언제 헤어져야 하는지를 알 길이 없는 인연이 왜 칼을 뽑아 서로 겨눠야 하는가요? 뱃길은 지극히 짧은 한 토막의 꿈일 따름입니다. 꿈의 뱃길을 가려면 무엇보다도 먼저 마음이 증오로부터 해독(解毒)되어야 합니다. 인간이 타인들의 속박으로부터 해방되려면 먼저 자신으로부터 해방되어야 하기 때문입니다.

타인에 대한 증오는 타인에게서 미움을 자극할 뿐 아니라 자신에 대한 혐오감도 함께 키웁니다. 타인을 미워하는 자신에 대한 미움은 사랑과 미움의 갈림길에서 방향을 선택하는 첫걸음 노릇을 합니다. 타인에 대한 증오는 결국 자신에 대한 증오로 끝나고, 타인을 향한 미움은 결국 자신을 향한 슬픔이 됩니다.

인생이 힘들고 슬프다며 고난의 뱃길을 포기한다면, 그것은 어리석기 짝이 없는 선택입니다. 분노와 오만과 증오와 질시를 이기지 못해 자신을 사악한 마음에 내주면, 자신의 뿌리를 뽑아 안고 격류에 몸을 맡긴 채로 떠내려가는 격이니까요. 증오의 물살은 빠르지만 사랑은 충만하며, 걸음을 잠시 멈춰야 숨을 돌릴 틈이 생깁니다. 연민조차도 좌절보다는 훨씬 힘찬 미덕입니다. 인생이 흘러가는 길에서 우리는 혼자 태어나 혼자 죽음을 맞아야 하며, 어느 누구도 나의 고뇌를 같이 나누지 못한다고들 하지만, 타인을 내 마음 속에 품으면 나는 혼자가 아닙니다. 바로 그것이 큰우산을 같이 쓰려는 마음입니다.

세상은 본디 한 덩어리가 아니라 수많은 조각이 얼기설기 뭉친 인과의 그물입니다. 모서리가 서로 꼭 맞는 두 쪽의 조각은 그래서 찾기가 어려우니, 모래알처럼 그냥 차곡차곡 쌓이는 길밖에 없습니다. 둘

이서 몸으로만 서로 햇빛을 가려주기가 어려우면, 마음을 엮은 우산을 함께 써야 합니다. 아집의 배에서 내려 함께 큰우산을 쓰면, 미움의 이슬은 사랑의 햇살이 퍼질 때 사라지고, 독선을 버리면 모래알도 물처럼 녹습니다.

하나의 고집과 하나의 선(善) 밖에 담지 못하는 어휘와 말에 연연하려고 한 발치라도 양보하여 물러날 줄 모른다면, 거기에서는 다툼이 생겨납니다. 과일은 겉으로만 보면 모양밖에 알지 못하니, 먹어 보지 않고 생각만 가지고는 그 맛을 얘기하지 않아야 합니다. 입을 열어도 잘못이고, 다물어도 잘못이라면, 한참 동안 타인의 얘기에 귀를 기울이도록 하세요.

왜 내려놓아야 하느냐고 묻지를 말고, 내려놓기가 싫다면 그냥 짊어지고 가면 됩니다. 말로써 허물을 만들지 말고, 비유하거나 비교하는 대신, 옳고 그름의 거리를 손바닥 뼘으로 재는 대신, 진리의 본질을 마음으로 보도록 해야 합니다. 현상에서 허물을 찾아내어 몸으로 다투면 결국 마음까지 다칩니다.

미움과 전쟁은 인간에게 아무런 도움도 되지 않는데, 우리 주변에 얼마나 미움이 많기에 황송에서는 동족끼리의 전쟁을 어찌 7년이 넘도록 계속하는가요? 움직임이 멈추면 흔들리지 않고, 멈춤이 멈추어도 흔들리지 않습니다. 그래서 무(無)를 명상하더라도 인간은 충만하게 존재합니다. 같음은 다름과 같고, 없음은 있음과 같고, 같이 있음은 만심(萬心)이 하나일 때 이루어집니다.

우리 다 같이 세상을 닦는 걸레가 됩시다.

큰우산 운동본부 일동

다섯 **콰지모도**

　　빨간 삼각 깃발을 들고 국토 순례를 떠날 역사 탐구단으로 위장한 200명의 신세계 사단 타격대는 광장에서 가설무대와 가깝고 편리한 위치에 자리를 잡으려고 조막구 장군의 인솔을 받으며 일찌감치 04시 정각에 도착했다. 혁명광장에서 자리다툼이 갑자기 심해진 까닭은 재교육 훈련 700회 기념 특별행사에 지방 관광단이 어제 오후부터 대거 모여들었기 때문이었다.

　　전국 각지에서 올라와 여기저기 천막을 치고 밤을 지새운 사람들은 별다른 기대감으로 오래간만에 잔뜩 흥분된 상태였다. 행사의 내용부터가 알차고 다채로워서였다. 제 1부에서는 먹을거리로 갖가지 못된 장난을 친 악덕업자 400명에게 식상할 정도로 자주 실시했던 '강제로 먹이기'를 벌이지만, 제 2부에서는 인간 쓰레기 사형수 48명을 참수하는 공개 처형이 이루어지며, 뻔뻔스러운 파렴치범 700명의 낯가죽 벗기기가 마지막 제 3부의 대미를 장식할 예정이었다.

　　텔레비전과 신문을 통해 700회 특별 행사를 국정홍보부에서 한 주일 내내 대대적으로 예고해 왔던 결과로 07시가 되자 광장에 모여든 관중이 무려 2천 명에 이르렀다. 비록 1984년 혁명 직후에 토요일마다 운집하던 군중과는 비교가 되지 않았지만, 애국심 고취를 도모하려는 재교육 행사의 평상시 관객이 열 명을 넘기는 경우가 별로 없었던 데 비하면 오늘의 행사는 대단히 성공적인 축제가 될 전망이 분명했다.

　　최근 몇 년 동안 행사 현장에 통 얼굴을 내밀지 않았던 정병군 법무장관도 놀라운 홍보 효과에 신이 나서 준비 상황을 진두지휘하려고 부랴부랴 08시에 행사장으로 달려왔다. 정병군은 이미 자정부터 광장에 끌려나와 줄지어 무릎을 꿇고 앉아 대기한 1,148명의 재교육자들을 둘러보며 매우 흐뭇한 표정을 지었지만, 그러나 그는 구경꾼들 가운데 절반에 이르는 1천 명가량은 일반 시민이 아니라 콰지모도 작전을 벌이려고 권총과 수류탄과 윤봉길 도시락 폭탄을 옷 속에 감추고 개별적으로 집결한 신세계 병사들이라는 사실을 전혀 알지 못했다.

순례단으로 완벽하게 위장하느라고 자전거까지 한 대씩 끌고나온 타격대를 제외한 나머지 병력 800명 돌쇠는 시민들 속으로 섞여 들어가 개별적 공격 대상인 경비병과 몇 미터밖에 떨어지지 않은 자리에 저마다 잠복해서 일제 공격이 시작될 0845시가 되기를 기다렸다. 정부군 경비 병력이 백 명에 불과함에도 불구하고 신세계 사단이 무려 열 배의 공격 인원을 이번 작전에 투입한 이유는 수적으로 압도적인 우세가 아군의 피해를 최소화한다는 조막구의 유격 병법에 따라서였다.

암호명이 '미운 오리 새끼'인 콰지모도 작전의 기본 개념은 신세계 부사령관 겸 야전사령관 조막구의 작품이었다. 황송군 탄약고를 공격하다 체포되어 군 형무소에서 복역 중이던 조막구를 탈출시키도록 협조하겠다고 동의할 당시에는 트라이던트 정보참모와 채공손 합참의장 두 사람 다 잘 몰랐던 사실이지만, 신세계의 진짜 무서운 전술가는 조막구였다. 그러니까 조패구 회장에게 접근할 목적으로 미 정보국이 조막구를 풀어준 거래는 분명히 손해를 보는 장사였다.

건설 현장과 유흥가를 장악하는 데만 혈안이었던 형 조패구와는 달리, 막구는 본격적인 정치 세력을 일으키려면 무엇보다도 군사적인 조직의 형태를 강화해야 한다는 신념의 소유자였고, 그런 철학을 적극적으로 실천해온 인물이었다. 미국과 황송 군부에게 배반을 당해 정예 돌쇠를 200명이나 잃은 조패구가 분개하여 당장 복수하겠다며 이성을 잃고 시간을 낭비하는 동안, 동생 막구는 74-HA 기획단과의 합동훈련 과정에서 적에게 노출된 신세계의 여러 거점에 대한 정보를 무력화하는 차분한 작업에 신속히 착수했다. 조막구는 대부분의 계룡산 활동 근거지를 아낌없이 포기하고 주요 병력을 정북진 민간인 지역으로 옮겼으며, 예하 부대가 미처 철수하기 전에 투입된 정부군과 우발적으로 조우하면 그는 무작정 후퇴 명령을 내리고 병력을 철수시켜 정면충돌을 피했다.

초기 토벌 전쟁에 투입된 정부군 병력은 소수 정규병의 지휘를 받는 병역 기피자나 독설족 같은 무능한 비정규 병사들이 대부분이었다. 그들은 야구방망이나 꽹과리 그리고 ♩, ♪, ♬ 음표 표창 말고는 변변한 무장도 하지 않은 오합지졸이었다. 조막구 장군은 그런 무능한 상대와 교전을 벌이느라고 탄약과 돌쇠들을 조금이라도 소모할 만큼 무능한 장수가 아니었다. 그런 허수아비 군대는 오히려 살려두는 편이 정부군에게 부담으로 작용할 이치가 빤했으므로, 숲에서 우연히 그들과 마주치기라도 하면 무장한 돌쇠들은 그냥 자리를 피하면서, 반갑게 손까지 흔들어주고 지나치는 경우가 많았고, 그러다보니 나중에는 늙고 무력한 적병들이 먼저 손을 흔들어 보이기까지 했다.

조막구는 다수의 정예 대원을 끝내기작전에서 잃은 다음 조직의 복구에서 그치지 않고 앞으로 대규모 반격을 주도할 병력을 증강하기로 결정하고는 형으로부터 승인을 받아낸 직후에 콰지모도 작전의 준비에 착수했다. 자신이 배반의 쓴맛을 톡톡히 보았던 바로 그

장소에서 동생이 복수전을 벌이겠다는 제안에 조패구 형님도 서슴지 않고 동의했다.

H시를 0845시로 설정한 까닭은 아직 재교육자들이 아무도 희생을 당하기 전이면서, 또한 유일하게 기관단총을 휴대한 조막구 장군이 오늘의 본보기로 손수 제거할 거물급 인사가 적어도 한 명은 행사장에 나타나기를 기다려야 하기 때문이었다. 여덟시 반이 넘어서야 도착할 줄 알았던 법무장관이 일찌감치 제 발로 걸어와 모습을 보였으니, 누구를 제거할 대상으로 선정해야 할지는 저절로 문제가 해결되었고, 시간이 흐르면서 내빈들과 법무부 요인들이 차례로 도착하여 무대 위에 주섬주섬 자리를 잡았다. 어서 행사가 시작되기를 기다리며 긴장한 시민들이 웅성거리는 소리가 점점 커졌다.

제1부에서 처벌될 예정인 악덕업자 400명은 가장 바깥쪽에서 관객을 마주보며 동서남북 각각 100명씩 줄을 지어 정사각형을 이루고 꿇어 앉아, 그들이 강제로 먹어치울 불량 식품을 앞에 퇴비처럼 잔뜩 쌓아놓고 대기했다. 1부에서 먹어치우기를 끝낸 악덕자들을 광장에서 끌어낸 다음 사형수들의 목을 자르기 위해 설치한 48기의 기요틴 단두대는 서로 멀찌감치 간격을 두고 띄엄띄엄 두 번째 줄에서 역시 정사각형을 이루어, 시퍼런 칼날을 비스듬히 번득이며 음산한 모습으로 기다렸다. 파렴치범 700명 또한 정사각형으로 대오를 맞춰 중앙에 줄지어 앉아서 운명의 마지막 순서를 초조하게 기다렸다.

0845시, 어느 누구의 명령 한 마디가 없었지만, 광장 전역에서 동시다발적인 공격이 개시되었다. 조막구가 가장 먼저 가설무대로 뛰어올라가 법무장관을, 그리고는 집행관들과 요인들을 타격대원들과 함께 닥치는 대로 사살했다. 관중 속에 잠복했던 800명 돌쇠는 그들이 스스로 선택한 광장 경비병들을 개별적으로 공격하여 순식간에 처리했다. 계엄하여서 전투경찰 대신 군인들이 광장의 경비를 맡았지만, 안전사고에 대비하여 총을 장전하지 않은 채 근무를 서던 그들은 순식간에 이루어진 상황 앞에서 속수무책이었다. 시민들과 뒤섞인 돌쇠들을 쉽게 구별해낼 길이 없었던 터인지라 우왕좌왕하는 사이에 대부분의 계엄군 병사가 목숨을 잃었고, 제네바 협약의 제한을 받지 않는 조폭군은 무기를 버리며 투항하려는 병사들도 거침없이 사살했으며, 극소수의 경비병만 아수라장 혼란을 틈타 군복을 벗어버리고 겨우 도주했다.

불과 10분 만에 작전이 종료되자, 콰지모도처럼 추하고 가무잡잡한 얼굴에 주둥이가 재수 없이 불쑥 튀어나왔다 하여 조폭계에서 '까마귀'라는 별명이 붙은 조막구는, 기관단총을 어깨에 울러 메고는 무대에 설치된 마이크를 두 손으로 움켜잡고, 처벌을 받으러 끌려온 재교육자들에게 짤막한 열변을 토했다.

"똥나라 똥(便) 대통령의 폭력 정권을 하루라도 빨리 멸망시키고 사랑하는 우리 조국을 다시 살려내려면, 전 국민이 지금 당장 다 함께 궐기해야 합니다. 우리 신세계 사단에서는 악질 군사독재 정부에 대항하여 우리와 함께 싸울 용감한 의용군을 모집합니다. 뜻을 같이 할 분들은 오늘 여러분을 구출한 신세계 병사들의 안내를 받으시기 바랍니다."

재교육자 불량 시민들은 집으로 돌아가거나 도피 생활을 시작하더라도 어차피 언젠가는 체포되어 다시 광장으로 끌려올 신세였고, 그래서 "전쟁에서는 군대와 함께 지내야 가장 안전하다"는 판단에 따라 대부분 즉석에서 조폭 사단에 입대했다. 소수이기는 하나 일반 시민들도 구국충정의 의협심을 자극받아 그들과 합류했다. 갓 입대한 신병들은 고참 돌쇠들을 도와 전사한 계엄군으로부터 무기를 함께 수거하고는, 산책로를 따라 계엄군이 주차해 두었던 10대의 차량에 재빨리 실었다.

조막구와 타격대 병력은 정예 병사로 육성하기에 제격일 듯싶은 사형수 48명을 노획한 무기를 적재한 차량에 나눠 실었다. 타격대원들은 그들과 함께 "사나이로 태어나서 할 일도 많다만"이라는 한국 군가를 씩씩하게 부르며, 관중의 열렬한 환호를 받으며, 국회의사당 뒷골목으로 빠져나갔다. 그들은 시내를 벗어나자마자 대기하던 자대 차량으로 병력과 무기를 옮겨 싣고는, 탈취 차량들을 사방으로 멀찌감치 몰고 가서 엉뚱한 곳에 버려 토벌군 항공기의 추격을 피했다.

광장의 나머지 돌쇠들은 신병 한 명씩을 인솔하고 재빨리 산개하여, 신세계가 장악한 시내의 유흥업소와 사창가에 일단 분산 수용하고는, 사흘 후부터 정북진 산속의 비밀 전략촌에 개별적으로 집결했다.

쾌지모도 작전에서 신세계가 새로 확보한 돌쇠는 2개 대대 병력에 이르렀다.

광장전투의 혁혁한 승리로 크게 고무된 신세계 사단은 이때부터, 최루탄이 난무하는 시위 현장이나 붉은 머리띠 노사분규 농성장은 물론이요, 하다못해 분뇨 처리장 이전 결사반대 집회와 도우미 생존권을 요구하는 노래방 업주들의 투쟁 대회처럼, 정부군이나 경찰이 행패를 부리는 곳이라면 어디라도 출몰하여 핍박받는 백성을 구출하면서, 로빈 후드나 홍길동 같은 의적으로 부각되었고, 그러는 사이에 활빈당이나 동학군에 가담하듯 파죽지세 몰려드는 지원병들로 신세계 총병력은 어느덧 무려 4만 명에 가까워졌다.

조막구는 증강된 신병들의 전투력을 가늠하려는 차원에서 공격

작전에 점차 적극적인 박차를 가하여, 74-HA 공작의 본거지였던 제 3구의 미 6군 훈련소를 박격포로 공격하여 보기 좋게 박살냈다. 그리고 제 3구로 진출한 신세계 병력은 쾌지모도 작전에 성공한 지 3개월 후에 백화점 폭파나 우체국 약탈 따위의 산발적인 공격을 계속하며 환상도로를 따라 상업 지구를 향해 계속해서 서쪽으로 전개했다.

여섯 조종실

옆자락을 높이 말아 올려 앞산의 활활거리는 단풍이 훤히 내다보이는 천막 식당에서 진무성 장군은 한쪽 구석에 자리를 잡고 참모들로부터 떨어져 혼자 앉아서 점심식사를 하며, 공병대원들이 일을 얼마나 꼼꼼히 하는지를 계속해서 감시했다. 조종실 탑재 작업은 한 시대를 마감하려는 끝내기작전의 결정적인 마지막 끝내기 부분이기 때문이었다.

나이가 50에서 80까지인 비마부대 소속의 공병대원들은 하나같이 복부비만 병역 기피자 출신들이어서, 살을 빼겠다는 일념으로 날마다 점심을 걸러 가며 하루 종일 열심히 노역에 임했다. 그들은 이계산 정부에서 고위 공무원이나 국회의원을 지낸 자들로서, 총동원령에 따라 입대했다가 행동이 워낙 민첩하지 못하고 전투 감각도 지나치게 무뎌서 일찌감치 비전투 병력으로 재분류된 막노동 인력이었다.

비록 내전 기간 중에 벌어진 가장 치열한 전투는 아니었을지라도 역사적인 의미만큼은 나폴레옹 보나파르트의 아우스테를리츠 〔Austerlitz〕 전투 못지않게 심장한 정북진 전투에서 조패구가 대승을 거두어 정부군이 8,400명의 전사자를 낸 다음에는, 아직 살아남은 기피병은 전원 공병대나 다른 제 2군 예하로 재배치되었고, 대신 정규군이 전방에 나서서 본격적인 전쟁을 수행하기 시작했다. 미 6군이 수집한 정보를 통해 적의 계룡산 주요 거점을 미리부터 철저히 파악하고도 변웅호가 초기에 조패구 일당을 단숨에 제압하지 않고 전쟁을 지연시켰던 까닭을 진무성은 한참 전투가 진행된 다음에야 제대로 이해하게 되었다.

대통령은 조패구 병력이 얼마나 막강한지를 국민에게 실감나게 각인시키면서, 객관적으로 무척 힘겹게 여겨지는 장기간의 전쟁을 거쳐야만 통치자에 대한 국민의 의존심이 그만큼 더 커지리라는 계산을 했었다. 그래서 군량미만 축내던 병역 기피자와 독설족을 적이 정북진 벌판에서 절반 이상 제거해준 다음, 조폭에게 군사독재 정부가 완전히 패배하여 자칫하면 훨씬 더 험악한 세상이 올지도 모른다는 위기의식을 국민이 절실히 느끼게 되었을 즈음에, 정부군의 지연 작전이 갑자기 공격적인 양상으로 바뀌었다. 그리고 이것 또한 트렌트 트라이던트의 조언에 따른 전략이었음을 진 장군은 조종실에 대한 설명을 이안 매컬럼 대사로부터 듣는 자리에서야 마침내 알게 되었다.

매컬럼 대사는 인도네시아로 전임되어 떠나기에 앞서서, 미국 워싱턴 소재 스미스소니언 박물관의 재고정리 기간을 이용하여 헐값으로 사들인 P-38 요격기를 진무성 총리에게 선물로 주겠다고 했다. 요격기 선물은 트라이던트 소장이 먼저 필리핀 수빅 만으로 전출을 가면서 매컬럼 대사에게 건의한 사항이었다. 내전이 정부군의 공격적인 국면으로 접어들어 비마부대를 특전대로 개편할 이후, 이동을 자주 해야 하는 전진 기지로부터 지나치게 뒤로 처지지 않으면서 더욱 신속한 작전을 펼치려면 비마부대의 핵심 기능을 집결시킨 원형 건물 상평통보 본부 또한 거리를 좁혀가며 끊임없이 뒤쫓아 다녀야 했다. 그리고 육탄전이 벌어지는 최전방과 상평통보의 거리가 지나치게 가까워지면 창문이 하나도 없는 상황실에서 외부의 위험성 여부를 육안으로 직접 관측할 방법이 없다는 약점을 보완할 필요성이 분명해졌고, 그러니까 비행기에서 조종실을 떼어내 상평통보의 한복판에 박힌 철궤 상황실 지붕 위에다 리벳으로 고정시켜 망루를 설치하자는 보완책이 TTT가 건의한 제안의 요점이었다.

요격기에서 분리한 조종실을 상황실 지붕 위에 장착하겠다고 대통령에게 보고할 때 진무성은 트라이던트 장군의 건의 내용을 그대로 전했지만, 끝내기작전의 마무리 단계에서 조종실 망루가 어떤 특수한 기능을 맡게 될지에 대한 비밀은 함구했다. 그리고 대통령은 대단한 안건이 아니라고 생각해서인지 조종실에 대해서는 별로 신경을 쓰지 않았다.

인간의 운명은 그렇게 지극히 사소한 하나의 실수로 좌우된다고 진무성은 생각했다.

공병대원들이 상평통보 지붕 위에 망루를 설치하는 작업은 앞으로 두 시간 안에 끝날 예정이었다. 거대한 구슬을 반으로 잘라 엎어 놓은 듯한 모양의 망루는 제2차 세계대전에서 크게 활약한 록히드 P-38 번갯불(Lockheed P-38 Lightning)의 기체 위쪽에서 떼어낸 돌출 부분이었다. P-38은 전투와 폭격의 다기능을 갖춘 요격기로서, 조종실에는 한 사람만 탑승했기 때문에, 하늘에서 홀로 날아다니는 고독감을 참으로 심하게 느끼도록 만드는 구조였다. 이런 무방비 노출감은 사방이 모두 내다보이는 비좁은 조종실에 혼자 앉아야 한다는 고립 상황 때문에 발생했다. 그리고 진무성은 지금, 화성인이 타고 온 비행접시 모양을 갖춘 상평통보를 물끄러미 응시하며, 저 조종실 안에서 외로워했을 어느 미군 조종사나 마찬가지로, 자신도 같은 망루에 들어가 앉아 국가의 미래를 결정짓는 행동을 혼자서 수행해야 한다는 절실한 고독감을 느꼈다.

진무성 총리는 변웅호 대통령을 제거할 계획이었다.

황송공화국에서 하나의 시대를 구성하는 가장 육중한 존재였으며, 한때는 그가 가장 존경했던 지도자 변웅호를 축출하여 폭력과 증오에 지친 국민을 구하는 역사적 사명이 진무성의 어깨에 무겁게 내려 앉았다. 한 사람의 군주와 수많은 백성 ─ 개인적인 충성이라는 의무와 배반이라는 인간적 약점 ─ 이 선택은 다수결로 풀어야 하는 방정식이 되었다. 못된 군주 한 사람에 대한 충성은 민족 전체에 대한 배반이요, 잔혹한 죄악이었다.

오랫동안 진무성은 변웅호를 영웅적 군주로 섬겨왔었다. 힘을 가진 자에게 잘못 의존하다가는 그에게서 당할지 모르니까 스스로 힘을 가져야 한다는 변웅호의 마키아벨리적 신념에도 그는 공감했다. 부하들과 너무 많은 일을 함께 의논하면 시간이 걸려 비능률적이고 판단력이 흐려지며, 혼자만의 독재적인 판단이 가장 확실하고 효율적이라는 철학에도 그는 별로 거부감을 느끼지 않으며 공감했다. 아무리 독재자라고 하더라도 이룩한 업적이 뛰어나게 돋보이면 힘없는 애국자보다 존경받는다는 시각도 정당했다. 군인은 생존을 위해서 정복하고, 그래서 누구에게나 이겨야 한다고 믿었던 변웅호는 출중한 전략가였다. 군인은 도덕군자가 아니라 적을 제거하는 살생이 본분이었다.

썩어빠진 이계산 정부를 타도하려는 혁명에서 성공할 때까지는 그런 공격의 언어가 진리였다. 집권 후에도 얼마 동안은 다수의 적을 제압하려면 정치적 폭력의 강도를 높여야 할 필요성이 보이기도 했다. 하지만 폭력은 영원한 만병통치약이 아니었다. 정복은 폭력으로 이룩하지만, 통치에서는 유연한 인덕을 실천해야 옳았다. 권력은 강할수록 부패를 집중시킨다. 변웅호 공화국은 진무성이 꿈꾸던 정의사회가 아니었다. 단순히 '군대식'이라고 진무성이 처음에 생각했던 변웅호의 통치 방식은 온순한 이상주의를 용납하지 않는 일방적 국가 경영이었으며, 병적인 독선에 지나지 않았다.

진무성은 변웅호에게서 영웅의 몰락을 보았다. 아니 그것은 변웅호의 몰락이 아니라, 같은 인물에 대한 진무성의 시각이 달라졌음을 의미했다. 방법만 알고 목적이 뚜렷하지 않은 통치자에 대한 진무성의 실망은 날이 갈수록 깊어졌다. 변웅호는 혁명광장에서 주말마다 벌이던 그의 잔혹하고 역겨운 예식이 어째서 부하들의 반역을 자극하는지를 이해하지 못했다. 관현악을 연주할 때는 아무도 지휘자를 쳐다보지 않으면서도 무한의 화음이 이루어지듯, 지도자는 힘을 과시하거나 행사하지 않더라도, 꼭 눈을 맞추지 않더라도, 국민을 마음으로 이끌어가는 능력을 갖춰야 옳았다.

변웅호의 박력이라고 믿었던 추진력은 파괴적인 폭력에 지나지 않는다고 깨닫기 시작한 진무성은 여태까지 그가 섬겨온 거대한 폭력을 자신이 물리쳐야 한다는 인식을 어느덧 갖게 되었다. 우악스러운 자는 간교한 자를 끝내 이기지 못하고, 그래서 영웅이 왜소한 인간들에게 비참한 최후를 맞게 되기 전에, 진무성은 실패한 통치자로 하여금 최소한의 존엄성이나마 간직한 채로 떠나게 해주고 싶었다.

그리고 이렇게 한참 갈등할 때 어떤 행동이 옳은지 진무성을 대신하여 판단을 내려준 사람이 미 6군 정보참모였다.

트렌트 트라이던트 장군은 황송공화국의 다른 어느 누구도 막강한 변웅호를 제거할 능력이 없다고 믿었다. 그래서 그는 '믿는 도끼'로 변웅호의 발등을 찍자는 결론에 이르렀다. 변웅호에게 접근이 가장 용이한 도끼는 진무성이었다. 하지만 진무성이 효과적인 무기로서의 기능을 발휘하려면 미 6군의 협조와 준비가 필요했다.

트라이던트는 진무성을 포섭하는 데 성공하자, 조패구와의 전쟁을 벌여 변웅호의 지배력을 어느 정도 약화시킨 다음에 제거하는 전략을 그에게 권했다. 진무성 총리는 변웅호를 오랜 기간에 걸쳐 기만한 다음에 제거한다는 사실이 너무나 야비하고 비신사적이어서 마음에 걸리기는 했지만, 그래도 결국 끝내기작전의 마지막 3단계를 추진하기로 찬성했고, 그래서 조패구와 변웅호는 두 사람 다 TTT의 각본 그대로 혁명광장 암살극의 함정에 빠져 서로 힘을 축내는 내전을 시작했다.

변웅호는 뛰어난 전략가였으므로 토벌 전쟁에서 신세계 사단을 무력화하는 데 결국 성공하겠지만, 자신도 상당한 피로감을 느끼게 되리라고 트라이던트 장군은 예견했었다. 필리핀으로 활동 무대를 옮긴 트라이던트는 황송의 전쟁이 예상외로 길어졌다는 보고를 받고도 걱정할 필요가 없다면서 오히려 격려하는 밀서를 국무총리에게 보내왔다. 독재적인 폭정에 대한 국민의 불만을 전쟁으로 해소하려던 변웅호의 계산은 완전히 빗나가서, 전쟁터로 끌려간 자식들의 죽음과 부상 그리고 경제적인 피폐로 인해 민심을 급속도로 악화시키기만 하겠고, 군부 또한 명분 없는 전쟁에 대한 불만이 비등하여, 군부와 국민을 다 같이 통치자로부터 멀어지고 이탈하게 만들 테니까, 그렇다면 결과적으로 변웅호를 제거하는 사람은 역적이 아니라 만인의 영웅이 될 전망이었다.

변웅호의 또 다른 오판은, 일정한 거리를 유지하면서도 진무성을 영원한 심복으로 만들려는 목적으로 국무총리의 자리에 앉혔을 뿐 아니라, 야전사령관으로 임명하여 병력의 통솔권까지 부여했다는 잘못된 계산에서 비롯했다. 내전을 지휘하는 총사령관으로 부관 병과의 진무성을 발탁한 이유는 진 장군이 전술과 전략에 약하기 때문에 감히 총부리를 대통령에게 돌려대는 반역 행위를 꿈도 꾸지 못하리라는 쉬운 짐작에 따라서였다. 그러나 아무도 믿지 않고 혼자서 모든 결정을 내리려는 변웅호와는 달리 진무성은 남의 말에 귀를 기울이고, 타인에게서 도움을 받아내고, 적과 동지가 무슨 생각을 하는지 꿰뚫어보면서, 필요하다면 적장을 설득하여 아군으로 만들 줄 아는 지장(智將)이었다.

앞으로 전개될 작전의 내용을 까맣게 몰랐던 변웅호는 혁명광장 암살 계획에 대한 정보를 사전에 알려준 트라이던트 장군을 그래서 아직도 끔찍하게 고마워했다. 하지만 진무성은 정보참모가 조패구를 배반하는 첫 번째 변절의 각본뿐 아니라, 변웅호를 배반하는 두 번째 변절의 각본에 대해서도 그때 이미 TTT 자신으로부터 정보를 제공받아 인지한 다음이었다.

앞산에서는 단풍이 활활 타올랐다.

일곱　아버지

　　"아버지 한재산 회장이 한국에서 김모시 수행비서를 보냈으니 어서 나와 만나보라"고 어머니 유화자가 어느 날 오후 다급하게 소리쳤지만, 유시찬은 안으로 잠근 문을 열어주기는커녕, 대답조차 하지 않았다.

　　또 다른 어머니 고미자가 문을 두드리며, 한 회장이 임종을 앞두고 "아들을 만나 꼭 하고 싶은 말이 있다"고 했다면서 "필시 유산이라도 나눠주려는 눈치 같다"며, "이거야말로 처음이자 마지막 기회 아니냐"고 아무리 한나절이 넘도록 설득해도, 고환탁은 아랑곳하지를 않았다.

　　두 어머니가 하루를 꼬박 타일러도 아들이 아무런 반응을 보이지 않자, 유화자는 한 회장의 주소를 적은 쪽지를 아침밥과 함께 문밖에 남겨두고 가면서 일러두었다.

　　"김 비서가 일이 많아 오늘은 서울로 돌아가야 한다는구나. 나중에라도 회장님을 만날 생각이 들면 이 주소로 찾아오란다."

　　30년이 넘도록 집 밖은커녕 뒷방에서조차 나간 적이 없던 시찬은 한재산의 유산을 받으러 한국을 다녀온다는 엄두가 도대체 날 리가 없었다. 어릴 적에 시찬은 한때 아버지의 존재가 아쉽기도 했었다. 그러나 어느새 노년기에 들어선 환탁은 자신만의 세계를 따로 만들어 가졌고, 그가 사유한 세계에서는 돈이 아무런 의미나 쓸모도 없었다. 그의 유폐된 삶에서도 마찬가지였다. 그런데 이제 와서 죽음을 앞둔 아버지가 평생 사생아를 방기해 두었던 양심의 가책으로부터 해방되라고 구태여 환탁이 시찬을 대신하여 면죄부를 전해 주려고 고통스럽고도 긴 여행을 할 마음은 티끌만큼도 없었다.

"우주의 지구 공간에 무질서하게 흩어져 떠돌아다니던 갖가지 원소들이 수많은 조합을 이루는 결합을 거치면서 만물을 창조하고, 인간의 존엄성도 그렇게 창조된 거예요." 조금도 늙지 않는 맑은 목소리로 동회가 환탁의 귓전에서 속삭였다. "원한과 슬픔도 아미노산처럼 몇 가지 원자의 조합이겠죠. 생각하는 입자들이 모여 사고를 하니까요."

밤낮을 가리지 않고, 하기야 밤과 낮이 따로 없는 뒷방이기는 했지만 어쨌든 사흘 동안 밤낮으로, 어서 한재산을 만나러 가라고 재촉하는 두 어머니의 목소리가 문 밖에서 사라지고 동회의 목소리만 등 뒤에 남은 다음, 환탁은 문 밖에서 취객들이 떠들고 기생들이 노래하는 소음을 뒤로 하고, 큰우산을 찾아 환탁나라로 들어갔다.

여덟 여명

상평통보의 조종실로 올라가 앉아서 진무성 야전사령관이 둘러본 새벽 풍경에서는 전쟁터답지 않은 활기가 엿보였다. 어느새 8년을 넘겨버린 내전에 시달려 기진맥진한 병사들이었건만, 그들은 머지않아 토벌 전쟁이 끝나리라는 기운을 분명히 감지한 모양이었다.

지금은 1962년 4월 1일 06시, 항공대장 출신이며 동심회 초창기부터 변웅호 대통령의 심복이었던 송기철 사단장이 직접 이끄는 비마부대 브라보 연대가 BP247386 주둔지에서 4개월간의 작전을 끝내고, 828고지를 향해 방금 이동을 시작했다. 신세계 사단과의 전쟁에서는 이번 계룡산 전투가 최후의 결전이 되리라고 국무총리도 확신했다. 나흘 전에 벌어진 산기슭 교전에서 무릎에 총상을 입고 깊은 산속으로 들어간 조패구는 더 이상 도망칠 곳이 없었다.

사기충천한 제 2전투 사단은 계룡산을 완전히 포위한 채로 마지막 잔당을 토벌하러 정상을 향해 훑어 올라갈 준비를 끝마친 상태였다. 대통령도 여러 면에서 그에게 예기치 않았던 불리한 부작용을 가져다준 내전을 이제는 하루라도 빨리 종결짓고 싶어서 "어떤 대가를 치르더라도 금년 상반기를 넘기지 말고 끝내버려야 한다"고 밤낮으로 진무성을 불러 재촉할 지경이었다.

정북진 전투로 수세에 몰렸던 황송 정부군이 전황을 뒤집는 전환점으로 삼았던 본격적인 첫 공세는 1969년 봄에 대룡산 878고지에서 이루어졌다. 적 사살은 689명에 불과했지만, 노출이 잘 되어 숨겨놓기 어려운 반란군의 중화기와 장비 그리고 전투 차량을 거의 모두 파괴하여 기동력을 마비시키는 괄목할 만한 전과를 거두었다. 1967년 제 2차 총공세에서는 소룡산 808고지에서 3개월가량의 작전을 거치며 신세계 병력을 초토화하여 2만 명 정도만 남겼고, 체질이 쇠약해진 반군은 그때부터 자연 감소가 꾸준히 계속되었다. 1964년 삼봉산 제 3차 총공세에서 살아남은 조패구의 병력은 5천 미만이리라고 진무성은 추산했다. 그에 비해서 지금까지의 황송 정규군 전사자는 4, 238명뿐이었다.

1963년 성탄절 무렵부터 거의 한 달이나 계속된 혹독한 추위와 굶주림에 시달리며 산속에서 기진맥진 버티던 신세계 사단의 마지막 주력 부대는 탈영병이 속출하여 와해의 조짐이 차츰 두드러지더니, 금년 2월에 대량으로 공중살포한 전단(傳單)을 들고 나와 투항하는 돌쇠들은 일관된 정보를 제공했다. 조패구가 마지막 필사의 춘계 반격을 시도하려는 목적으로 제 3구에서 준동하던 잔여 전투병력을 집결시켜 재편성하려고 모두 계룡산으로 불러들였다고 했다. 변웅호는 이 기회를 확실하게 잡아 국민뿐 아니라 피아간에 피로감만을 누적시키는 내전을 종결짓기로 결심했고, 그래서 적군이 스스로 함정을 파고 들어가 모이기를 기다렸다가 제 2전투 사단 병력으로 계룡산 전체를 포위해 버렸다.

2사단의 철통 포위망 안쪽으로 투입되어 쥐잡기 작전을 벌이게 될 비마부대의 선발 알파 연대는 H시인 오늘 새벽 04시에 출발하여 7부 능선에 올라 이미 새로운 진지를 구축하는 중이었다. 알파 진지를 징검다리로 삼아 산개할 예정인 주력 부대 브라보 연대의 차량들이 줄지어 골짜기를 넘어가는 바위투성이 숲들은 산수유가 한창 아름다울 시기였으나, 지난 며칠 동안의 심한 황사로 온통 연둣빛이 누렇게 뒤덮여 답답했다.

옆구리에 빨간 십자가를 그린 구급차, 높다란 무선 안테나가 출렁거리는 장갑차, 범포 지붕을 덮은 보급 차량, 곡사포를 꽁무니에 달고 가거나 로켓 발사기를 탑재한 트럭과 병력이 바싹 말라버린 개울가를 따라 구불구불 쌓아올린 축대와 방어용 엄폐벽을 지나 북진했고, 정상에 착륙장을 구축할 병력을 침투시킬 헬리콥터 편대가 요란하게 능선을 타고 날아올랐다.

팔짱을 끼고 조종석에 편안히 기대고 앉아 진무성은 두 시간 후에 출발할 마지막 병력 찰리 연대 병사들의 짐을 대신 싸느라고 허덕거리는 늙은 병역 기피자들을 플랙시글래스 창으로 내려다보았다. 늙

은 노동병들은 비척거리며 땀에 젖어 천막을 허물고, 위장포를 벗겨
둘둘 말아 올리고, 말뚝을 뽑고, 탄약과 약품 상자들과 야전 식량궤
짝들을 부둣가 짐짝처럼 차곡차곡 쌓았다.

전투에 투입될 젊은 병사들이 모처럼 휴식 시간을 얻어 늙은 노동
병들을 무심히 구경했다. 모래주머니로 턱을 쌓고 여기저기 클레이
모어가 터진 흔적이 작은 분화구처럼 보이는 교통호에서는 소년병
들이 무거운 탄띠를 진흙이 말라붙은 군화의 발치에 풀어놓고 담배
를 피웠으며, 원형으로 다져놓은 야포나 박격포의 포좌(砲座)에서
는 후줄구레한 모습의 포병들이 모닥불을 피워놓고 아침 추위를 달
랬다.

송기철 준장이 브라보 연대 병력을 이끌고 떠난 지 30분이 지나자
시누크 헬리콥터 4대가 날아와 먼지바람을 일으키며 상평통보 본부
주변에 빙 둘러 내려앉았다. 진무성은 병사들의 작업 상황을 진두지
휘하려고 조종실 망루에서 기어 나와 사다리를 타고 땅바닥으로 내
려갔다.

연장을 손에 들고 기다리던 1개 소대의 늙은 병역 기피자 공병대
원들이 모서리마다 달라붙어 정보참모부를 분리시키려고 대형 리벳
을 풀었다. 해체가 끝나자 노동병들은 정보참모부의 지붕 네 귀퉁이
에 달린 고리에 쇠밧줄을 꿰어 하나씩 헬리콥터와 연결했다. 작업을
완료한 늙은 병사들이 황급히 철수한 다음 요란한 엔진 소리와 함께
시누크들이 천천히 떠올랐고, 토막 난 본부건물 한 조각이 공중으로
따라 올라갔다. 정보참모부가 헬리콥터에 매달려 북쪽으로 날아간
다음 다시 4대의 시누크가 도착했고, 늙은 공병대원들은 작전참모
부 토막을 잘라내는 작업에 달라붙었다. 본부 건물이 두 토막 떨어
져 실려 간 이후에는 찰리 연대의 짐을 실어 나를 차량들이 줄지어

도착했다. 노동병들은 숨을 헉헉거리며 짐짝과 장비를 싣는 일을 계속했다. 상평통보의 두 토막을 잘라내어 북쪽으로 싣고 날아갔던 시누크들은 한 시간 후에 돌아와서 나머지 인사참모부와 병참부를 공수했다.

진무성은 전쟁의 폐허 한가운데 달랑 혼자 남은 상황실 궤짝으로 갔다. 옆에 말아놓은 위장포를 밧줄로 묶고 있던 두 명의 늙은 노동병을 시켜 상황실 벽에 사다리를 걸치게 하고 그는 지붕으로 올라가 다시 조종실 망루로 기어 들어갔다.

어항을 뒤집어 놓은 모양의 유리집에 들어앉은 그는 사방에서 부지런히 이동을 준비하는 병사들을 굽어보았다. 작전을 나갈 때는 세수를 하면 재수가 없다면서 얼굴을 닦지 않은 지저분한 병사들이 탄창을 꽂은 소총을 메고 마지막으로 장비를 점검했다. 야간 잠복을 나갔던 병사들의 검댕 얼굴이 개구쟁이처럼 번들거렸다. 검정 베레모를 쓴 수색중대원들의 배낭에는 야전삽이 매달렸고, 먼지로 찌들은 수통에는 철모가 늘어져 털럭거렸다. 트럭을 타려고 구보로 달려가는 병사들. 오랜 전쟁에 보급이 시원치 않아 하나같이 누렇게 바래고 낡은 군복. 개인 소지품을 챙긴 허리 배낭. 그리고 종이로 만든 방탄조끼.

길 잃은 돼지 한 마리가 코로 땅바닥을 후볐으며, 저만치 철조망 밖에서는 혹시 군인들이 버리고 가는 물건이 없는지 주워 가려고 동네 아이들이 스무 명쯤 떼를 지어 기다렸다.

북쪽 하늘에서 요란한 폭음이 들려왔다. 상평통보의 마지막 한 토막을 운반하러 시누크 4대가 계룡산에서 돌아왔다.

마지막 결전은 그렇게 시작되었다.

아홉 쾌 쾌

쾌쾌(快快) 제갈호공은 인생관이 뚜렷했다. 한재산의 사생아인 그는 타고난 신분의 불편함에도 불구하고 확고한 인생관에 크게 힘입어 만사에 거침이 없어서 열두 살 소년의 몸으로 일찍이 '쾌쾌'라는 호방한 별명을 몸에 지니게 되었는가 하면, 서른여섯 젊은 인생 역정을 거치는 동안 '난관'이라는 단어를 사전에서 단 한 번도 찾아본 적이 없었다. 하기야 그는 사전은커녕 평생 책이나 종이와는 거리가 먼 사람이었다.

그의 인생관은 "파란만장한 인생을 쾌도난마하자"였다. 쉬운 말로 해석하면 그 인생관의 내용은 "아무 생각도 하지 말고 무작정 행동하자"는 뜻이었다. 그것은 어둡게 그늘졌던 어머니의 한 많은 인생이 그에게 설정해 준 단순하고도 평범한 삶의 방향이었다.

호공의 어머니 제갈순애는 한국미대 서양화과의 시간강사였던 노처녀 시절에 한재산을 처음 만났다. 강원도 양양에 동해미술관 건립을 계획한 대한건설에서는 "미술품의 투자 가치와 복제품 생산의 상업성"에 관한 기초적인 연구용역과 미술관 부지선정을 한국미대에 의뢰했는데, 마지막 현지 답사에 동행한 순애가 한재산의 첫눈에 들었다. 그래서 답사반이 낙산호텔 칼날횟집에 모여 가볍게 술을 곁들인 저녁식사를 끝낸 다음에, 한 회장의 김모시 수행비서가 밤늦게 순애의 방으로 찾아와서는 "회장님께서 수청을 들라 하시는데 의향이 어떠신지"를 물었다.

순애는 당장 목욕재개하고 잠옷으로 갈아입고는 한재산의 방으로 가겠다며 따라 나섰다. 그녀는 한 회장의 방으로 이동하는 동안 다짜고짜 수행비서에게 "오늘 밤 내 육체를 회장님께 제공하는 데 대한 어떤 보상도 원치 않는다"고 분명히 밝혔다. 미술학도 치고는 대단한 순정파였던 순애는 사실상 오래전부터 정력적인 기업인 한재산을 은근히 사모했었고, 그래서 뜻밖에 회장님을 잠자리에서 모시게 된 모처럼의 기회를 진정한 영광으로 삼았다.

제갈순애는 주변에서 늘 생활을 같이 하던 자칭 지성인들이 입과 머리만 잔뜩 발달한 반면에 아래쪽으로는 별로 힘을 못 쓰는 현상을 매우 혐오하고 역겨워했으며, 대신 돈을 잘 버는 기업인들의 정력이 어디에서 나오는지를 늘 궁금해 했었다. 순애는 남자가 혼자서 벌어들이는 돈의 액수가 곧 그가 남근에 담고 다니는 정력의 강도와 정비례하리라고 믿었다.

순애의 예상과 기대는 그대로 적중했다. 그날 밤 한재산은 열두 차례나 그녀와 합하며 대단한 힘을 쏟다가 새벽에 소쩍새의 울음소리가 낙산사 쪽에서 들려올 때가 되어서야 잠이 들었다. 기진맥진한 순애는 아침 내내 코피를 쏟았다.

미술관이 준공되고 국내외 경매시장을 통해 수많은 미술품을 수집하여 소장하는 동안 몇 년에 걸쳐, 한 해에 몇 차례씩 술자리를 같이 하게 될 때마다, 한재산은 순애가 눈에 띄기만 하면 나중에 그의 처소로 불러 잠자리를 같이 했다. 그러다가 미술관 사업이 본 궤도에 올라 한 회장이 더 이상 신경을 쓰지 않아도 될 즈음에, 다시는 만날 기회가 없어지리라는 예감을 느낀 순애는 한 회장에게 임신 사실을 알렸다. 한재산이 껄껄 웃고 말했다.

"낳아서 잘 키워. 나중에 내가 잊지 않고 찾아서 돌봐줄 테니까. 그리고 아이 이름은 호공이라고 해. 술김에 하다가 낳은 아이니까 말이야."

'호공(壺公)'은 '술병'이라는 뜻이었다.

그것이 두 사람의 마지막 만남이었다. 사생아 호공을 낳은 순애는 다른 교수들과 학생들이 뒤에서 수군거리는 소리와 손가락질에 밀려 학교를 그만두고 쌍문동 아이들을 고객으로 삼는 자그마한 동네 미술학원을 차려놓고는, 열심히 수절하면서 한 회장이 다시 찾아주기를 일편단심 기다렸다. 하룻밤에 열두 차례나 만리장성을 쌓았던 낙산호텔에서의 코피 터지는 열정을 각별히 잊지 않고 찾아줄 만도 했지만, 수많은 다른 여자들에게 넘치는 정력을 나눠주느라고 워낙 바빴던 한 회장은 그를 학수고대하다가 마흔을 넘기지 못하고 순애가 세상을 떠났을 때도 장례식장에 얼굴조차 내밀지 않았다.

고등학생 시절에 쌍문동에서 아침 산책길에 나서 우이동 백운대를 오르다가 길을 잘못 들어 설악산 수렴동 계곡에 이르러서 우연히 만났을 때 호공이 아버지를 알아보지 못했던 이유도 한재산의 얼굴을 그가 한 번도 본 적이 없었기 때문이었다.

호공은 사생아에게 주어진 운명을 이겨내려고 어려서부터 공격적으로 행동했다. 동네 아이들이 어쩌다 그를 "아버지가 없는 아이"라는 말을 함부로 입에 올렸다 하면, 그는 어떤 느낌이나 생각이 머리에 떠오르기 전에 우선 주먹부터 날렸다. 자신의 처지를 비관하는 나약한 모습을 보이면 어머니가 자책감이나 죄의식으로 인한 상처라도 입을까봐 딴에는 한껏 배려한 행동이었다. 이런 방어 본능은 곧 긍정적인 진취성으로 발전했는데, 어디를 가나 적극적인 주먹으로 그가 군림하게 된 과정에서는 남들보다 압도적으로 두툼한 몸집이 그의 쾌남아적인 성격을 효과적으로 뒷받침했다.

어머니가 세상을 떠난 다음에도 그의 낙관적인 인생관에는 변함이 없었다. 고등학교를 졸업한 직후 기회의 땅 황송으로 건너온 그가 정북진 변두리 건물 지하실에다 작은 검술도장을 차렸을 때도 그는 "사람 팔자 웃고 넘어가자"는 좌우명부터 대뜸 도장에 내걸었다. 그리고 인생살이에 무슨 생각이 그렇게 많은지 보통사람들을 잘 이해하지 못했던 그가, 아무 생각도 안 하는 특기를 살려 열심히 무턱대고 살아가던 어느 날, 한재산의 수행비서 김모시가 찾아와서는, 임종을 앞둔 한 회장이 그를 만나고 싶어 한다는 말을 전했다.

<h1 style="text-align:center">열 재산동</h1>

제갈호공이 부랴부랴 한국으로 나가 찾아간 한재산의 '집'은 그냥 집이 아니었다. 저택이라고 하기에도 너무 컸다. 서울의 북쪽 은평구 구파발을 벗어나 북한산 자락의 마을 하나를 몽땅 차지하고 앉은 한 회장의 아성은 중세 유럽의 성이나 장원(莊園)을 방불했다. '사각사각(四角砂閣)'이라는 아호가 붙은 2천 평짜리 건물과 주변의 무인 녹지대 14만 평은 행정구역의 이름이 아예 재산동(載山洞)이었다.

한재산은 세계에서 일곱 번째 가는 엄청난 부자로서 대한전자를 비롯하여, 대한건설, 대한중공업, 대한자동차처럼 국제적인 규모의 회사들은 물론이요, 신문사와 종합병원, 보험회사와 광고회사, 백화점과 여섯 개의 학교, 물류회사와 호텔과 대형 할인매점, 그리고 제과회사와 포장 떡볶이회사와 문어발회사와 족발회사와 콘돔회사에 이르기까지 4백여 개의 계열 업체를 거느린 총수로서, 대한민국과 황송공화국을 통틀어 첫째가는 갑부였다.

이러한 위상에 걸맞게 그가 사는 마을의 동계(洞界)에 이르면 갑자기 길이 넓어져 사각사각까지 신호등이 하나도 없는 4차선의 자동차 전용 도로에 노선 차량이 통행하는 도로가 다시 4차선, 그리고 사람들이 걸어 다니는 산책로가 따로 6차선이었는데, 인도 가운데 왕복 1차선씩은 노약자와 장애인 전용이었다.

재산동 좌석버스를 타고 15분을 들어간 제갈호공은 5만 군중이 구름처럼 모여 와글거리는 광장에 이르렀다. '스퀘어 스퀘어(Square Square)'라는 영어 안내판까지 내걸린 사각광장에는 진짜 부자는 어떻게 죽는지 궁금해서 호기심을 채우러 전국각지에서 구름처럼 몰려든 구경꾼과 뒤섞여 내외신 기자들이 열띤 취재 경쟁을 벌였으며, 부의금 봉투를 미리 준비해서 번호표를 들고 회장을 알현할 순서를 기다리는 대한재벌 여러 업체의 간부들만도 수천을 헤아렸다.

갖가지 설계도와 사업 계획서를 들고 사후 투자 여부를 타진하러 찾아온 사람들도 적지 않았고, 지방에서 올라와 차일을 치고 멍석과 돗자리를 깔아놓고 먹고 자며 며칠씩 관광을 즐기는 사람들을 배려하여 간이 화장실도 여럿 설치했다. 출입금지 줄을 둘러놓은 인근 숲속에도 등산용 천막이 달동네 토막집들처럼 빽빽했다. 그리고 혹시 가능하다면 죽기 전에 만나 기부금이라도 받아낼까 문간에서 면회를 허락해 달라는 각종 이권 단체의 시위대도 목청껏 아우성이었다.

호공은 전산망으로 연결된 20개소의 접수부 가운데 한 곳에서 면회를 신청하여 6,728번 번호표를 받아들고는 차례가 되기를 꼬박 하루 낮 하루 밤을 기다려 고래등 저택으로 들어갔다. 건물의 내부는 한옥 겉모양과는 분위기가 벼락치듯 완전히 서양식으로 달라졌다. 복도 바닥에는 이탈리아산 대리석을 깔았고, 천장에는 백악처럼 석고를 발라 떼를 지어 하늘을 날아다니는 아기천사들을 삭각(削刻) 했으며, 창문은 르네상스 건축 양식으로 장식적인 테두리를 화려하게 둘렀다.

공명(共鳴)이 생길 정도로 적막하고 기나긴 복도를 따라 박제한 황새와 유리 상자에 가지런히 바늘로 찔러 박은 나비 표본과 쟁반만큼 큰 추가 달린 거대한 벽시계들이 늘어섰고, 어딘가 서로 어울리지 않는 그런 장식품들 사이사이에 정확히 1백 미터씩 간격으로 벽감(壁龕)을 팠으며, 이 벽감 초소에는 조패구가 황송으로 진출하기 전에 한국에서 배출시킨 늙수그레한 고참 돌쇠들이 하나 건너 하나씩 들어서서 경비를 섰다. 돌쇠들 사이사이에는 중세 유럽의 기사들이 온몸에 덮어썼던 번쩍거리는 투구와 갑옷들이 속은 텅 빈 채로 미늘창을 세워 잡고 서서 돌쇠들과 함께 궁궐을 지켰다.

교도관 제복을 입은 남성 비서들의 안내를 받아 아홉 개의 문을 통과하여 그가 들어선 복도는 알람브라 궁정을 연상시켰다. 알록달록한 타일 문양들을 한참 지나서, '시민 케인'의 재너두(Xanadu) 대저택을 흉내낸 나선형 장식 층계를 올라가니, 로댕의 지옥문을 그대로 복제한 철문이 길을 가로막았다. 거대한 철문의 왼쪽 밑에는 한 회장의 수행비서 김모시가 검은 정장 차림으로 널빤지 탁자를 놓고 앉아 혼자서 기다렸다.

김모시가 제갈호공의 신분을 확인하고는 널빤지 탁자에 임시로 만들어 붙인 단추를 누르니 지옥문이 열렸고, 여기서부터는 혹시 자객이 침입하더라도 한재산 회장의 침소를 절대로 찾아내지 못하도록 미로처럼 복잡하고 좁은 통로로 이어졌다. 아무 장식도 없고 잠수함 내부처럼 어두운 미로의 요충지에는 돌쇠들이 여기저기 잠복해서 기다렸다.

김모시를 따라 한참 통로를 내려갔더니 대못으로 요란하게 장식한 청동문이 나타났다. 호공은 아버지의 청동문 침실로 들어갔다.

경쟁 기업이나 정적이 암살범을 보내 수류탄을 던져 넣거나 바주카포와 로켓포로 공격을 가하지 못하도록 건물의 한가운데 숨겨놓은 한재산의 침실에는 창문이 하나도 없어서 전혀 자연 채광이 되지를 않았고, 방으로 들어서는 순간 호공은 아버지의 웅대한 왕국에서 가장 은밀한 심장부를 이루는 처소가 부조화의 집하장을 이룬다는 첫인상을 받았다. 청동문에 달린 꽃송이 모양의 황금 손잡이, 아라비아 골동품이라는 흑단 옷걸이, 피라미드 내부처럼 이집트 상형문자로 검정 문양을 넣은 상앗빛 벽지, 빨간 물을 들인 수정 상들리에, 유아원 아이의 낙서처럼 보이는 값비싼 현대 미술품, 기하학적 무늬를 화려한 색채로 상감한 시대 불명의 도자기, 김기창 화백의 산수화를 담은 6척 거대한 부채와 고암 이응로의 십장생 병풍, 동방박사 세 사람이 별빛을 따라 베들레헴으로 가는 그림을 짜 넣은 파키스탄 양탄자, 나전을 입힌 문갑, 바닥에 깔아놓은 표범 가죽, 양주병이 즐비한 찬장에는 그리스 신화의 아르고 원정대를 그려 넣은 얼음통, 마호가니 책상에 수북이 쌓인 서류를 가득 채운 돈벌이 숫자들, 벽난로 선반 위에 줄지어 늘어선 중국 청나라 화병과 집시의 수정구슬과 영화배우 그레고리 펙의 사진, 그리고 영화 〈백주의 결투〉(*Duel in the Sun*) 포스터 옆에 나란히 놓인 삼존불상과 싸구려 석고 성모상을 보고 호공은 불교신자인 아버지가 "죽은 다음 천당으로 가는 확률을 높이려고 며칠 전 영세와 더불어 하루 사이에 종부성사를 받았다"고 비꼬는 신문기사를 읽었던 기억이 났다.

　세계 최고급 물건을 모조리 수집해서 온갖 잡동사니를 모아놓은 3백 평 널찍한 방은 해적들이 무인도의 굴속에 아무렇게나 쌓아놓은 금은보화의 산더미였으며, 예술과 문화를 전혀 모르는 사람이 수집한 천하의 명품들로 어수선하고 정신이 산만해지는 아버지의 공간에서 호공은 전혀 인간적이거나 자연스러운 운치를 찾아볼 수 없었다.

　그중에서도 가장 충격적인 품목은 아버지 한재산 당신의 모습이었다. 김모시 비서가 밖으로 나가 문을 닫고 널빤지 탁자로 돌아가자 포로처럼 방안에 홀로 갇힌 호공은 방안에 가득한 악취에 압도되는 기분을 느꼈다. 물똥이 썩어 압축되어 노린재의 악취로 굳어지는 듯한 역겨운 냄새에 그는 숨이 막힐 지경이었는데, 그것은 아무리 향수를 여기저기 뿌려도 지워지지 않는 죽음의 부육(腐肉)으로부터 끊임없이 발산되는 그런 냄새였다. 호공은 영원히 죽음의 냄새를 벗어나지 못하리라는 불길한 기분을 불현듯 느꼈다.

　"김 비서가 그러는데, 네 엄마는 죽었다지?"

　사생아가 침대 옆 의자에 앉고 나서 아버지가 물었다. 그의 목소리는 여자가 하는 말을 녹음해서 빠른 속도로 되돌릴 때처럼 빽빽거렸는데, 아마도 목구멍에 물기가 전혀 없어서 그런 금속성(金屬聲)이 나는 모양이었다.

　아버지는 104살이었다. 세월에 버틸 장사가 없다더니, 얼마 전에도 텔레비전에서 호공이 보았던 우람한 풍채는 어디로 갔는지 피둥피둥하던 기름기 또한 한재산의 몸에서는 자취가 없어졌으며, 피부에는 물기가 말라 온몸에서 버짐이 자작나무 껍질처럼 일어나고, 검버섯이 뺨에 곰팡이 얼룩을 냈다. 그는 심장에서 혈액이 켜를 이루며 말라붙어 서서히 죽어가는 희귀한 병에 걸려 핏줄 속에 먼지가 끼

기 시작했고, 얼굴과 손처럼 노출된 피부는 구겨진 종이처럼 주름이
거미줄을 얽었다. 호공은 가을바람에 달그락거리는 아버지의 해골
소리가 귓전에 들려오는 듯했다.

제갈호공은 어머니가 돌아가실 때까지 어떻게 지극정성 수절하며
살았는지를 차분하게 설명했다. 아버지는 코에 대롱을 끼고 뼈다귀
만 앙상한 팔에 링거액과 영양제 주사바늘을 꽂은 채로 말없이, 열
심히 귀를 기울였다.

다섯 명이 함께 누워 뒹굴어도 넉넉할 정도로 큼직한 침대에는 구
름무늬를 헤치며 날아가는 봉황을 수놓은 비단을 깔았고, 그 위에는
똥물이 묻지 말라고 비닐 자락을 얹었다. 한재산은 푸른 빛깔의 커
다란 기저귀도 찼다. 창자가 말라붙어 관장약조차 소용이 없을 정도
여서 계속 하제를 쓰다 보니 시도 때도 없이 건더기가 전혀 없는 물
똥이 조금씩 비져 나오기 때문이었다.

그의 머리맡에서는 두 개의 산소통 사이에 설치한 오실로그래프
(*oscillograph*)에서 초록빛 곡선이 규칙적인 율동을 반복했다. 북어처
럼 말라붙은 한재산의 왜소한 얼굴은 솜처럼 푹신해 보이는 베개 한
가운데 깊이 파묻혔고, 가죽으로 포장한 탁구공처럼 불거져 나온 두
눈알, 그리고 잇몸보다 이빨이 더 튀어나와 입술이 상하로 벌어진
모습은 영락없는 미라였다. 비단 베갯모에는 부귀와 수복을 기원하
는 상서로운 글자를 수놓았지만, 그런 글자들은 벽난로 선반 위에
올라선 석고 성모상만큼이나 죽음 앞에서 무력했다.

한재산은 게의 발처럼 가느다랗게 말라버린 오른손 검지를 몇 차
례 꼬부려 아들더러 의자를 끌어당겨 좀더 가까이 앉으라는 시늉을
하고는 말했다.

"이따 나갈 때 내 비서가 너한테 통장을 하나 줄 거야. 네 명의로

내 돈 50억원을 따로 입금시켜 놓았으니까 찾아서 쓰도록 해라.”

　잠시 아들을 물끄러미 쳐다보던 한 회장은 유산으로 받게 된 돈으로 무엇을 하겠느냐고 호공에게 물었다. 호공은 너무나 황당하게 갑자기 생긴 큰 액수의 돈이어서 한참 생각해 봐야 되겠다고 솔직히 말했다.

　“하기야 그렇게 큰돈이라면, 한 번이라도 돈을 제대로 만져본 사람이나 쓸 줄을 아는 법이지.” 한재산이 말했다. “그래서 사실은 너희들이 할 일을 내가 다 생각해 놨어.”

　한재산이 ‘너희들’이라고 말한 이유는 호공과 같은 수혜자가 몇 명인지는 몰라도 분명히 여럿 더 있다는 의미였다

열하나 　둠벙

　비마부대 알파 연대 3중대 2소대 소총병 차전구 상병이 닭발골 계곡에서 하천을 횡단하여 도주하던 신세계 사단장 조패구를 발견하고 추격하여 사살했다는 보고를 송기철 부대장으로부터 진무성 야전사령관이 접수한 시간은 오전 10시 24분이었다. 그리고 채 15분도 되지 않아서 신세계의 부두목 조막구가 잔여 병력 6백여 명의 돌쇠와 함께 투항할 의사를 전해왔다는 반가운 후속 보고가 상평통보 상황실로 들어왔다.

　진무성은 드디어 전쟁이 끝났다는 기쁜 소식을 대통령에게 전하

기에 앞서서, 신임 항공대장 남기연(南基演) 소령한테 EE-8 야전
용 전화를 걸어 "꽃이 피었으니 즉각 출동 준비를 하라"고 알렸다.
"꽃이 핀다"는 말은 끝내기작전의 3단계 마무리가 시작된다는 암호
였다.

3단계의 개념은 예상 시간에 비마부대로 찾아오게 될 변웅호를 상
평통보 안에서 체포하여 송도산 정상의 분지로 실어다 버리는 투기
(投棄) 작업이 골자였다. 기다리고 기다리던 종전 보고를 잠시 후에
접하면 대통령은 기쁘고도 궁금한 마음에 자세한 내용을 확인하러
틀림없이 해이한 무방비 상태로 야전사령관을 찾아올 텐데, 이런 기
막힌 기회는 절대로 놓쳐서는 안 될 일이었다.

진무성과 송기철 준장은 남기연 소령과 함께 오늘의 마지막 작전
에 대비하여 이미 세 차례나 연통바위로 확인 정찰을 나갔던 터여
서, 나머지 각본은 준비가 완벽했다. 변웅호는 워낙 행동이 민첩한
사람이기 때문에 한 치라도 저항할 시간적인 여유를 주면 안 되었
고, 그래서 사전 준비가 그만큼 빈틈이 없어야 했다.

현장 답사를 통해 국무총리가 직접 확인했던 바이지만, 사방이 깎
아지른 듯한 절벽이어서 탈출이 불가능한 왕관바위 꼭대기에는 안
개가 자욱한 숲이 사방 10리에 걸쳐 펼쳐졌고, 연통의 한가운데는
말풀이 빽빽하게 자란 둠벙이 하나 백록담처럼 외따로 자리를 잡았
다. 깊이를 알 길이 없는 이곳 둠벙에 대통령을 가둔 상황실을 공중
에 정지한 시누크로부터 떨어트려 빠트리는 임무가 끝내기작전의
마무리 작업이었다.

남 소령에게 항공기의 출동을 준비시킨 진무성 사령관은 부관실
로 나가 함상수(咸尙洙) 소령에게 책상 서랍 속에 비치한 권총이 제
대로 작동되는지 점검하고 장전한 다음 대통령을 제압할 체포조를

작전참모부에 대기시키라고 지시했다.

아무리 나이를 먹었어도 변웅호는 동작이 빠르기가 조금도 변함이 없었다. 진무성이 전화를 걸어 "조패구를 사살했고 전쟁이 끝 —"이라고 말하는 순간에 대통령은 이미 덜컥 수화기를 놓았고, "— 났습니다"라는 말이 떨어지기가 무섭게 상평통보 바깥 LZ(착륙장)에 내려 앉았으며, 곧 이어 전용 헬리콥터가 뒤따라 도착하는 엔진 소리가 요란했다.

변웅호는 한 발을 땅에 내려놓는 듯싶더니 다른 발이 어느새 상황실 안으로 달려 들어가서는 자신이 늘 앉던 자리에 버티고 앉아 진무성 야전사령관의 보고가 시작되기를 쏜살같이 기다렸다.

진무성 또한 변웅호 못지않게 신속히 움직였다. 군부대를 방문할 때는 따로 경호 병력이 필요하지 않았던 터라 오늘도 비서실장 한 사람만 뒤늦게 수행하고 도착한 변 대통령이 상평통보 상황실로 혼자서 가장 먼저 들어서는 순간, 진무성은 뒤따라 들어가는 시늉만 하고는 재빨리 뒤로 물러났고, 그러면서 하나뿐인 출입구를 얼른 닫고 철커덕 잠가버렸다. 위험한 사태가 닥쳤음을 순간적으로 직감한 변웅호가 안에서 고함치며 두 손으로 철문을 두드리고 총을 쏘아댔지만, 궤짝 속에 갇힌 몸이고 보니 속수무책이었다.

상황실 철문이 닫히는 순간, 대기 중이던 부관 함상수 소령이 서랍에서 권총을 꺼내 뒤따라 들어오는 대통령 비서실장을 제압하여 수갑을 채우고는 곧장 영창으로 보냈다. 같은 순간 항공대로부터 남기연 소령이 4대의 시누크를 이끌고 날아와서 상평통보를 둘러싸고 내려앉았다. 체포조로 선발된 병사들이 잠복처에서 달려 나와 사다리를 타고 상평통보 지붕으로 올라가서는 4개 참모부와 상황실을 연결한 리벳을 모두 풀어내고는, 꼭대기 네 귀퉁이에 부착된 쇠고리를 하나씩 쇠밧줄로 꿰어 시누크와 연결했다.

병참부에서는 1개 소대의 병력이 미리 준비한 냉동 건조 전투식량 한 달 치를 6종 창고에서 꺼내다가 조종실 망루에 신속하게 적재했다. 물속에 잠기면 변웅호는 상황실 속에서 곧 익사하겠지만, 만에 하나 그가 탈출에 성공해서 천장의 비밀 뚜껑문을 찾아내어 부수고 망루로 기어 올라온다는 불가능한 가능성을 고려하여, 진무성은 방수 장치가 완벽한 조종실에 야전 식량을 넣어주기로 했다. 19세기 영국의 군함에서는 선상 반란을 일으킨 부하들이 선장을 죽이지 않고 식량과 함께 쪽배에 실어 망망대해에 풀어주고는 했었다. 축출된 자가 운명의 도움을 받아 역경을 이기고 생존의 기회를 얻도록 배려하던 신사적인 전통을 따르기로 진 총리는 벌써부터 작심해 두었다. 변 대통령처럼 잔혹한 군인은 아니었던 진무성으로서는 그렇게 함으로써 어느 정도나마 상관에 대한 양심의 가책을 덜고 싶었다.

대통령을 투기 장소로 수송할 준비는 10분 만에 완전히 끝났다. 시누크 편대가 공중으로 떠오르자, 상평통보 한가운데서 쇠밧줄에 매달린 상황실만 궤짝처럼 뽑혀 하늘로 따라 올라갔다. 4대의 시누크는 대통령을 가둬 담은 상황실을 매달고 송도산 정상의 연통바위로 날아갔다.

임무를 완성했다는 항공대장의 무전 보고가 반 시간 후에 들어왔다.

열둘 　허노무

　한재산 회장으로부터 부름을 받고 재산동 사각사각을 찾아간 또 다른 황송 국적의 사생아 허노무(許魯務)는, 속이 좁다고 해서 어릴 적에 생겨난 동물성 별명 '밴댕이'를 비롯하여, '손오공'과 '이무기' 같은 별칭을 여럿 늘 몸에 지니고 다녔다.

　그의 어머니 허금자(許錦子)는 한국의 강원도 동해안 근덕 부근의 작은 마을 감자말에 사는 가난한 어부의 딸이었으며, 발육 부진으로 120센티미터 이상 몸이 자라지 않아 천더기가 되어 중학을 중퇴하고 집을 나와 바닷가 피서객 음식점에서 부엌데기를 했다. 그러던 어느 날 인근에 사놓은 통조림 공장 부지를 둘러보러 출장 나왔다가 점심을 먹으러 밥집에 들른 한재산이 주방에서 불을 지피던 그녀를 보고는 "몸집이 왜소해서 별다른 맛이 있겠다"며 수행비서 김모시를 시켜 백사장에 임시로 세워놓은 건축사무소 가건물로 저녁에 그녀를 데려오게 했다.

　열다섯 어린 나이의 금자는 남자를 경험한 적이 전혀 없어 무척 겁이 나서 아무리 돈을 많이 준다고 해도 좀처럼 응하려 하지를 않았고, 결국 "안전하게 콘돔을 세 겹으로 사용하겠다"며 두 시간 동안 설득한 다음에야 한 회장은 뜻을 이루었다. 하지만 온몸이 왜소한 금자의 골반이 워낙 작아서, 한 회장이 끼고 삽입했던 미끈거리는 콘돔은 일을 끝내자마자 한꺼번에 통째로 덩어리로 뭉쳐서, 급속도로 쪼그라든 음경으로부터 그만 꺼풀이 훌렁 질 속에서 빠져버렸고, 금자는 그렇게 한재산과의 단 한 번 교접으로 임신에 성공하고 말았다. 정액을 가득 담은 콘돔이 돌돌 말리면서 통째로 자궁으로 빨려 들어가 착상(着床)이 되었기 때문이었다.

몇 달 후, 배가 남산처럼 불러오자 금자는 부엌일을 못하게 되어 식당에서 쫓겨나고는, 동해안 여러 마을을 떠돌며 비럭질을 하고 돌아다니다 초가을 달 밝은 밤에 쓸쓸한 백사장에서 혼자 노무를 낳고는 8일 후에 아기를 낡은 누비이불로 싸서 품에 안은 채 영양실조로 숨을 거두었다.

태아 시절에 자궁 속에서 어떤 이물질에 부대끼어 그렇게 되었는지는 몰라도 노무는 손등과 발등에 비늘이 잔뜩 덮인 채로 태어났다. 뿐만 아니라 이마에는 쫄테 모양의 군살이 빙 둘러가며 붙었는데, 의사들의 추측으로는 자라나던 태아의 머리가 아버지의 음경에서 빠진 콘돔의 테 안으로 들어가 발육하면서, 함께 늘어나던 고무주머니가 피부의 일부로 결합된 모양이라고 했다. 비늘과 쫄테를 보고 삼척보육원에서 같이 살던 다른 고아들이 "이무기나 손오공이 되겠다"고 놀려대는 등살을 견디다 못해 노무는 아홉 살 때 고아원으로부터 도망쳐 나와 서울로 가서 서울역 지하도 앵벌이와 지하철 연필장사 따위로 활동해서 근근이 먹고 살며 성장했다.

그로부터 14년 후에 오징어 통조림 공장의 증축 공사를 위해 근덕을 다시 찾아온 한재산은 불현듯 몸집이 작아 질속이 유난히 좁았던 금자가 궁금해져서 비서를 시켜 혹시 식당에서 아직도 일하고 있으면 밤에 침소로 데려오라고 했지만, 벌써 오래 전에 아들을 낳고 며칠 만에 죽었다는 뜻밖의 소식을 들었다. 금자의 시체는 동네사람들이 산기슭 양지에 묻어주고 아기는 고아원에 갖다 맡겼다는 얘기에 한재산은 무척 실망한 눈치였다.

얼마나 많은 돈을 받았는지는 몰라도 어쨌든 식당 주인은 한 회장이 부탁한 대로 부지런히 수소문하여 서울까지 직접 걸음을 해서 노무를 찾아내고는 당분간 식당에서 머물며 일하도록 사정을 보살펴 주었다. 그러나 곧 아들을 만나러 오겠다던 한재산은 약속을 지키지 않았다. 몇 달을 기다리다 지쳐버린 허노무는 식당 주인에게서 훔친 돈을 들고 다시 인천으로 도망쳐 황송으로 건너와 온갖 사기를 치며 지금까지 살아왔는데, 김모시 비서가 느닷없이 나타나더니 한재산의 유산을 받으러 재산동으로 찾아오라는 말을 전했다.

열셋 유고(有故)

"친애하는 국민 여러분, 변웅호 대통령께 유고가 발생하여 국가 행정수반의 기능을 수행하지 못하게 되었음을 공표합니다. 그로 인하여 1962년 6월 29일 정오 현재 시각을 기해 대통령직을 대리하게 된 나 국무총리 진무성은 비상사태를 선포하고 다음과 같은 일련의 긴급조치를 취합니다.

새로 출범하는 행정부는 현 군사 통치를 민간 주도의 민주적인 체제로 3개월에 걸쳐 단계적으로 전환하는 정치 일정을 즉각 시행합니다. 국무위원을 비롯하여 모든 고위 공직자는 오늘 날짜로 군복을 벗고 전역하여 민간인 신분으로 업무를 계속하거나, 아니면 다른 민간인으로 교체될 것이며, 국민의 지지를 받을 만한 정부 조직의 개편이 마감될 무렵인 9월 30일을 전후하여 총선을 치르고 국회를 부활시키겠습니다.

　총선에 관한 일정표는 국무회의에서 세부적인 사항들을 검토하고 정리하여 다음 주일에 발표하겠으며, 그로부터 다시 3개월 후인 12월 30일을 전후하여 대선을 거쳐 진정한 민간인 대통령을 여러분의 손으로 직접 선출하게 됩니다.

　다소간 갑작스러운 이 발표로 인하여 놀랄 시민이 적지 않으리라고 생각되지만, 국민 여러분은 동요하지 말고 평상시와 다름없이 생업에 열심히 임해주시기 바랍니다.”

열넷 　담화

　변웅호 대통령의 유고를 알리는 국무총리의 긴급 담화 방송이 나가는 동안, 황송공화국은 숨을 죽이고 복지부동했다. 귀를 의심하게 만들 정도로 놀라운 긴급 조치의 내용을 듣고 무슨 해괴한 만우절 장난인가, 아니면 민심을 떠보기 위한 어떤 못된 수작인가 싶어서, 나라 전체가 순간적으로 생각과 행동이 다 함께 동결되었다.

　잠시 동안 충격과 경악의 침묵을 지키던 시민들은, 함부로 솔직한 반응을 나타내기가 겁나서, 주변 사람들을 힐끔거리고 경계하며, 좀처럼 입을 열려고 하지 않았다.

　방송국에서도 정규 방송을 중단하고는, 상대방의 말이 진담인지 어쩐지 운을 띄워 확인하려는 겁에 질린 사람처럼, 진무성 총리의 담화를 조심스럽게 여러 차례 되풀이해서 전파에 올렸다.

이윽고 시민들이 방송에서 들은 내용을 확인하고 재확인하고 거듭 확인하는 수군거림이 입에서 입으로 퍼져나가는 사이에, 말끝을 올리던 의문 부호가 차츰 희열하는 감탄사로 바뀌면서, 자신감을 키운 사람들의 목소리가 조금씩 커졌다.

잠시 후 방송국에서는 정치부 기자들을 동원하여 급조된 시사 방담을 통해 국무총리의 담화문에 담긴 진의(眞意)가 무엇인지를 추리해 내려고 진땀을 흘렸으며, 그러다가 20분 후에 긴급 속보가 나왔다. "진무성 국무총리가 주도하는 혁명이 진행되는 과정에서 변웅호 전 대통령이 사망했다"는 짤막한 발표문이었다.

이번에는 국민의 반응이 훨씬 빨랐다. 다시 한 차례 서로 조심스럽게 눈치를 살피는 탐색의 완충 시간을 거치기는 했지만, "독재자가 죽었다"는 방송은 기적이면 기적이었지, 장난은 분명히 아니라고 대부분의 사람들이 견해를 일치시켰다. 여기저기서 사람들이 아무에게나 손을 흔들고 환호성을 지르며 집과 건물들로부터 뛰쳐나오기 시작했다.

환호의 숫자가 늘어나면서 공감의 속도는 더욱 빨라졌다. 길거리에서는 난생 처음 만난 사람들이 아무나 붙잡고 악수를 나누었으며, 성별을 가리지 않고 마구 부둥켜안기도 했다. 그렇게 무리를 지은 사람들은 숫자가 점점 늘어나 어느새 거리마다 인파가 넘쳐흐르고, 상점들도 절반 이상이 허겁지겁 문을 닫아걸고는 시민들이 함성을 치며 쏟아져 나와 차도까지 가득 메웠다.

길가 건물에서는 회사원들이 창문을 열고 길바닥 군중을 향해 손을 흔들고 소리를 지르는가 하면, 야구장에서처럼 두루마리 휴지를 던져대기도 했다. 잠시 후에는 전국 방방곡곡에서 해방의 만세 소리

가 터져 나왔고, 영문을 모르는 아이들까지도 덩달아 싱글벙글 신이
나서 어른들 흉내를 내며 길바닥에서 몰려다녔고, 뛸 듯이 기쁜 사
람들이 이리저리 뛰어다니고, 날 듯이 즐거운 사람들은 공중으로 떠
올라 마구 날아다니다가, 마주 날아오던 다른 사람과 충돌하여 다시
땅으로 떨어져 팔다리가 부러지는 경우가 적지 않았지만, 그래도 좋
다고 떼를 지어 웃어대었다.

인도네시아로부터 이안 매컬럼 대사가 진무성 총리에게 축하 전
화를 걸어온 시간은 오후 3시였고, 잠시 후에는 필리핀에서 트렌트
트라이던트 장군으로부터 비슷한 내용의 전문이 날아들었다. 그제
야 국무총리는 끝내기작전에서 더 이상의 반전이나 미국의 배반은
없겠으며, 하나의 상황이 확실하게 종료된다는 확신을 얻었다.

변웅호의 추종 세력도 이때쯤에는 열광적인 국민의 호응에 압도
당해 사태를 반전시킬 가능성이 희박해졌음을 깨닫고는 줄줄이 총
리실로 찾아와 새로운 충성을 맹세했다.

라디오와 텔레비전에서는 전국을 뒤덮은 환희와 함성의 축제를
생방송으로 하루 종일 중계했다. 인터넷은 카페마다 게시판을 가득
내걸고 영웅적인 언어로 떠들썩거렸다. 혁명광장은 어느새 국민광
장이라는 본디 이름을 되찾았고, 그곳에 몰려든 수만 군중은 혁명
기념탑을 밧줄로 옭아 영차, 영차 잡아당겨 무너뜨렸다. 수많은 건
물 안팎에 내걸렸던 변웅호의 사진과 초상화는 시민들이 뜯어내 땅
바닥에 내동댕이치고 짓밟아서 박살을 내고 불 질러 태워버렸다.

《황송혁명신문》은 제호를 재빨리 《황송민주일보》로 개칭하여 과
도 정부의 탄생을 알리는 호외를 찍어 항공기로 살포했다. 《민주일
보》 본지 첫 호에는 그동안 독재자 변웅호가 자행한 온갖 정치적 만
행과 비인도적 범죄상을 40쪽에 걸쳐 질펀하게 특집으로 엮어냈다.

몇 시간 동안 눈치를 살피던 관공서들도 하나씩 둘씩 진무성을 지지한다는 선언을 했으며, 관광공사와 철도청과 재향군인회 본부도 옥상이나 창문에 현수막을 내걸어 국민의 열광에 동참했다. 도시의 번화가를 오가는 차량들은 해방의 기쁨을 알리기 위해 쉴 새 없이 경적을 울려댔고, 황송 국기를 내걸고 휘날리는 자동차들이 하나 둘 눈에 띄는가 싶더니, 너도나도 국기를 자동차 안테나에 매달았고, 황송기와 태극기에 이어서 인공기와 유엔기 그리고 심지어는 올림픽 오륜기를 달고 시내를 돌아다니는 경운기도 하나둘이 아니었다.

경찰과 육군사관학교 생도들과 군인들이 진무성 정권을 지지하는 행진을 조직적으로 시작할 무렵부터 갖가지 축하 현수막에서는 '진무성 총리 만세!'라는 구호가 슬그머니 '진무성 대통령 만세!'로 바뀌는가 하면, 장의차처럼 촌스럽게 꽃으로 장식한 승용차들도 나타났고, 날이 저물어도 열광은 수그러질 줄 모르더니, 식당과 술집과 다방들은 너도나도 '오늘은 기쁜 날'이라는 예쁘장한 간판을 만들어 창문에 내걸고는 시민들에게 공짜로 음료와 맥주와 음식을 제공했다.

밤이 깊어지면서 골목마다 폭죽이 터지는 소리가 콩을 볶아대는 듯 시끄러웠고, 시청을 비롯한 관공서 옥상에서는 현란한 불꽃놀이를 벌였다. 자정이 넘어서야 진무성은 사무실을 나와 대통령 전용 방탄차를 타고는, 어수선하게 들뜬 분위기에 불안해하며 아내가 기다리는 집으로 향했고, 변웅호의 죽음을 기뻐하는 길거리 군중의 모습을 둘러보며 반역의 슬픔을 잠시 느꼈다.

열다섯 땅거미

  허노무를 태운 인천행 기차가 용산역을 지나 검붉은 석양에 물든 한강 철교를 건널 무렵에는 넓은 노량진 백사장에 땅거미가 엷게 깔렸다. 죽음의 겨울을 앞둔 나무들의 울긋불긋한 단풍이 산천에서는 가장 화려하고 아름답듯이, 하루가 숨을 거두기 전에 서쪽 하늘을 온통 뒤덮는 마지막 석양은 언제나처럼 지극히 화려했다. 난생 처음 만난 아버지를 북망(北邙)으로 보내고 황송으로 돌아가는 허노무의 마음도 마찬가지로, 때를 맞출 줄을 몰랐다.

  그는 한재산과 그의 죽음에 대하여 당연히 느껴야 마땅한 원한이나 회한 또는 엄숙하고 비탄한 평균치 감정하고는 워낙 거리가 먼 기분이어서, 전혀 슬픈 줄을 모르고 속이 평온하기만 했고, 슬퍼하기는커녕 콧노래를 부르고 싶을 정도로 흥이 났다. 하기야 부자지정 따위는 그들 사이에 애초부터 존재하지도 않았었다.

  두터운 회색 영막(影膜)으로 덮인 강물은 고요히 멈춘 듯 묵묵히 흐르며 황혼의 붉은 기운을 빨아들여 어슴푸레한 어둠의 바탕색을 입었고, 다리를 건너느라고 속도를 늦춘 기차의 쇠바퀴가 철거덕-덜컥-철거덕-덜컥 단조롭게 반복하는 소리는 편안한 자장가처럼 그의 침잠을 더욱 조용히 가라앉혔다. 창가에 앉아 내다보는 미루나무 강변의 땅거미는 외롭고 아름다운 죽음의 잔영이어야 했겠지만, 허노무는 죽음이 아니라 새로운 출발의 희락한 탄생을 한껏 누렸다.

  비록 거의 모든 시간을 한가한 구경꾼들 속에 섞여 광장 언저리에서 멀찌감치 서성거리기가 고작이기는 했지만, 허노무는 회장을 알현한 다음에도 재산동을 떠나지 않고, 아버지의 9일장과 영결식을 끝까지 열심히 지켜보았다. 그러나 그것은 한 회장의 죽음을 성실하게 애도하려는 자식의 도리에서가 아니라, 도대체 무슨 수단과 방법을 부려서 아버지가 그토록 많은 재산을 모았는지 주변 사람들이 주고받는 얘기라도 엿들어 가능하다면 숨겨진 모든 비결을 알아내고 싶은 욕심에서 비롯된 호기심의 결과였었다.

그렇게 재산동에서 열흘 동안 견학을 끝내고 귀소하는 허노무가 학습한 내용 가운데 여러 차례 되새김질을 할 만큼 머리에 깊이 박힌 가장 인상적인 부분은 아무래도 아버지 한 회장과 처음이자 마지막으로 나눈 짤막한 한 토막의 대화였다.

"내가 변웅호의 군사 정부를 왜 제거했는지 그래도 모르겠니?" 허노무의 머릿속에서 간헐적으로 반복되던 한재산의 집요한 목소리가 아득한 공명처럼 지금도 두개골 속 뒤쪽에서 울렸다. "그건 너희들에게 새로운 기회를 마련해 주려는 생각에서였어. 새로운 세대에게는 새로운 기회가 필요하니까."

한재산이 언급한 '기회'의 밑거름은 지금 허노무의 저고리 호주머니 속에서 종자돈의 형태로 숨어서 기다렸다. 아버지가 그에게 남겨준 통장, 거기에 담긴 돈은 허노무가 평생 만져보지도 못했던 엄청난 액수였다. 그가 물려받은 돈은 어떤 의미에서 보면 죽음이라는 자연 현상이 인간 한재산의 물질적인 존재를 멸하지 못하도록 자식들더러 도와달라고 청탁하는 대가성 뇌물이라고 허노무는 짐작했다. 영생을 달라고 사람들이 교회나 절에 갖다 바치는 헌금이나 시주금처럼, 그것은 그의 존재가 영속하기를 보장해 달라고 한재산이 기탁한 보험료였다.

한 회장은 자신이 일으켜 세운 '재벌 왕국'이 멸망하지 않는 한 자신도 죽지 않으리라는 어떤 종교적인 신념을 버리려고 하지 않았다. 권력은 10년을 못 버티고 망하지만 기업의 생명은 대를 이어간다고 믿었던 그는 한씨 성을 가진 적자들, 그러니까 이미 경영자 수업을 마친 구몽(求夢)과 주몽(柱夢)과 시몽(施夢) 3형제에게는 전자회사와 자동차회사 그리고 건설회사 같은 한국내의 기간 산업체를 맡겼고, 여러 면에서 그들보다 조금 처지가 다른 네 아들과 두 딸에게는 백화점이나 연필공장 따위를 막대한 부동산과 함께 변칙으로 증여하는 절차를 끝마쳤다. 그리고 허노무가 재산동에서 수집한 카더라 소문을 종합해서 분석해 보면, 저마다 배가 다르고 성도 다른 4명의 똑똑한 서자를 선별해서는 당신이 황송에서 추진하려다 군사혁명 때문에 포기했던 특이한 사업의 계획안과 사업추진 자금을 물려주었다.

해골의 모습을 하고, 기저귀를 차고, 물똥으로 비단 금침을 적시며 인생의 일몰을 맞은 병상의 한재산은 아들 허노무에게 바싹 마른 목소리로 이렇게 말했다.

"군사 독재가 무너진 다음 황송에 민간 정부가 들어서려면 곧 총선과 대선을 치러야 해. 그럼 대단한 혼란이 닥쳐오겠지. 보여? 앞으로 닥쳐올 혼란이 보이느냐고."

허노무는 보이지 않는다고 했다.

"두고 봐. 황송 사람들은 민주화 과정이 마치 무슨 축제라도 되는 줄 알고 야단법석인데, 앞으로 얼마 동안은 축제가 아니라 난장판이 천하를 뒤덮을 테니까. 그리고 그런 혼란의 시대는 최고의 돈벌이 기회야. 난세에 영웅이 나듯, 사회적인 불안과 무질서 속에서는 돈벌이가 아주 잘 되거든. 그래서 전쟁 같은 격랑의 시기에 모리배들이 날뛰는 거라고. 기업을 하려면 언제나 이렇게 미래를 훤히 내다

보는 눈이 필요해."

두 사람이 나눈 대화가 시간적으로 워낙 짧았던 탓에, 허노무는 한재산이 '미래를 훤히 내다보는 눈'으로 무엇을 미리 보았는지는 제대로 파악할 겨를이 없었지만, 제정신이 박힌 다른 부모라면 거들떠보지도 않았을 그를 일부러 수소문해 찾아서 불러다 사업자금을 쥐어주었을 때는 무엇인가 그럴만한 이유가 분명했으리라고 믿었다. 별로 떳떳하지 못한 이유여서 아버지가 솔직하게 털어놓지 않았던 듯싶은 숨겨진 의도가 무엇이었는지 재산동에서 열흘 동안 산책하며 명상을 통해 허노무가 얻어낸 결론은 '생계형 범죄'에 종사하는 아들더러 좀도둑 수준의 기술을 떳떳하게 대기업으로 키워보라는 격려의 뜻이었으리라는 짐작이었다.

유산을 남겨주겠다고 결정하기 전에 한 회장은 틀림없이 사람을 시켜 허노무의 과거, 그리고 그가 저지른 각종 사기 행각을 샅샅이 뒷조사해서 알아냈을 터였다. 그리고 한재산은 아들의 그런 특이한 재능이 자신의 영생을 설계하는 데 도움이 된다는 결론을 틀림없이 내렸으리라.

"안정된 사회는 변화가 없고, 변화가 없으면 기득권의 체제를 뚫고 들어갈 기회도 당연히 없어." 임종을 앞둔 한재산이 물똥 냄새를 풍기며 허노무에게 한 말이었다.

"돈을 벌려면 그래서 격동의 시대를 타야 해. 앞으로 황송에서 이루어질 변혁과 이변 속에는 기회가 충만하겠지. 그러니까 너희들은 현실을 제대로 파악하고, 분석하고, 전망하는 능력이 필요한 거야. 너한테는 물론 아직 그런 통찰력이 부족할 테니까, 내가 도와주겠어. 내가 남겨줄 돈으로 네가 무엇을 했으면 좋겠는지를 말이야."

인천행 열차의 쇠바퀴 소리가 점점 빨라지고 커지며 차창 밖 영등

포의 질펀한 논밭은 어둠속에 잠겨 사라지고, 기찻길 옆 오막살이들이 띄엄띄엄 불을 밝히기 시작했다. 허노무는 객차 안으로 시선을 돌려, 꾸벅꾸벅 졸거나 잠이 들어버린 피곤한 승객들의 어리석은 얼굴을 물끄러미 둘러보면서, 아버지가 그에게 선물한 통장에 담긴 돈을 생각했고, 그만큼 많은 돈을 모으려면 이렇게 순진한 사람들 몇 명이 얼마나 많은 피곤한 일을 얼마나 오랫동안 고지식하게 해야 하는지를 어림했다. 그것은 우매한 군중과 똑똑한 소수의 방정식이었다.

허노무는 생활의 방식과 신조에서 아버지를 철저히 닮았노라고 스스로 믿었다. 수많은 사람들로 하여금 어떤 거짓말도 진실이라고 믿게 만드는 아들의 뛰어난 설득력은 한 회장도 묵언적으로 비준한 창조적 재능이었다. 치사한 사람들의 세상에서는 치사함의 예술을 최대한 구사하고 활성화하자는 허노무의 기본적인 생존 전략은 한 재산의 경영 철학과도 맥이 통했다. 착한 소시민이 차근차근 시작해서 정상적인 단계를 밟아 조금씩 성장하던 대기만성의 시대는 유랑극단과 함께 사라졌다. 정의가 이기지 못하는 세상에서라면 중간에서 새치기하여 빨리 성공하는 다양한 기술을 터득하고 변칙의 변수를 한껏 활용하지 않으면 안 된다는 현실을 아버지는 온몸으로 각성했다. 이제 그의 아들 허노무는 그런 활용법을 한층 더 발전시키고 세상에 전파하는 사명을 통장과 함께 물려받았다.

인천행 기차가 부천을 지날 무렵에는 밤이 늦었고, 허노무가 캄캄한 바깥을 내다보니 차창에 비친 그의 얼굴 말고는 아무것도 보이지 않았다.

　다섯 대의 컴퓨터를 시네마스코프 궁형(弓形)으로 연결하여 하나
의 연속 화상(畵像)으로 만들어놓고 그 속으로 들어온 환탁은, 평상
시처럼 책상 앞에 앉아 모니터의 네모난 화면을 들여다보는 대신,
모니터의 네모난 틀을 통해 그의 방을 내다보았다. 창문이 하나도
없는 밀폐된 그의 구석방에는 대형 침대와, 편안한 의자 두 개, 각종
디스켓을 차곡차곡 정리해 담은 나지막한 책장, 그리고 실내에서만
살아가며 갈아입을 편안한 옷가지를 걸어놓은 옷장이 반듯하게 정
리되었고, 눈에 보이지 않는 동희의 속삭임조차 이곳에서는 들리지
않아 적막한 공간에 사람이 아무도 없었다. 동희는 환탁을 따라 기
계 속으로 들어오기를 두려워했다.

　지금은 오전 10시, 밤새도록 술손님들 뒤치다꺼리를 하느라고 기
진맥진한 칠순 어머니가 한참 곤하게 잠든 시간이었다. 환탁은 늙은
나이를 가부끼 짙은 화장으로 가린 기생 노모가 그의 방에 얼씬거리
지 않을 시간만 골라서, 이렇게 컴퓨터 안으로 가끔 들어와 그의 제
국을 순시하고는 했다. 혹시 어머니가 방을 들여다보고는, 몇 십 년
동안 바깥출입을 하지 않던 아들이 기계 속으로 들어온 줄은 모르
고, 길도 잘 모르면서 혹시 외출했다가 실종되어 어디론가 사라졌다
고 경찰에 실종 신고를 하고 소란을 부리지 않도록 환탁이 신경을 쓴
최소한의 시간적 배려였다.

　활력이 살아서 넘치는 컴퓨터 속의 광활한 세상에서 내다 본 그의
방은 죽음처럼 답답할 뿐이었고, 모니터의 출입구 화면을 등지고 돌

아선 환탁의 앞에는 천년제국의 거대한 로마식 궁전이 나타났다. 환탁이 직접 설계하고 스스로 마우스를 운전하여 건축한 궁전은 아마겟돈 대리석 광장으로부터 웅광(雄廣)한 계단을 걸어 올라가도록 만든 그리스 신전처럼 보였고, 코린트식 화려한 기둥은 간다라 부조로 뒤덮였으며, 샌들을 신은 환탁 황제가 토가 한 자락을 손으로 잡고 대리석 계단을 오르기 시작하자 CG로 그려 넣은 군중이 사방에서 광장으로 몰려들어 겁에 질린 함성을 질렀다.

대리석 왕좌에 앉은 환탁이 멀리 굽어보니 수많은 다양한 시대의 전 세계 크고 작은 나라 임금들과 토후들과 호족들과 제후들이 도열했는데, 그들은 환탁이 조직해 놓은 갖가지 레니게이드 반란 전투패(戰鬪牌)들과 에스파냐 자객단 휘하의 비질란떼 구조패(救助牌)들과 닌자 암살패들과 증권거래소의 개미 군단과 복수기사패(復讐騎士牌)와 정의 실천 사제 군단과 십자군 템플 기사단(the Knights Templars)과 함께 어깨를 나란히 하고 늘어서서 흉노족의 아틸라 기치를 휘둘렀고, 환탁은 그들 패장(牌將)들을 격려하는 사열을 자리에 앉은 채로 거행했다.

고무줄처럼 팔을 길게 늘여 뻗어서 패장들의 어깨를 두드려주며 환탁제국의 영원한 미래를 만천하에 널리 알리는 사열을 끝낸 황제는 황금 갈기를 나부끼는 천마 페가소스를 잡아타고 하늘로 날아올랐다. 어느새 저녁 시간이어서 뭉실뭉실 사방으로 솜뭉치처럼 펼쳐진 구름은 아래쪽에서 타올라오는 석양으로 찬란하게 물들었고, 붉은 구름바다 위로 날아서 환탁은 고대에서부터 미래까지 돌아다니며 카르타고의 한니발 코끼리패로 하여금 알프스를 넘는 나폴레옹의 군대를 물리치도록 하늘에서 도와주고, 바다를 헤집어 세상을 정복하려는 영국의 사략선(私掠船)들을 격침시키려고 달려가는 네덜

란드 선원들을 응원했으며, 진홍의 도적 발로(Vallo) 선장과 함께 에
스파냐 총독을 혼내주려고 카리브해로 잠입했다. 환탁은 전체 인구
의 절반이 노예인 로마로 가서 스파르타쿠스패의 반란을 열심히 도
왔고, 아무 나라나 닥치는 대로 침략하여 국가 원수를 죽이거나 축
출하는 미국의 뉴욕으로 아프리카 쿤타 킨테의 노예패를 비행기에
태워 보내 무역센터 쌍둥이 건물을 폭파시키기도 했다. 그것은 모두
가 정의를 실현하려면 필연적으로 치러야 할 선량한 폭력 행위였다.

일리움에서 공물로 받은 페가수스를 타고 세상을 두루 돌아다니
던 황제는 서양 문명에 중독된 CG나라를 벗어나 집으로 돌아오는
길에 향내가 나는 물줄기를 만나서는, 병서와 천문지리에 능한 신라
의 이춘백(李春伯)이 옥퉁소를 불어 도술로 촉왕을 구하도록 도왔
고, 토비(土匪)들이 작란하던 세조 시절의 하늘에서 내려온 몽선(夢
仙)이 80 평생을 산 다음 구름을 타고 승천하는 모습을 보았고, 홍의
장군 곽재우에게 붉은 기운을 내려 발이 푹푹 빠지는 진창으로 적을
유인하여 물리치도록 편을 들었으며, 충신 권경채 승상의 유복자로
하여금 무럭무럭 잘 자라서 복수를 하도록 야광주를 쥐어주었는데,
황제의 도움을 받아 저마다 막강한 패를 구축한 이들 또한 곧 환탁제
국의 휘하로 엎드려 들어왔다.

환탁이 그의 제국을 이렇게 키워놓기까지는 엄청나게 많은 누리
시간이 걸렸다. 처음에 그는 끊임없이 쫓기기만 하면서 핍박받던 희
생자의 증오와 적개심을 풀려는 목적으로 3D 지도를 CG로 만들어
놓고는 좀도둑처럼 혼자 몰래 원수를 찾아가 얼른 칼이나 폭탄을 던
지고는 다른 적들에게 붙잡히지 않으려고 다리야 날 살려라 컴퓨터
밖으로 도망치고는 했었다. 그러다가 갖가지 자그마한 복수를 거듭
하는 사이에 자기도 모르게 조금씩 대담해진 그는 적을 공격한 다음

상대방이 분명히 죽거나 파괴되었는지를 꼭 확인하고, 보복이 제대로 이루어지지 않았으면 계속해서 추격하여 몇 차례씩 재공격을 실행했었다.

필요할 때마다 환탁은 목적에 따라 맞춤형 패를 줄지어 만들어냈고, 여러 패를 거느리면서 더욱 대담해진 그는 집단 대 집단으로 동시다발적 전투를 벌이기도 했다. 그런 싸움에서 어쩌다 불리하게 밀리더라도 끝까지 물러서지 않고 그는 무한대로 군대를 생산해내는 능력을 발휘하여 다시 새로운 패를 창단해서는 작전에 참여시켰다.

패거리를 짓기가 참으로 쉽다는 사실을 깨달은 그는 인터넷에다 마침내 세계 평화와 정의를 실현하겠다는 이념을 내세운 인터넷제국 건설 계획을 공식적으로 천명했다. 그러자 수많은 누리꾼 패장들이 그들의 CG와 UCC 소국(小國)들을 이끌고 환탁제국으로 들어와 합류했다. 환탁은 이런 여러 집단을 연합해서 조작하여 세상을 그가 뜻하는 대로 손가락 끝에서 놀게 만들었고, 패장들의 배반이나 반란을 우려하여 다단계 수직적 위계(位階)는 만들지 않았다. 무수한 누리패를 수평 범죄조직처럼 한 줄로 횡적으로만 서로 연결해 놓으면 어떤 특정한 패장도 다른 패장들과 유대하여 황제에게 도전할 만한 세력을 따로 구축하기가 불가능했으며, 그렇듯 다양한 집단을 직접 진두지휘하여 전쟁을 수없이 치르는 사이에 그는 차츰 만성 피로감으로 빠져들었다.

바깥세상에서 그를 괴롭히던 적들을 컴퓨터로 재생하여 가상공간으로 몰아넣고는 닥치는 대로 붙잡아 처형하는 일방적 살육이 몇 년에 걸쳐 줄기차게 진행되다 보니, 그의 집 주변에는 여기도 암매장, 저기도 암매장, 땅에 묻혀 부패하는 과정에서 부풀어 오른 무수한 시체가 봉분처럼 수북할 지경이 되었다. 그리고 개인적인 적을 거의

다 소탕해버린 환탁은 아직도 남아도는 기운으로 혹시 도와줄 사람이나 집단은 없는지 두리번거리며, 자신과는 아무 관계도 없는 타인들의 적을 색출하여 파괴할 논리적 근거를 찾아내기 시작했다.

환탁은 국가의 사업을 돕고, 인류의 정의를 도모하고, 악의 뿌리를 뽑겠다는 명분을 깃발로 삼았다. 그는 혁명광장에서 매주일 벌어지던 불량 인간들의 재교육 행사를 지켜보면서 정의가 실현된다는 통쾌감을 열심히 즐겼었다. 환탁은 한때 정병군 법무장관의 스위프트적 '겸손한 제안'까지도 정말로 마음에 들었다. 정병군은 조금이라도 나쁜 짓을 한 인간을 모조리 잡아다 죽이면 더러운 사악함이 사라져 세상이 깨끗해질 뿐 아니라, 인구 폭발로 인한 식량 부족 위기와 끊임없는 국경 분쟁도 조금이나마 해소하는 억제 효과가 발생한다고 주장했다. 그래서 환탁은 전혀 주저하지 않고 린드버그 구조패(the Charles A. Lindbergh Vigilantes)와 벨 자객패(the Alexander Graham Bell Assassins)를 조직하여 황송공화국의 특이한 정의 구현 행사에 참여하고는, 유괴범들과 전화사기범들을 모조리 잡아다가 그의 3D 지도에 복제해 넣은 혁명광장으로 끌고 가서 폭약 더미 위에 앉혀놓고 터뜨려 죽이는 애국심을 아낌없이 발휘했다.

환탁제국에서 온갖 나라의 누리패들이 발휘하는 파괴력은 변웅호의 군사 정부는 물론이요 세계의 어떤 독재자도 흉내 내지 못할 만큼 위대한 만행을 가능하게 만들었으며, 그래서 그는 국가의 정책에 호응하며 정의 구현을 함께 집행하는 누리패 총연합을 완성하기에 이르렀다. 그러나 피 끓는 복수의 전성시대를 지나치게 오랫동안 누리던 환탁은 누적된 증오에 스스로 지쳐버리고 말았다. 보복을 끊임없이 자극하는 증오란 끝없이 증폭만 계속되는 그런 일방적 감정이 아니었다. 그는 미움을 다듬고 삭아내는 숨고르기가 필요해졌다. 그

래서 상상의 칼날이 완충기로 접어들 즈음에, 환탁은 중요한 인생의
전환기를 맞았다.

언젠가 그는 인터넷에 떠오른 올사모 회장의 글 한 쪽을 우연히 읽
었다. 인터넷 정치를 표방하던 올사모 회장 독고섭은 컴퓨터 속에서
환탁이 벌써 오래전부터 관심을 가졌던 인물이었다. 올사모의 회장
이 되기 전에 그는 이미 지하 신문 《목소리》의 사설을 통해 도도하
고 고고한 균형의 시각을 세상에 전파하려고 오랫동안 노력했었다.
그리고 그날 인터넷에 올린 글에서 올사모 회장은 "세상이 온갖 사악
한 사람들 투성이리라고 여겨지지만, 알고 보면 선한 사람이 더 많
다"고 주장했다. 못된 인간들은 "워낙 요란스럽고 극성이어서, 선동
적 언론이 지나치게 그들에게 관심을 집중시켜 과장하고 극화하기
때문에, 그만큼 더 눈에 잘 띌 따름"이라면서, 그는 묵묵히 세상을
이끌어가는 다수를 중심으로 힘을 합쳐 살기 좋은 큰우산의 세상을
만들도록 노력해야 한다고 촉구했다.

세상에는 사악한 사람들보다 선량한 사람들이 더 많다 — 환탁에
게 그것은 참으로 놀라운 진실과 희망의 발견이었다.

이렇게 해서 지하신문을 통해 우연한 조우가 되풀이되는 사이에
환탁은 올사모 회장과 자신을 인식의 끈이 여러 겹으로 함께 엮어주
는 동질감을 경험했다. 그리고 선량한 세상의 존재성에 눈을 뜬 환
탁은 서서히 귀마저 뚫려 타인의 마음을 듣기에 이르렀다.

"전쟁을 하면 승자는 아무리 많이 이기고 정복에 성공하더라도 수
많은 사람의 마음에 원한을 심어줄 따름이고, 패자는 슬픔과 괴로움
으로 증오하는 마음이 더욱 깊어지기만 합니다." 독고섭이 증오의
너머에서 외치는 낭랑한 목소리를 환탁은 똑똑히 들었다. "다툼이
없어서 이기는 사람과 지는 사람이 따로 없다면 마음에 흔들림이 생

기지 않고, 마음이 흔들리지 않으면 그 샘에 고인 물이 맑아집니다.”

증오와 복수의 일념에 오랜 세월 몸과 마음이 찌들었던 환탁은 조금씩 화해의 목소리에 설득을 당했고, 선량한 다수가 패를 이루어 큰 힘을 내면 악의 작은 무리들을 물리칠 힘이 생기리라는 자신감도 얻었다. 그래서 그는 끊임없이 응징 행위의 반복을 거치며 축적한 과학적 파괴력과 고도로 발달한 상상력의 기술을 무기로 동원하여, 자신과 처지가 비슷하게 핍박을 받아온 다른 약자들을 도와 그들의 복수를 대신 해줘야 되겠다고 결심하기에 이르렀다. 자신만을 지키려는 이기적인 보복이 아니라 다수 타인의 복수를 대행하는 박애주의적 노력은 분명히 진화의 거폭(巨幅) 이었다.

환탁이 태어난 나라 대한민국은 조선시대 사색당쟁의 인습을 이어받아 지금까지도 정권이 바뀔 때마다 정치 보복이 반복되고, 전쟁 동안에는 좌익과 우익이 서로 돌아가면서 학살의 경쟁을 벌였을 정도로 증오와 갈등이 만연된 곳이었다. 그래서 황송공화국에서 만큼은 한민족의 후손들이 미움의 고리를 끊고 힘을 합쳐 선량한 세상을 만들어야 한다고 그는 믿었다. 이런 평형감각을 환탁이 얻게 된 까닭은, 굳이 따지고 보면, 그의 개인적인 복수 행각이 사실상 만족스럽게 끝났기 때문이기도 했다.

제국의 순시를 끝내고 천마 페가수스를 몰아 궁전으로 돌아온 환탁 황제는 대리석 의자에 앉아 아마겟돈 광장을 가득 메운 패장들을 굽어보면서, 컴퓨터 속에 감춰놓은 그의 천만 군사를 바깥세상으로 보내 독고섭과 결탁하여 올사모의 이상주의를 실현하는 묘수가 무엇인지를 궁리하기 시작했다.

제6부

정치 산업의 중흥

하나 정치업

　어느 날 불쑥 검술도장으로 찾아온 김모시 비서를 따라 한국의 서울 북한산 자락에 위치한 재산동 마을 사각사각으로 한재산을 찾아가 직접 만나는 순간까지도 제갈호공은 별다른 기대를 하지 않았었다. 비록 한 회장으로부터 유산을 받게 되리라고 김 비서가 귀띔을 주기는 했지만, 평생 거들떠보지도 않던 아버지가 아무리 통이 크고 세계적인 굴지의 재벌이라고 해도, 가벼운 죄의식이나 호기심 때문에 임종을 앞두고 겨우 한 번 얼굴을 보겠다고 부른 사생아에게 쓸 만한 재산을 베풀리라고는 꿈도 꾸지 못할 호공의 처지였다.

　50억원의 유산을 줄 테니까 그 돈으로 중소기업 규모의 정치 산업 회사를 시작하라는 한재산의 말을 듣고도 호공은 잠시 날벼락처럼 놀라기는 했지만, 어리둥절한 그의 기쁨은 오래 가지 않았다. 통장과 함께 정치 장사에 관한 지침서 한 통을 김모시 비서로부터 받아가라면서, 한재산은 호공이 왜 정치 장사에 정진해야 하는지를 구체적으로 설명했는데, 아버지가 들려준 황당한 착상은 그로 하여금 아무래도 무슨 함정에 빠져드는 듯한 전율을 느끼게 했다.

　"나는 일찍이 황송의 서울에다 세계 최대의 정치 회사를 설립하려는 원대한 계획을 세웠었지만, 독재자 변웅호의 탄압을 견디지 못해 한국으로 망명을 떠나와야 했기 때문에 뜻을 이루지 못했고, 이제 그 꿈을 네가 목숨 바쳐 대신 이룩해야 한다."

　아버지 한재산 회장이 요구했다.

　"그리고 그 꿈을 실현하기에는 지금이 절호의 기회라고 난 생각

"

해. 오랜 기간 계속된 군사 정권의 갑작스러운 붕괴로 인해서 생겨난 엄청난 권력의 공백 상태를 한꺼번에 메우려면, 이제 황송에서는 극도로 혼란스러운 패권 다툼이 당연히 생겨나겠고, 바로 이런 대규모 혼란이 너에게 둘도 없는 돈벌이 여건을 만들어 주리라고 난 믿어. 그러니까 넌 이토록 소중한 호기를 절대로 놓쳐서는 안 돼.”

정치에 대해서는 철저한 문외한이었던 터라 정치업의 전망을 전혀 짐작할 길이 없었던 호공은 “내 꿈을 네가 목숨 바쳐 대신 이룩해야 한다”는 한재산의 요구에 상당한 부담감을 느꼈고, 만일 통장에 담아준 돈으로 정치와 상관없는 “다른 무슨 시시한 사업”을 벌이려고 하면 김모시를 시켜 50억을 당장 회수하겠다는 강력한 조건 또한 별로 마음에 들지 않았다.

하지만 한 회장의 뜻에 그가 거침없이 따랐던 이유는, 어떤 새로운 모험도 두려워하지 않는 타고난 낙천성도 크게 작용했겠지만, 밑져야 본전이다 싶어서였다. 그까짓 사업이 망하더라도 호공은, 공짜로 들어온 돈을 난생 처음 펑펑 써가며 유산을 축내고 몽땅 날려버린다고 하더라도, 한 회장이 다시 찾아주기를 반평생 학수고대하며 인생을 낭비했던 어머니의 한이 어느 정도 분풀이가 되리라는 나름대로의 계산도 그에게는 확실했다.

그리하여 제갈호공은 가끔 한국에서 찾아오는 김모시의 감시와 간섭을 받아가면서, 아버지가 작성해놓은 세밀한 사업지침서를 참고하여, 한재산 정치산업사(한정산)를 설립하고 차근차근 사업을 시작했다. 정북진 검술도장의 탈의실의 한쪽 귀퉁이를 칸막이로 잘라서 한정산 본부를 차린 제갈 사장은, 성공을 전혀 기대하지 않았으므로, 도장의 사범 4명을 임원으로 발탁하여 하루에 두 번씩 회의만 계속 열고, 잡담과 회식 이외의 일은 전혀 하지 않았다. 정치에 관해서라면 다섯 사람은 할 줄 아는 일도 없었고, 하고 싶은 일도 없었고, 할 일도 없었기 때문이었다.

그럼에도 불구하고 제갈호공은 정치업에 대해서 자기도 모르게 조금씩 흥미를 갖게 되었다. 한재산이 문서화하여 남긴 예언이 신기하게도 대단히 정확하게 현실로 둔갑하여 나타나는 기미가 매우 뚜렷해서였다. 선거철이 닥치면 온 국민이 다른 일은 몽땅 젖혀두고 물 끓듯 정치에만 매달릴 테니까, 뭐니 뭐니 해도 선거 장사야 말로 틀림없이 대박을 터뜨리라던 아버지의 선견지명은 절반쯤이나마 그대로 들어맞았다.

황송의 정치계가 전무후무한 난장을 벌이고 나라 전체가 군웅할거의 과열된 혼란에 빠진 까닭은 이번 총선이 대선과 직결되기 때문이었다. 정치 탄압으로 인해서 정당이라고는 아예 존재하지도 못했던 나라에서 총선을 통해 다수당이 생겨나면, 선두에 나선 다수당은 저절로 여당이 되고, 여당에서 당권을 장악할 사람에게는 당연히 대권이 눈앞에 보일 기세였다.

정치란 머릿수를 늘리고 집단의 부피를 부풀려서, 권력을 잡으려는 목적을 최우선으로 삼아 물불을 가리지 않고 목숨을 거는 집단 행위였다. 예를 들면 미국에서는 노예였던 흑인들이 기하급수적인 인구 증가를 통해 산술급수적으로 증가하는 백인 집단을 추월하여 흑인 대통령을 탄생시키는 시대가 도래했듯이, 정치에서는 질적인 인구보다 항상 숫자가 최우선이었으며, 그래서 정치업자들은 다른 사람을 사랑하거나 아끼는 인간으로서가 아니라 서로 도구나 무기로 삼아 수학적 상승효과를 창출하는 수단으로 간주하여, '상생(相生)'이라는 현혹적 이름을 내걸고 끊임없이 여러 인물이나 집단과 혼음을 해가며 상호 이용해 먹느라고 짝짓기에 정신없이 바빴다.

　용기와 재력, 모험심과 배짱이 밑천인 자들이 황송의 갑작스러운 정치적 해방기를 타고 한꺼번에 쏟아져 나와, 너도나도 정당을 창립하여 계두(鷄頭) 당수가 되었고, 그들 주변에는 썩은 고기에 구더기 꼬이듯 권력의 부스러기를 주워 먹으려는 각종 기회주의자들과 기생충 유전자를 물려받은 위인들이 모여들어 저마다 계파의 몸집을 부풀려 나갔다.

　정치는 마약과 같아서, 아무리 작은 부스러기라 하더라도 권력의 맛에 한 번 중독되면 헤어나기가 힘들었던지라, 한국에서 구의원이나 시의원을 지내면서 지역사회에 봉사하려는 마음과 양심은 쓰레기 소각장에 내다 태워버리거나 납골당에 안치하고는 여론 조작으로 활동비만 열심히 올렸다가 주민들에게 소환되어 쫓겨난 사람들이 짤막한 정치 경력이나마 큼직하게 명함에 박아 넣고 황송으로 몰려 들어와 재기를 꿈꾸는가 하면, 대학 강단을 지켜야 할 여교수들은 집에 가서 우는 아기 기저귀를 갈아줘야 한다며 몇 달씩 강의를 무단으로 빼먹고 여기저기 당사를 찾아다니며 정치 입문의 기회를 기웃거렸고, 활발한 취재 활동을 통해 사회의 각계각층 사람들과 연줄을 넓힌 언론인들은 매체에서 그들이 휘두르던 막강한 힘을 마치 자신이 타고난 개인적인 우월한 능력이라고 착각하여 새로운 분야의 지배계급이 되겠다며 정계를 열심히 휘젓고 다니는 발품을 팔고, 배우들과 가수들과 코미디언들은 영화와 텔레비전을 통해 알려진 그들의 얼굴을 달고 다니며 인지도가 곧 정치력이라는 환상을 사람들의 머리에 심어주었으며, 늙고 기운이 빠져 다른 방면에서는 아무 짝에도 쓸모가 없어졌지만 권모술수에서는 무한히 노회한 온갖 잡스러운 늙은이들도 황혼기의 영광을 누리려는 꿈에 제멋대로 부풀었고, 관광지에서 주인에게 버림을 받고 방랑생활을 하는 개들을 잡아다 사철탕집을 운영하던 어느 사업가는 고무신 가게 사장과 막걸리집 아줌마와 함께 준법 정치자금을 모아 IQ 80 경지의 입후보자를 반쪽짜리 전당대회에서 선발하여 배출시키고, 군사 독재의 퍼런 서슬 밑에서 하나같이 얌전하기 그지없는 침묵을 지켰던 수많은 사람들이 너도나도 '정의로운 인권'을 표어로 만들어 입술에 꿰매어 달고는 "민주주의를 쟁취하려고 치열하게 투쟁했던 정의의 투사"라고 자칭하며 활개를 쳤고, 멸종 위기를 맞았던 철새 정치인들은 "철새야말로 계절의 흐름을 잘 타기 때문에 시대의 변화도 잘 읽는다"고 자랑하며 얼치기 정객들과 어울려 새로운 무리를 지어 여기저기 도래지를 찾아 몰려 다녔다.

이런 회오리 속에서 무려 307개의 정당이 등록을 끝내자 조무래기 정객들은 어느 당에 들어가야 공천을 받기가 쉽겠고, 어느 당이 정권을 잡아 앞으로 탄탄한 출세의 전망을 제공할지를 알아내려고, 대학입시 눈치작전에서 갈고 닦은 실력을 발휘하여 여기저기 임시 당사와 선거 사무실과 당수들의 집을 찾아가 번호표를 들고는 점심시간을 맞은 이름난 식당 앞에서처럼 길게 줄지어 순서를 기다리고는 했다.

정치꾼들이란 몸을 담았던 당이 망하면 걸음아 나 살려라 저마다 뿔뿔이 흩어져 도망쳤다가는 다른 곳에서 다시 피라미처럼 떼를 지어 '신당(新黨)'이랍시고 간판을 내거는 명수들이었다. 그래서 세력이 작은 당들이 하루가 멀다 하고 합당했다가 분당하고 탈당하여 이합집산을 거듭했으며, 머릿수를 불리겠다며 잔머리를 굴리고 골머리를 썩이는 속성이 어디를 가나 여전해서, 등록을 마친 다음 날부터 소수당들은 너도나도 연합했다가 주도권을 장악하기가 수월치 않으면 다시 깨지기를 반복하여, 정당이 모두해서 몇이나 되는지 그수가 날이면 날마다 달라져 선거관리위원회에서는 합계를 내기조차 힘겨워했다.

황송에 곧 불어 닥치리라는 정치의 경제성에 대한 아버지의 예언은 이른바 '정당인'들의 난장에서 가장 먼저 이루어졌으니, 총선 전선에서 선두를 달리던 30대 정당의 당수들은 공천 장사로 떼돈을 벌어 졸속 신흥 재벌로 두각을 나타내는 귀족 계급을 형성했으며, 권력을 잡으면 돈부터 챙기려는 거렁뱅이 정치족의 특질이 만연하여, 민족당의 당수 이어중이는 미국 LA 근교의 골프장을 사들여 둘째 아들에게 유학 선물로 주었다느니, 국민우선당의 당수 김떠중이는 뉴저지의 포트 리(Fort Lee)에 2백만 달러짜리 최고급 주택을 구입하여 딸에게 결혼 선물로 주었다느니 장안에는 입방아를 찧는 소리가 밤낮으로 나불거렸다.

그러나 초특급 대기업인 한재산의 자신만만한 예언과는 달리, 한정산의 쥐구멍에는 좀처럼 볕이 들지를 않았다.

둘 맡아하리

"정말이야." 찐 고구마의 허리를 꺾어 절반을 딸에게 넘겨주며 아랑도사가 말했다. "저길 봐. 내가 어디 점심식사를 제대로 할 시간이 있겠는지."

하니는 예언실의 동그란 옆창으로 바깥을 내려다보았다. 대기실과 복도를 가득 채우고도 넘쳐난 고객들이 마당에서 땡볕을 피해 흰 광목 천막 밑으로 들어가 멍석을 깔고 둘러앉아, 인근 음식점에서 시켜온 자장면이나 갈비탕으로 허기를 채우며 그들의 차례가 되기를 한없이 기다리느라고 여기저기서 화투짝을 쳤다. 새치기를 막으려고 대기자 번호표까지 돌렸지만 암표상의 극성 때문에 정직하게 기다리는 손님들은 한두 나절쯤은 보내야 겨우 도사와 마주앉을 지경이었다.

"와우." 하니가 명품 영어로 감탄했다. "마미 필이 베스트 럭셔리 하겠다. 굿! 굿! 굿!"

서울 시절에도 선거철만 되면 아리랑 동양철학원은 언제나 문전 성시를 이루고는 했었지만, 지금처럼 아랑도사가 잠시도 자리를 뜨지 못할 지경이어서 고구마나 옥수수로 간단히 때우지 않고서는 끼니조차 제대로 챙겨먹기 힘들 정도로 바쁘지는 않았었다. 황송 동양철학원은 벌써 한 달째 저마다 그들의 정치적인 미래와 전망을 점치려는 정객들이 몰려들어 정신없이 북적거렸는데, 총선 출마자들이 가장 많이 묻는 질문은 조상의 덕을 보는 풍수 방법이었다. 제왕의 길을 열어 주리라는 묏자리로 아버지의 뼈를 추려다 옮겨 묻거나, 부모를 합장하여 조상의 음덕을 받으려면, 한국에 두고 온 해골을 황송 땅 어느 곳으로 이장해야 좋겠느냐는 문의가 쇄도하여, 엄청난 명당 주문을 혼자 소화하기가 힘들어 아랑도사는 지난 주일에 전문 지관을 두 명이나 따로 고용해야 했다.

음기가 지나치게 강한 남성 후보라면 어떤 여성과 위장 결혼을 해야 하늘과 땅을 성공적으로 속여 넘기게 될지를 알고 싶어 하는 정치 업자도 여럿 찾아왔다. 사주팔자를 까뒤집어 보니 상관(傷官)이 강해 경박한 언행으로 적을 많이 만들 운명을 타고 난 뱀띠는 호적을 무슨 띠로 고쳐야 당선이 가능한지를 묻기도 했다. 여태까지 여러 차례 각종 선거에서 떨어지기만 했던 불운의 후보들은 어느 정적과 결탁해야 하늘의 뜻을 그에게 우호적인 방향으로 돌려놓겠는지를 알려달라고 애원했다.

이(李)와 박(朴)을 성으로 갖고 태어난 어떤 후보들은 한밤중에 몰래 찾아와서는, "이번 선거에서는 나무목(木)이 들어간 성을 갖고 태어난 후보들이 세상을 평정한다"는 소문을 퍼뜨려 유권자들의 여론을 조작해 달라며, 불룩한 돈 보따리를 놓고 가기도 했다. 관악산의 불(火) 기운을 피하려면 어느 지역의 물가(岸)로 주민등록을 옮겨 출마해야 당선이 가능한지를 알아내려고 찾아온 후보도 나타났다.

백두산 천지에 올라 6박 7일 관광 기도를 드렸더니 여성 미륵이 되리라는 계시를 도롱뇽이 꿈에 나타나 내려 주더라면서 출마 여부를 묻는 순댓국집 여주인도 찾아왔다. 운수대통을 하도록 손금을 성형하려면 동서남북 어느 쪽 병원으로 찾아가야 하는지 자문을 구하거나, 앞으로 튀어나온 이빨이 정치 운세를 가로막는 듯싶으니 서너 개는 뽑아버려야 되지 않겠느냐고 문의하는 발길도 있었다.

"총선 장사가 이런 정도로 호황이라면, 그 직후에 치르게 될 대선에 대비하여 사업을 전면적으로 확장해야 되겠어."

먹다가 치마에 흘린 고구마 가루를 꽃부채로 거두어 받아 쓰레기통에 털어 넣으며 아랑이 말했다.

"그래서 철학원 본부를 계룡산으로 이전할 생각이란다. 그동안 틈나는 대로 현지답사를 해서 터를 몇 군데 봐두기도 했지."

"어브 코스, 럭셔리 피플 토크하는 거 리슨해 보니까, 지금 폴리틱판 리얼리 가관도 임파서블이야." 하니가 말했다. 그녀의 말을 알아듣기 쉬운 천박한 한국 언어로 풀이하면 이런 뜻이 되었다. "상류

층 사람들 얘기를 들어보니 지금 정치판 정말 가관도 아니라대.”

그리고 그녀는 아랑도사의 판단을 적극적으로 지지했다. “타임 라이크 디스에 비즈니스 프렌들리를 업그레이드해야 오 마이 갓 배리 굿이지.”

“그런데 너 나 좀 도와줘야 되겠어. 맡아하리 하던 실력을 발휘해서 말이다.”

“맡아하리? 워츠 ‘맡아하리’?” 하니가 물었다. 그리고는 어머니의 무식한 질문을 명석한 머리로 단숨에 바로잡아 이해하고는 덧붙여 말했다. “오, 예! ‘마타하리,’ 마미. 무슨 토크인지 나 언더스탠.”

군사 독재자 변웅호를 축출하려는 목적으로 한재산과 이안 매컬럼이 기획한 끝내기작전에서 하니가 어떤 영웅적인 마타하리 역할을 맡았었는지는 정부 고위층이나 외교가에서 벌써부터 전설이 되었다. 그리고 이때 구국 활동에 끼어들었던 바람에 그녀는 본의 아니게 중년에 이르기까지 한국에서 망명 생활의 관록을 쌓아야 했었다. 하지만 망명 기간 중에 그녀는 마냥 허송세월만 하지는 않아서, 여러 가짜 대학에서 가짜 논문으로 가짜 학위를 열여섯 개나 취득하여 한국에 존재하지도 않는 벅국대학에 출강하여 4년간 가짜 교수로 일했으며, 경력이 그만하면 무시하지 못할 정도로 화려했던 터라 이제는 버젓하게 황송민주일보사에서 발간한 《황송 인명사전》에 이름을 올리는 데 성공했다. 아랑도사는 외동딸의 이런 화려한 경력을 재활용하고 싶어 하는 눈치였다.

“무슨 토크인지 어서 토크 어바웃 해 봐.” 하니가 부추겼다. “윗 캔 아이 두 포 유?”

“내 사업이 말이다, 모든 분야에서 감당하기 어려울 정도로 고객이 골고루 늘어나기는 하는데, 이상하게도 작명하러 오는 사람이 거

의 없어. 그래서 알아봤더니, 작명을 전문으로 하는 무슨 정치산업
사가 생겨났다고 하더라. 제갈호공이라는 정체불명의 남자가 거기
사장이라는데, 내가 어느 정도나 경계해야 할 인물인지 첩보를 좀
수집해 주지 않겠니?"

하니가 환한 미소를 짓고 경쾌하게 말했다. "노 프라블럼! 노 프
라블럼!"

<h1 style="text-align:center">셋 작명</h1>

정치산업사(한정산)가 작명 분야에서 예상치 않았던 호황을 누리
며 대박을 터뜨렸던 기적은 굳이 따지자면 필연적으로 일어난 우발
적 결과였다.

'작명 대행'이라는 애매한 항목은 한재산이 사업 지침서에서 구체
적으로 추천한 84가지 유망한 사업목록에 처음부터 포함되었던 주
요 업종 가운데 하나였다. 정치 사업에 정진하려는 적극적인 관심이
부족하여 제갈호공이 진지하게 검토하지 않았을 따름이지, 한 회장
은 분명히 작명업의 장래성을 일찌감치 믿어마지 않았었다.

황송에서 총선을 노리며 급조된 정당이 수십을 헤아리게 되었을
때 한정산 경영진은 이미 증가하는 숫자의 활발한 시장성을 인식했
어야 옳았지만, 제갈 사장은 도대체 정치 장사와 정당의 숫자가 무
슨 관련이 있다는 말인지 전혀 납득이 가지 않았었다. '작명 대행'이

라는 분야의 핵심이 무엇인지조차 전혀 파악하지 못했던 그는 아버지가 사업 계획서에 나열한 '배우 양성'이나 '문예 창작' 그리고 '사진 합성'이라는 항목의 본질도 역시 정체를 모르기는 마찬가지였다.

수십 개의 정당이 난립하는가 싶더니, 황송에는 어느새 300이 넘는 정치 집단이 깃발을 올렸다. 당수 혼자뿐인 홀로당과 미니당과 엄지당과 벼룩당을 포함하여, 대부분이 군소 집단이었던 이들 조무래기 정당은 유권자의 머릿속에 쉽게 각인될 만큼 멋지고, 독특하고, 개성이 두드러지고, 신선한 충격과 감동을 주고, 국민의 사랑과 호응을 듬뿍 받을 정도로 기막힌 당명을 저마다 하나씩 창조해내기가 무척이나 힘들었다. 그래서 당명을 지으려는 책임자들은 역사가 워낙 일천한 황송공화국이 아니라 4천년 유구한 역사를 자랑하는 대한민국에서 정치적인 관록과 뿌리를 찾겠다며 기존의 갖가지 당명을 바다 건너에서 무던히도 뒤져대었다.

한국 당명을 표절하여 황송에서 원조가 되려고 부단히 노력한 결과, 황송 정당인들이 생산하여 처음 선보인 이름들은 진부한 '민주당'이나 '공화당' 따위로 시작하여, 조금 변화를 시도한 흔적을 가미하여 민주당의 새로운 분신 신민당(= 새로운 민주당)의 간판이 내걸렸고, 이어서 새천년민주당과 반만년민주당과 도루민주당을 거쳐, 신신민주당과 신신신민주당과 신신신신민주당과 통합민주당과 분열민주당과 "여러분의 한 표를 신신 당부(申申當付) 한다"는 뜻으로 신신당부당(神身當富黨)이 출현했는가 하면, 수구레당의 당권 경선 결과에 불복한 도지사 출신의 신참 정객 3명은 과감한 탈당을 감행하고 나와 '묵언산행(默言山行)'하며 수구레당당과 정통민주신당과 자유신당과 선진신당을 창립했고, 더 이상 갈라지지 말자고 만든 갈라(Gala)당도 여지없이 갈라져 다시갈라당과 올라당과 오락가락당이 생겨났다.

이런 식으로 기존의 당명이 바닥나자 이미 등록된 당명들을 요리조리 조합하여 한나라당, 두나라당, 세나라당, 새나라당, 열린우리당, 닫힌니네당, 열고닫는봉화당이 머리를 들었고, 공화당이 민주당과 결합한 민주공화당을 필두로 민주한나라당, 공화한나라당, 낚시꾼들이 창당한 여러당(列漁黨), 고전적인 노동당, 혁신적인 민주노동당, 변질된 공화노동당, 재변질된 재벌노동당, 형이상학적 정신노동당, 한나라노동당, 열린노동당, 닫힌노동당, 열린한국당, 한심한 나라를 걱정하는 한심나라당, 민주한두세국당, 공화한두서넛국당 등등 유사한 당명이 우후죽순이어서, 이름조차 외우기가 힘들 지경으로 신당이 많아졌다.

그런가 하면 계룡산 신도안 일대에서 세력을 확장 중이던 유사종교 단체들이 권력을 추구하려고 구성한 할렐루야당과 나무아미타불당이 속세로 뛰쳐나왔고, 20세기 후반에 이루어진 여권 신장의 후광을 받은 여러 사모님 단체들이 복고풍 치맛바람을 일으키며 정치에 마구 투신자살을 감행하여 다채로운 사모(사랑하는 모임) 단체를 정당으로 격상시켜 비슷비슷한 팬클럽식의 성격을 지닌 친박연대, 친김대대, 친황중대, 친한소대, 친이사단, 친황보군단, 친최다국적군당, 친윤계모임당을 탄생시키기도 했다. 계모임이나 친목 단체가 정계로 힘차게 나아가려고 벌이던 발버둥 시도는 돈사모(돈을 사랑하는 모임)와 나도돈사모(돼지고기를 함께 사랑하는 모임)와 제 3지대 돈사모(돈내기 골프를 사랑하는 모임)와 방사모(뭔가를 사랑하는 모임)를 출범시키는 찬란한 결실도 맺었다.

뿐만 아니라, 군사 독재 문화를 한꺼번에 몽땅 탈피하려는 급진적인 정책의 일환으로 총선 당국에서 참정권에 연령 제한을 두지 않았던 결과로 솔섬초등학교반장당이 등장하는가 하면, 전국 노인정이 연대한 수구꼴통당, 그리고 코미디언들이 수구레당당과 자매결연을 통해 연대하여 단체로 웃겨보려고 태동시킨 숭그레당당에, 지역출신자들로 구성된 배타적 낙동강철새당, 그리고 이계산 정권 시절 투표함과 신발짝을 내던지는 폭력이 날뛰던 국회에서 단상을 점거하고 주먹을 휘두르며 욕설을 예술적으로 구사했던 동지들을 규합하여 만든 폭탄당 역시 번듯하게 간판을 내걸었다.

이토록 엉망진창하고 뒤죽박죽하고 혼란스러운 이름들의 와중에서 제갈호공은 어느 날 '청산당'이라는 당명을 신문기사에서 우연히 발견했다. 그것은 얼마나 푸르딩딩하고 싱싱한 이름이었던가. 문학적인 표현력이라면 정치만큼이나 문외한이었던 제갈호공에게도 그 이름은 돼지우리 속에서 찾아낸 진주처럼 신선한 충격이었다. 그리고 그는 청산당의 이름을 신문 지상에서 발견한 순간, 아버지 한재산이 선견지명으로 생각해 두었던 작명의 시장성 가치를 마침내 어렴풋하게나마 깨달았다.

그날 오후, 수많은 여느 날처럼 건성으로 열린 잡담식 전략회의에서 제갈 사장은 정치의식이나 기업정신이 제갈 자신보다 훨씬 더 희박한 검도 사범 출신의 네 임원에게 한정산 창사 이래 처음으로 경영인다운 제안을 하나 내놓았다.

"한 번만 들어도 머리에 쏙 들어가서 절대로 잊어버리지 않을 만큼 참신한 당명을 생산하여 팔아먹으면 제법 장사가 되지 않을까? 누구 어디 그런 이름 하나 실험삼아 지어봐."

임원들 가운데 사장의 제안을 진담으로 받아들인 사람은 물론 아무도 없었다. 작명뿐 아니라 어떤 다른 분야에서라도 새로운 사업을 벌이려면 대부분의 경우에 최고위층 경영진에서 기발한 착상이 담긴 운을 띄우고, 그러면 말단 사원들이 착상의 영감을 현실적인 언어로 분석하여 우선 시장조사와 손익계산을 반영한 기안을 잡고, 계장과 과장이 잔소리와 코웃음을 곁들이며 계획서의 세부 사항 몇 가지를 수정하고, 부장이 잔소리와 코웃음을 약간 더 곁들여 추가적으로 몇 가지 세부 사항을 더 수정하여 대충 정리를 끝낸 다음, 기획안에 담긴 사업성과 경제성을 이사진이 저울로 달아보고 무게가 제대로 맞으면 최고 경영권자로부터 최종 결재를 받아내고, 이렇게 지루하고 합법적인 절차와 예전을 제대로 갖춰야 남들이 보기에 번듯한 인상을 주기 마련이었다. 하지만 한정산에는 한재산이 띄운 운을 감상할 만한 능력조차 갖춘 인물이 없었다.

제갈호공 사장은 물론이요 체육관에서 발탁한 4인 임원은 사업이나 경영이라고는 공부한 적도 없고 참여한 경험도 전혀 없었다. 남들이 얕보지 못하게 하려는 배려에 따라 CEO가 선심으로 골고루 하나씩 배급한 명함용 감투를 쓰고 다니던 이사진은 예술적 영감이나 문학적 상상력과는 워낙 거리가 멀었으며, 그들 대신 머리를 써줄 부하 직원도 한정산에는 없었다. 다른 직원을 써야 할 업무가 무엇인지 생각조차 나지 않아 아직까지 부하라고는 아무도 고용하여 밑에 거느리지를 않았기 때문이었다.

이사진 4인방은 체육관의 사범 노릇 말고는 한정산에서 저마다 수행해야 할 업무나 직책도 따로 없었고, 그래서 제갈 사장이 요구한 창의적인 숙제를 풀어야 할 책임감도 전혀 느끼지 않았다. 하지만 각별히 나눌 얘기도 따로 없고 해서 그들은 사장이 화두로 던진 정치와 정당에 대한 실없는 소리를 한참 주고받다가, 칼 쓰는 솜씨보다 말솜씨가 훨씬 뛰어난 젊은 꽃미남 스티븐 리 이사가 천부적인 농담 솜씨를 불쑥 발휘했다.

여행하는
여리민의

"황송이 신생국가라고 우습게 보면서 정치를 한답다고 우쭐대며 설치는 족속은 대부분 엉덩이에 뿔난 인간들이니, '뿔난당'이라는 당명은 어떨까요?"

다른 세 임원과 사장은 그의 농담을 액면대로 그냥 한갓 농담으로 받아들여 한바탕 웃어넘기려고 했지만, 마침 황송을 순방하던 길에 사외 감사역 자격으로 회의에 참석했던 김모시는 반응이 심각하게 달랐다. 평생 서당 개 노릇을 하며 한재산 회장의 어깨 너머로 익힌 경영 감각이 남다르게 예리했던 김모시는 아무리 농담이라고 해도 남들이 흘리는 헛말에서조차도 진취성의 부가가치를 한재산처럼 제대로 섭취하는 인물이었다.

"정말 쉽고도 기발하고, 독특하고도 개성이 뚜렷한데다가, 소리 또한 해맑은 당명이로군요." 김 감사가 정색을 하고 말했다. "회장님께서 '뿔난당'이라는 표현을 들었다면 어떤 생각을 하셨을까요?"

한정산 측에서는 아무도 죽은 한재산의 마음을 읽어낼 능력이 없었다. 그래서 언제부터인가 한 회장의 분신처럼 행동하고 생각하던 김모시의 설명을 경청해야 했다.

"'뿔난당'이라는 말을 들으면 오랜 군사 독재 때문에 뿔이 난 국민이 결집하여 창립한 당이라는 의미가 일목요연하게 역력하지 않습니까? 정의를 수호하려고 투쟁하는 열정이 활활 타오르는 '불난당'이라는 말도 연상시키고요. 그리고 뿔난당을 상징하는 동물로는 황소가 제격이겠죠. 황소라고 하면 꿋꿋한 짐승인 데다가, 진짜로 뿔도 달렸으니까요."

제갈호공이 듣고 보니 참으로 그럴 듯한 해석이었다. 이사회에서는 수렴해야 할 별다른 의견도 따로 없고 해서, 스티븐 리 이사는 이튿날 장난삼아 '뿔난당'의 저작권을 정식으로 문화부에 등록하고는,

당명을 경매에 붙이겠다는 광고를 《황송민주일보》에 게재했다. 놀랍게도 당명 '뿔난당'은 열광적인 경쟁을 거쳐 이틀 만에 2억원이라는 이름값에 낙찰이 되었고, 수많은 다른 정당들이 작명을 청탁하러 정북진 검술도장으로 몰려들기 시작했다.

한정산의 첫 번째 주요 사업은 이렇게 돌풍처럼 정계를 맹타했으며, 기발한 창의적 수완을 우발적으로 발휘하여 제갈 사장의 총애를 받게 된 스티븐 리 이사는 작명 사업부의 총책으로 발탁되었다. 그는 30명의 알바 대학생을 고용하여, 주문이 들어온 작명을 일단 인터넷에서 표절과 모방과 조합의 비법으로 볶아내어 신속하게 충족시킨 다음, 젊은 두뇌를 최대한 착취해 가면서 기발하고 멋진 당명을 여럿 지어놓고, 직접 발로 뛰고 손바닥으로 기어 각 당의 선전책들을 찾아다니며 본격적인 판매를 시작했고, 무작위로 사방에 전화를 걸어 사람들을 괴롭히는 권고상담반도 순식간에 설치했다.

이렇게 해서 한정산이 비싼 값에 팔아먹은 당명은 환경친화적인 꽃동네당, 경제 발전을 표방하는 돈돈이돈당, 노인 복지를 우선 정책으로 내건 지팡이당에서부터, 신나게 북을 울리는 순수한 우리말 이름 둥당당, 거대한 웅지를 펼치라는 뜻의 거지당(巨志黨), 온갖 난관을 멋진 묘기로 타개하는 곡마당에까지 이르렀다.

넷 정치대학

‘마타하리’ 하니가 정북진 검술도장으로 한정산의 제갈호공 사장을 찾아간 목적은 작명 사업의 성공에 대한 비밀을 수집해 달라던 어머니 아랑도사의 부탁 때문만은 아니었다. 하니는 혁명정보부의 감시를 피해 한국에서 지내던 무렵, 한재산이 황송에 예술대학을 설립하리라는 소문을 듣고, 설악산까지 기업인 등반대를 쫓아가 그에게 몸까지 바쳐가며, 교수 자리를 하나 부탁하여 교육계로 진출할 욕심을 부렸었다. 그러나 끝내 한재산은 황송 땅을 다시 밟아보지 못하고 세상을 떠났다. 한 회장이 대학설립 계획을 50억 유산과 함께 사생아인 제갈호공에게 맡겼다는 정보를 임해도로부터 최근에 수집한 그녀는 교수가 되려던 숙원을 꼭 풀려면 한정산을 어떻게 해서든지 공략해야만 했다.

제갈 사장과의 만남이 모처럼 이루어지자 하니는 그녀의 뛰어난 가짜 학력과 경력 그리고 마타하리 활약상을 낱낱이 적은 이력서를 제출하며 “아트 칼리지 게이트 커밍 쑨 오픈하면 옵 코스 하이어 미, 예스 오케이?”라고 신신당부했다.

그러나 제갈호공은 한재산이 추천한 84가지 유망한 사업 목록에서 ‘예술대학’이라는 항목을 본 기억이 없었다. 그래서 제갈 사장은 한 회장의 사업 지침서를 다시 꺼내 앞뒤로, 그리고 아래위로 한참 살펴보더니, 웬일인지 사뭇 못마땅한 표정을 지으며 말했다.

“하니 선생에 대한 소문은 여기저기서 많이 들어 잘 아는 터이건만, 부탁은 들어줄 수가 없겠군요. 한 회장님은 ‘정치대학 설립’은 추천하셨지만, 예술대학에 관해서는 일언반구 언급이 없어서요."

하니는 전혀 동요하지 않고 다짜고짜 옷을 홀랑 벗고는 가랑이를 활짝 벌리면서 자신의 장래 포부를 소신껏 밝혔다.

"아트 칼리지 폴리스 칼리지 아이 돈 케어 오 마이 갓에요. 어차피 마이 커리어 가짜 커리어 매니매니여서 메이저 홧인지 노 매러거든요. 그리고 미스터 재칼(='제갈'의 영어식 발음) 마이 베스트 럭셔리 컬렉션에 조인하기 스트롱 애스크, 예스 오케이?"

덩달아 옷을 홀랑 벗어버린 제갈호공은 참으로 감명 깊은 그녀와의 육체적인 접속을 힘차게 마친 다음, 웬일인지 사뭇 감개무량한 표정을 지으며, 그녀의 명품 언어에 슬그머니 전염되어 자기도 모르게 닮아가면서 말했다.

"당신을 폴리틱 칼리지 설립준비 커미티 위원장에 메이크하겠어요. 하기야 정치도 예술이라니까, 정치대학이건 예술대학이건 무슨 프라블럼이겠어요? 하지만 지금 당장은 일단 선거 비즈니스에 정진해야 할 타이밍이니까, 대학 설립 플랜이 구체화될 때까지는 당분간 스티븐 리를 좀 열심히 도와줬으면 쌩큐하겠어요. 우리 사이를 돈독히 할 시간적인 여유를 해브 예스 해가면서 말입니다."

다섯 스티븐

"어두웠던 시대가 한 차례 물러가고, 이제 새로운 두 차례의 시대가 시작되려고 합니다." 검술도장을 수련관으로 개조한 강당에서 한재산 연예기획사 스티븐 리 대표의 출중한 훈시가 계속되었다. "하나의 세대가 종말을 신고했고, 이제 새로운 세대가 도래하려 합니다."

0500시 이른 새벽이었지만, 수련관을 가득 메운 운동원 3천 명은 잔뜩 긴장한 표정으로 그가 하는 말에 열심히 귀를 기울였다. 이렇게 많은 청중 앞에서 그가 한껏 말 솜씨를 개방하며 연설하다니 이것은 그야말로 새로운 시대, 새로운 세대의 시작이었다.

연단에는 제갈호공 사장과 한정산의 임원 3인, 정치대학 설립을 준비하는 틈틈이 일을 거들어주려고 출장을 나온 가짜 박사 한이, 그리고 신설 기획사의 13개 부서를 이끄는 팀장들이 스티븐의 뒤쪽으로 물러나 철의자에 줄지어 앉았다. 건물 내부에는 무대 뒤쪽 하얀 벽에 페인트로 거대한 소나무를 그려 넣은 황송 국기, 그리고 국기의 양쪽으로 제갈호공 사장의 인생관을 반영하는 '파란만장한 인생을 쾌도난마하자'와 좌우명 '사람 팔자 웃고 넘어가자'를 현수막으로 만들어 걸었을 뿐, 아무런 장식도 없었다.

어제 1700시 국회의원 후보 등록이 끝나고 공식으로 선거전이 개시되는 9월 29일 오늘 아침부터, 기획사가 관리하는 정치업자 3백 명의 유세를 현장에서 지원하려고 출동해야 하는 운동원들 가운데 절반은 자원봉사자였고, 나머지 절반은 비정규직이었다. 언젠가는 연예인이나 정치업자가 되기를 간절히 꿈꾸는 그들은 기획사를 직장이 아니라 무료 훈련장쯤으로 간주했으며, 오늘부터 그들은 연기자로서 또는 정치업자의 보조원으로서 생생한 경험을 쌓을 작정이었다. 그것은 보수를 요구하기는커녕 오히려 학원비를 내면서라도 얻어야 하는 소중한 체험이었다.

그리고 스티븐은 이들 1개 연대 규모의 막강한 병력을 이끌어가는 '대표'였다.

"그러니까 여러분은 새로운 시대를 우렁차게 건설하는 업적에 힘차게 이바지하려면, 분골쇄신을 마다하지 않아야 합니다."

스티븐 리 대표의 감동적인 격려사가 계속되었다.

아직은 연설이 서툴러 손을 치켜 올리는 동작이 말끝과 조금씩 어긋나기는 했어도, 이제 그는 성공가도를 달릴 자신이 만만했다. 비록 오매불망 원하던 연예인으로의 탄생에 성공하지는 못했을지언정, 그는 연예인을 대량으로 생산하는 지도자의 자리에 당당히 등극한 몸이었다.

스티븐은 일찍이 남들로부터 '댄스의 신동'이니 '뽕짝의 달인'이니 하는 흔하디 흔한 찬사를 한 번도 들어본 적이 없었음에도 불구하고, 두 살 때부터 자신이 인기연예의 신동임을 스스로 굳게 믿었다. 그래서 스티븐은 그가 예술적 신동이라는 진실을 만천하에 떨치려는 굳건한 마음으로, 세 살이 되자 다니지도 않던 초등학교를 자퇴하고, 아역 모델이나 배우가 되겠다는 청운의 꿈을 좇아 여섯 살에 가출을 감행했다. 그는 부모가 지어준 촌스러운 한글 이름 이수만(李數萬)을 즉각 과감하게 버리고 스티븐 리(Stephen Lee)라고 영어 예명을 만들어 가슴에 이름표를 달고는, 인기 최고의 연예인이 되어 수많은 여고생들에게 '스타킹'을 당하게 될 날만 손꼽아 기다리며 길거리 캐스팅 요원과 연예기획사를 부지런히 찾아다녔지만, 기본적인 교육과 연기력이 부족하다는 이유로 찬밥만 얻어먹고는 아무런 예술 활동의 기회도 제공받지 못했다.

생계 해결이 막막했던 그는, 미망인 가수 지망생이 운영하는 족발집에서 심부름을 하는 틈틈이, 족발 단골이었던 깍두기 돌쇠 형님의 소개로 신세계파 지역 조폭 돌격대의 각목 운반책을 겸업했다. 술집이나 호텔의 영업권을 놓고 길거리에서 패싸움이 벌어질 때마다 각목을 운반하는 심부름을 도맡아 하는 사이에 그는, 예술인이 되겠다는 포부가 얼른 실현되지를 않자, 연예인 다음으로 청소년들 사이에서 선망의 대상인 조폭으로라도 출세하려는 새로운 청운의 꿈을 품었지만, 얼굴이 계집아이처럼 생긴데다가 다리가 너무 짧아 패싸움 현장에서 도망치기에 불리하다는 신체적 여건 때문에 아예 면접에서 불합격되어 조폭계 진출의 야망조차도 뜻대로 이루지 못했다.

열두 살이 된 그는 족발 미망인의 기둥서방으로 헌신하던 털보 돌쇠를 따라 정북진 검술도장에 놀러갔다가 우연히 제갈호공의 눈에 들어 청소 담당으로 취직이 되었다. 스티븐은 여기에서 2년이 넘게 눈썰미로 검도를 익혀 어린 나이에 사범의 자리에 오르기는 했지만, 이번에는 그의 미모에 끌린 남자들이 동성애를 하자며 하나 둘 꼬여들어 여간 성가신 일이 아니었다. 그리하여 검도 사범으로도 장래성이 시원치 않아 보이자 그는 푼돈이 모이는 대로 칠성 연예기획사에 갖다 바치며 연예인으로 성공하려는 불을 새로 지피기 시작했다.

사춘기를 거치며 그는 얼굴이 곱게 피어나, 계집애처럼 가느다란 코와 꼬리치는 눈초리, 그리고 발그레한 입술로 당장이라도 유명한 꽃미남 배우가 될 듯 말 듯 싶기는 했지만, 부지하세월 나이만 차곡차곡 먹어갈 뿐 아무도 그를 주연 배우를 맡아 달라며 시원스럽게 불러주지를 않았다. 열여덟 살이 된 그는 남성 연기자와는 달리 여성 연예인은 연기력이나 재능이 없더라도 술접대와 성상납만 잘 하면 텔레비전에 한 번쯤은 얼굴을 내밀 기회를 얻기가 쉽다는 소문을 듣고 급기야는 성전환 수술비를 마련해야 되겠다는 원대한 계획을 세웠다.

이처럼 파란만장한 예술가의 삶을 살아오던 끝에 스티븐은, 무명 코미디언이 유행어 한 마디로 성공하여 벼락출세를 하듯이, '뿔난당'이라는 단어 하나가 머리에 불쑥 떠오르는 바람에 인생이 통째로 뒤집혀, 한정산 작명사업부의 총책으로 발탁되어 성공의 가도 한가운데로 들어섰고, 지금 이 자리에서는 한재산 연예기획사 대표로서 감개무량한 마음으로 그의 군사 3천을 호령했다.

"그리하여 오늘부터 우리는 사회를 개량하고 세상을 혁파하는 노력 최전선에 나가 창궐하는 역사를 용맹하게 개척하는 투쟁의 앞장을 서야 하는 것입니다, 여러분!"

전혀 생각조차 하지 않았던 한정산의 이사직으로 발령이 났을 때 스티븐 리는 이사가 무엇을 하는 자리인지, 그리고 그가 어떤 업무를 수행해야 하는지 오리무중 알지를 못했었는데, 기획사 대표로 임명되었을 때도 마찬가지여서, 그는 자신이 정진해야 할 일이 무엇인지를 파악하기가 여간 힘들었다. 도대체 연예인 훈련 및 육성이 어째서 정치 사업과 연관이 되는지를 알 길이 없어서였다. 그가 기껏 상상해낸 연예와 정치의 역학관계는 유력 정치인들에게 연예인 접대부를 조달하는 채홍사(採紅使)의 역할이 고작이었다. 제갈호공 사장도 같은 생각이었다.

하지만 이번에도 김모시가 작고한 한재산의 심중을 정확하게 꿰뚫어 보여주었다.

"회장님께서 정치 사업 지침서에 '연예기획사 설립' 항목을 포함한 이유는 정치꾼들에게 연예인의 연기력이 필요하다고 선견지명하셨기 때문입니다. 그 이유를 정말 모르시겠나요?"

김모시로부터 누누한 설명을 듣기 전까지는 기획사 업무의 파악이 무척 서툴렀었다 하더라도, 스티븐은 자신의 앞날과 기획사의 미래에 대해서 추호도 걱정하지 않았다. 아무리 노력 끝에 성공이라지만, 모로 가도 서울만 가면 그만이고, 대표는 실무를 잘 모르더라도 아랫것들이 다 알아서 해결할 테니, 진두지휘만 열심히 하면 그만이었다.

"그렇지 않습니까, 여러분!"

스티븐 리가 힘차게 소리쳤다.

여섯 　유세

총선 후보들의 자질과 기획사 직원들의 업무 능력을 함께 평가하는 채점표를 한 장씩 손에 들고, 기획사 대표 스티븐 리와 가짜 명품 학력의 하니는 서울 제1구 선거관리 위원회에서 제작한 포스터를 다닥다닥 붙여놓은 담벼락으로 물러나 나란히 서서, 발전한국당의 이해삼(李偕衫) 후보가 노량진 수산시장에서 어색하게 아기를 안아주는 모습을 주의 깊게 관전했다. 선거 때가 아니면 평생 한 번도 발길을 하지 않던 장바닥에서, 선거 때가 아니면 평생 한 번도 안아주지 않던 아기를 엉거주춤 안아 올린 이해삼 후보는, 연습이 아직도 많이 부족해서 대단히 어색하고 매우 불안해 보였다. 두 사람은 동행한 비정규직 선전원이 옆에서 수첩에 기록하는 내용을 재빨리 훔쳐보고는, 그들의 채점표에다 '아기 안아주기 추가 과외수업 필요'라고 적어 넣었다.

이 후보가 난생 처음으로 안아준 아기는 두 살짜리 딸을 연예인으로 출세시키려는 어머니의 위탁을 받아 아무한테나 예쁘게 안기는 훈련을 시켜 기획사가 배출한 인물이었고, 다음 장면에서 함지박을 앞에 놓고 기다리다가 이 후보와 우연히 만나 대화를 나눌 예정인 생선 장수 아주머니는 호감을 주는 얼굴을 기준으로 삼아 장바닥에서 길거리 캐스팅으로 선발하여 훈련시킨 50대 중반의 가락시장 여성으로서, 역시 기획사 1기 졸업생이었다. 기자들이 느닷없이 나타날 만한 자리에는 이렇게 사진발을 잘 받는 아기와 아주머니 그리고 선거 운동원 역을 맡은 청춘 배우들을 전략적인 위치에 유기적으로 배치했는데, 그들은 하나같이 기획사가 수강료를 받고 속성과정 연기를 가르친 인력이었다.

스티븐 리는 이번 총선에서 그의 기획사가 유세를 도와주기로 한 후보들에게는, 비정규직 전문가들의 소견을 수렴하여, 아기를 안지 말라고 권했었다. 남의 숙제를 베껴대는 아이들처럼 미국의 어떤 옛날 대통령 후보가 길바닥에서 아기를 안아주는 모습이 참으로 멋지다고 생각해서 너도나도 지하철이나 놀이터에서 엉거주춤 불편하게 아기를 안아주면, 창의력도 없어 보이는데다가 위선적인 몸짓이 지나치게 빤해서 오히려 인상만 나빠진다는 설명을 비정규 전문직 운동원에게서 경청한 그대로 스티븐이 아무리 열심히 반복했어도, 이해삼 후보는 막무가내로 아기를 안겠다고 고집했었다. 자신이 가정적이고 시민들과 '프렌들리'하다는 인상을 주고 싶다는 정치적 열망 때문이었다.

이해삼 후보의 경우에는 "굳은 표정을 훨씬 더 온화하게 다듬어야 한다"는 비정규직 운동원의 견해를 스티븐 리가 표절하여 조언하고, 극성 어머니에게는 "아기의 분장이 지나치게 짙으니까 두 꺼풀만 벗 기라"고 하니가 일러준 다음, 두 사람은 0900시에 새나라공화당 김 대절(金大竊) 후보가 전철역 지하도 입구에서 돗자리를 깔아놓고 지 나가는 유권자들에게 큰절을 올리는 홍번동으로 이동했다.

김대절은 어제 저녁 같은 당의 후보 6명과 함께 기획사 연기 지도 실에서 한국의 지리산 청학동 예절학교 훈장을 특별 강사로 초빙하 여 전통 큰절을 다섯 시간이나 연습했는데, 지금 김 후보가 하는 큰 절은, 비정규직 운동원의 눈을 통해 스티븐 리가 보기에도, 어쩐지 태도가 성실해 보이지를 않았다. 그래서 스티븐 리가 김대절을 골목 으로 불러내어 "아무래도 큰절에 성의가 없어 보인다"고 지적했더 니, 김 후보자가 화를 벌컥 냈다.

"내가 당선만 되었다 하면 장관이고 국무총리고 나발이고 아무나 청문회에 붙잡아다 앉혀놓고 반말과 막말로 호령호령할 몸인데, 생 전 한 번도 본 적이 없는 년놈들에게 내가 왜 비굴하게 큰절을 해야 하는 거야?"

옆에서 듣고 있던 하니가 옆으로 나서더니 김대절 후보에게 그의 표정에서 못된 심보를 감춰야 하는 절실한 필요성을 정성껏 재설득 했다.

"이렉션에서 썩세스만 해브 예스했다 하면 남대문 게이트만 한 골 드 뱃지 체스트에 핀하고, 국민이 가번먼에 갖다 바친 블러드 택스 혈세로 와이프 컴온 투게더하여 투엘브 나잇 포틴 데이 해외 사이트

씽 골프도 하고, 면책 특권에 쌔트라 스페셜 프리빌리지 베리 머치 엔조이하고, 페이의 950퍼센 수당을 테이크하고, 오피스 리타이어 한 애프터에도 의원동지회 커미티로부터 애브리 먼스 투 밀리언 품위유지비 프레젠트 받고, 얼마나 해피한 타임 그렇게 매니매니할 텐데, 그럴려면 이런 정도의 트러블은 오 마이 갓 오케 쌩큐하셔야죠."

멋진 영어로 설명을 들은 다음에야 마음이 조금쯤 수그러든 김대절에게 스티븐은 비정규직 전문가가 제시한 추가 권고안을 내놓았다. 권력의 부스러기를 길바닥에서 비굴하게 구걸하는 사람답게, 돗자리를 아예 치워버리고, 정치업자가 맨땅에 엎드려 절하면서 바지 무르팍에 흙을 조금 묻히고 알랑거리는 미소를 지어야 어리석은 유권자들이 "공무원과 국회의원이 진짜로 국민의 머슴이요 종복이로구나" 착각하여 우쭐한 기분에 빠져 흔쾌히 표를 찍어주지 않겠느냐는 스티븐의 거침없는 의견에 김 후보는 "이왕이면 가장 불쌍해 보이는 흙을 인터넷 쇼핑몰에 택배로 주문하여 두 무릎에 더덕더덕 바르겠다"고 약속했다.

독재가 무너졌으니 이제 곧 새로운 해방의 시대가 도래하리라고 사람들이 그러더군요. 그런데 앞으로 찾아올 새로운 시대는 과연 지금보다 좋은 세상이 될까요, 아니면 더 나쁜 세상일까요?

많은 사람들이 지금 새로운 세상을 맞으려고 기다립니다. 앞으로 어떤 세상이 찾아오려는지 초조해하면서 말입니다. 지금과 비슷한 세상, 또는 지금보다도 나쁜 세상을 맞으려면 그렇게 멀거니 서서 무작정 기다려도 좋습니다. 하지만 보다 좋은 세상에서 정말로 살고 싶다면 우린 무작정 기다리기만 해서는 안 됩니다. 좋은 세상은 저절로 찾아오지를 않습니다. 그것은 우리들이 이제부터 피땀을 흘려가며 만들고 평화로운 혁명으로 이룩해야 하는 세상입니다.

여태까지는 목소리가 큰 폭력적인 사람들이 세상을 만들어 왔습니다. 목소리가 큰 사람이 이기는 세상이 계속된 이유는 곤봉과 각목과 깃발과 죽창이 "원천 봉쇄!"라거나 "박살내자!"라고 한껏 외쳐 시끄러워야만 아픈 마음이 만인에게 전달된다고 모두가 굳게 믿었기 때문이었습니다. 하지만 그렇게 강제적으로 전해지는 마음은 시끄러운 집단적인 마음뿐입니다. 정답고 개인적인 목소리는 결코 고함소리가 아닙니다.

세상에는 나쁜 사람보다 좋은 사람이 더 많듯이, 목소리가 큰 사람보다는 목소리가 작은 사람이 더 많습니다. 그런데도 목소리가 큰 사람이 늘 소기하는 뜻을 챙기는 까닭은 목소리가 작은 사람이 좀처럼 소리를 내지 않기 때문입니다. 그러니까 시끄럽지 않고 평화로운 세상을 만들려면 목소리가 작은 사람들이 조용하고 차분한 목소리를 내기 시작해야 합니다.

우리 세상이 구석구석 썩지 않은 곳이 없고, 우리들이 밟고 살아가는 나라가 악취로 진동한다고 수많은 사람들이 느끼는 까닭은 은은한 향기를 지독한 악취가 압도하기 때문입니다.

며칠 전에 대화역에서 지하철을 탔더니, 옆에 앉은 노인에게서 상쾌한 향기가 나더군요. "늙은이가 혼자 기거하는 방에서 난다고 하는 송장 썩는 냄새"하고는 거리가 먼 향기였습니다. 이제는 노인들도 몸을 가꾸고 향수를 뿌리는 시대이기 때문이리라고 큰우산은 생각했습니다.

평화롭고 아름다운 세상을 만들려면 우리 모두 작은 목소리를 내고, 은은한 향기도 내야 합니다. 시끄럽고 더러운 시대가 오기를 가만히 서서 기다릴 일이 아니라, 우리들이 나서서 조용한 향기가 나는 즐거운 세상을 만들어야 합니다.

젊음은 자유와 혁명을 흙탕 정치에서만 찾지 말고, 인간과 감성에서도 찾으려고 노력해야 합니다. 우리는 저마다 나 혼자서 나 자신을 위해 정성으로 창조하고 건설하는 혁명을 해야 합니다. 떼를 지어 몰려다니는 타인들의 집단적인 목소리에 휩쓸리고 끼어들어 자신의 존재를 잃어버리는 그런 행동이 아니라, 창조하고 성장하는 혁명의 길은 과거로 굽어들지 않고 미래로 펼쳐집니다. 과거를 증오하며 파괴하는 혁명은 미래를 건설하는 발전이 아닙니다.

큰우산 운동본부 일동

여덟 888

　　신신신신민주당 후보 3명의 합동 정견 발표회 도중에 긴급하게 연락을 받고 두 사람이 즉시 북대문 공설운동장을 출발한 시간이 12시 20분이었으므로,　오후 1시에 꽃동네 노인정까지 가려면 꼼짝없이 점심을 걸러야 할 처지였지만,　가짜 정치학 박사 하니는 전혀 개의치 않았다.　상여처럼 예쁘게 히피족 꽃그림으로 장식한 소형차 마지노에 그녀를 태우고 지금 나도형(羅道衡) 후보의 선거본부로 달려가는 한재산 연예기획사 대표 스티븐 리를 하니가 888번째 명품 남자로 수집한 지가 겨우 나흘밖에 되지 않았기 때문이었다.　앞으로 적어도 며칠 동안은 스티븐이 그냥 곁에 있기만 하면,　어디를 가건 또는 무엇을 하건,　그녀는 무작정 행복할 예정이었다.

　　하니가 한정산의 유세작전 연석회의에서 처음 만난 꽃미남 스티븐은 여자처럼 예쁜 마스카라를 달고,　립스틱을 짙게 바르고,　방울이 달린 털실 모자를 쓰고,　빨간 헝겊 꽃신을 신어서,　한눈에 봐도 예사롭지 않은 인물의 모습이었다.　"여자란 모름지기 강인해야 하고 남자는 모름지기 예뻐야 한다는 인생관을 충실하게 지켜나간다"고 제갈호공 사장이 그녀에게 소개한 스티븐의 특이하고도 빼어난 미모를 보고 하니는 즉석에서 반해버렸지만,　선거 업무가 워낙 많고 바빠 시간에 쫓기느라고 그를 명품으로 접수할 틈이 처음에는 좀처럼 나지를 않았다.

　　"온 세상이 내 품안에서 논다"고 늘 자만하던 하니로서는,　생나무에서 곶감이 저절로 무르익어 떨어지기를 입을 벌리고 기다리는 사람처럼 무한정 기회만 엿볼 정신적인 여유가 넉넉하지를 않았고, 그래서 답답해진 하니 박사는 지난 금요일 오전 8시에 마침내 짬을 내어 스티븐에게 "우리 잠깐 땡땡이치자"고 제안하여, 아직 문을 열지 않은 역촌동 놀이공원으로 함께 가서는 쌍용열차를 탔다.

기계 바퀴에 실려 하늘로 높이 올라가는 사이에 스티븐은 그가 살아온 생애를 간단히 압축해서 그녀에게 재빨리 들려주었다. 그는 남성 연예인으로 성공하기가 퍽 어렵다는 판단에 따라 성전환 수술을 결심한 직후 어느 날 여자로 변장하고는, 새 출발을 하려고 칠성 연예기획사를 그만두고 스티브나 리(Stephena Lee)라는 예명을 뿡가슴에 달고 곧장 초승달 기획사로 찾아가 적을 옮겼다고 했다. 그는 완벽한 텔레비전용 여성이 되려면, 워낙 짧은 두 다리야 어쩔 도리가 없었지만, 사진발을 잘 받도록 얼굴 전체의 크기를 절반으로 깎아내고 이목구비도 마구 뜯어고쳐야 되겠다고 판단하여, 성형수술비를 듬뿍 내놓을 만큼 돈이 많은 후원자들에게 술 접대를 할 자리를 자주 마련해 달라고 기획사 대표에게 신신당부했다. 하지만 밤에 술 접대를 받는 남자들은 하나같이 2차 장소로 이동하여 성상납에 응하기를 요구했고, 그것만은 사정상 끝내 거절하던 여장 꽃미남은 결국 여덟 번째 술자리에서 그녀를 강간하려고 옷을 벗기던 가짜 신문사 사장에게 음경이 발각되어 기획사로부터 여성으로서의 자격에 미달한다는 이유로 제명을 당하고 연예인으로 출세하겠다는 꿈을 다시 한 번 접어야 했다.

여성적 남성인 스티븐의 입에서 노출된 음경에 대한 남성적 언급을 듣고 하니는 시도 때도 가리지 않고 갑자기 엄청난 성욕을 느껴, 높은 하늘에 뜬 딱딱한 의자에 앉은 채로 그를 즉석에서 수집한 다음, 그에게 말미잘처럼 아름다운 '꽃다발'이라는 별명까지 지어주었다.

하니가 888번 짝 스티븐과 동행하여 지금 찾아가는 청산당 후보 나도형을 두 사람은 한 번도 직접 만난 적이 없었다. 그래서 신원파악을 하려고 하니가 선거 포스터를 꺼내 거기에 확대된 사진으로 잠시 확인했더니, 나도형 또한 퍽 여성적인 미남이었다. 하지만 하니는 여성적인 꽃미남은 당분간 스티븐만으로도 부족할 바가 없었던 터여서, 나 후보를 889번째 남자로 수집해야 할지 어쩔지는 오늘의 면담을 일단 거친 다음에 결정하기로 했다.

20대 후반의 방송사 출신인 나도형 후보는 행동이 대단히 빠르고, 특히 머리의 천부적인 회전속도가 가히 초음속이라는 소문이 자자했다. 선거 때가 아니면 평소에 단 한 번도 찾아간 적이 없는 노인정을 나도형이, 수많은 취재기자들이 지켜보는 가운데, 오늘 오후 1시에 난생 처음 방문해야 하는 정치적인 배경 역시 그가 머리를 지나치게 빨리 돌리다가 뜻밖의 사고를 일으켰기 때문이었다.

아홉 고려장

충무로에 사글세로 차린 나도형의 선거 사무실에 하니와 스티븐이 도착해서 보니, 나 후보는 자신이 저지른 실수에 대한 죄책감이나 후회보다는 얼굴도 모르는 고령자들을 찾아가 큰절을 해야 한다는 부담감 때문에 속이 언짢아서 한쪽 구석에 홀로 앉아 분을 삭이기도 힘이 겨워서, 그를 도와주러 한재산 연예기획사로부터 서둘러 달려온 두 사람에게는 말조차 대꾸하려고 들지를 않았다. 노인들을 비하했던 발언을 철회하려고 나도형이 사죄하러 꽃동네로 가게 된 사연이 어떤 자초지종인지를 하니와 스티븐에게 설명해 준 사람은 후보가 일당으로 고용한 운동원들과 함께 사무실에서 초조히 기다리던 전문직 파견 보조원이었다.

나 후보는 두 주일 전 황송 기독교 청년단 집회에서 찬조 연설을 했는데, 그날의 연설 내용이 시민들 속에 섞여서 잠복 취재 중이던 기자에게 걸려 방송을 통해 알려지면서 신신민주공화당으로부터 사전 선거운동 혐의로 고발을 당해 입장이 사뭇 난처해졌다. 그는 연설 도중에 "바람직한 지도자의 모습은 보이지 않고 소인배들의 계략만 난무하는 현 정치 풍토"를 성토하다가 "늙은 정치가들의 추악한 모습에 치가 떨린다"면서 "내가 국회의원이 되면 정치인 정년 퇴직제를 입법하겠다"고 기발한 공약을 내걸었다. 거기까지는 아무런 문제가 되지 않았다.

대부분의 집회 참석자가 청년층이라는 사실을 재빨리 감지한 나 후보는 내친 김에 한 술 더 뜨느라고 "청소년층의 적극적인 정치 활동을 독려하기 위해 4살부터 투표권을 주겠다"고 밝히고는, 갑자기 대본에도 없는 고려장의 부활도 진지하게 고려해 보겠다고 덤으로 약속했다.

"60대 노인들은 집에서 할 일이 없으니까 공짜로 지하철이나 타고 하루 종일 쓸데없이 온천장이나 찾아 돌아다니며 자리를 모조리 차지하고 늘어앉아, 황송의 미래를 짊어지고 나갈 젊은이들이 당당하게 차비를 내고도 무럭무럭 자라야 할 시기에 아픈 다리로 서서 장거리 여행을 하느라고 피로감을 느끼게 만드는 잉여 시민들이어서, 아예 쉰 살이 넘으면 투표권을 박탈하여 국가 경영에 참여하지 못하게 만들고, 인생의 정년 퇴직제를 입안하여 고려장을 부활시켜서 국민의 노령화도 덩달아 미연에 방지하겠다"는 요지였다.

이왕 지하철 애기가 나온 김에 그는 "집보다 냉방이 잘 되었다는 단순한 이유로 하루 종일 지하철에 앉아 허송세월을 직업으로 삼는 남녀 노년에게 경로석까지 따로 떼어주었더니 이제는 일반석까지 모두 기득권을 주장하며 피곤해서 지쳐 잠든 청소년들을 실눈으로 흘기지를 않나, 다리를 꼬고 앉았다며 잔소리를 하지 않나"라는 성토를 계속했다.

그러나 "버스 정류장의 안내판 글씨가 너무 작아 보이지 않는다고 불평이나 늘어놓는 꾀죄죄한" 노인 계층을 가장 분노하게 만든 대목은 집회가 끝난 다음 기독 청년단 간부들과 떡볶이 식사를 하면서 나도형이 안전한 사석이라고 판단하고는 마음 놓고 농담으로 던진 헛말이었다.

50대 후반인 어떤 간부가 "고려장의 부활은 그래도 좀 심하지 않느냐"고 완곡하게 따졌더니 나 후보는 "그렇다면 고려장을 시행하는 대신, 아무것도 생산을 못하고 소비력도 미미해서 세금만 축내는 소모적 인구를 적극적으로 활용하기 위해, 환갑을 넘긴 노인들에게 종신 군 복무를 부역하게 만들고, 대신 젊은이들에게는 병역을 면제하여 산업전선에서 왕성하게 활동하도록 도와주어 국가 경쟁력과 생산성을 높이는 방안을 연구하겠다"고 재치가 넘치는 약속을 했다.

그리고는 지나가는 말로 나도형이 "쉰 살이 넘으면 아침에 서지도 않는 무용지물 인생"이라고 약간 과격한 표현을 썼는데, 40이나 연하인 서른두 살의 처녀를 네 번째 아내로 맞아 얼마 전에 득남한 72세의 원로화가를 비롯하여 집회에 지역 유지로 초대된 몇몇 혈기왕성한 노인들이 바람결에 그 말을 듣고는 순식간에 발끈했다. 그리고는 문제의 현장을 휴대전화로 녹화한 장면이 텔레비전에 유출되어 뉴스로 공개되자, "신발주머니처럼 젖가슴이 늘어진 할머님들"이라는 노인성 성추행 표현을 문제로 삼은 여성 노년층을 위시하여, 전국 방방곡곡 노인들이 들끓고 일어나는 바람에 여론이 극도로 악화되어, 나도형은 본격적인 유세를 시작하기도 전에 정치 생명이 끝날지도 모른다는 절체 절명의 위기를 맞았다.

급기야 오늘 오후 2시에는 꽃동네 노인정에서 황송 노인연합회 회장단이 나도형을 공식적으로 '패륜아'라고 규탄하는 선언서를 낭독할 예정이라는 기사까지 신문에 실렸고, 나도형 후보를 담당한 기획사 운동원은, 운동권 대학생으로서의 해박한 정치력을 발휘하여, 1시에 노인정으로 회장단을 미리 찾아가 사죄의 큰절을 올리도록 하라고 권고하기에 이르렀다. 아무리 입으로 사람을 살리고 죽이는 정치판이라고는 하지만, 기자들을 잔뜩 불러 구경을 시키면서 나도형이 늙은이들한테 청학동 큰절을 한 번만 올리면, 언론을 통해 감동적이고 극적인 효도 장면을 지켜보게 될 심약한 중장년층 유권자들은 연민이 발동을 일으켜서, 엎드려 회개하는 후보를 동정하는 방향으로 정서적인 여론이 되돌아서리라는 대중심리학적 계산에 따라서였다.

연예사 측의 짤막한 추가 설득이 끝나고 나도형과 그의 추종자들을 태운 여섯 대의 차량 행렬이 꽃동네 노인정을 향해 충무로 사무실을 출발했다. 그들의 꽁무니에 붙어 히피 꽃그림으로 장식한 스티븐의 마지노를 타고 뒤따라 이동하던 하니는, 복채시장 점쟁이 골목을 지날 무렵, 문득 그녀가 열두 살이었을 때 어머니 아랑도사가 했던 예언이 생각났다. "네가 세상에서 최고"라거나 "너는 대한민국에서 제일 예쁜 공주님"이라며 딸의 명품적 의식을 고취시키던 아랑도사는 "장차 너는 틀림없이 대통령의 부인이 되리라"는 말을 자주 했었다. 그리고 실제로 아랑도사는 통치자의 영부인이 되려면 정치인들의 생태와 행태를 잘 알아야 한다며 아리랑 동양철학원 예언실에 걸어놓은 달마도의 두 눈에 구멍을 뚫어놓고 어린 딸이 옆방에서 수많은 정치인 고객들을 체험적으로 관찰하도록 도와주기까지 했다.

하니는 어머니의 예언을 받들어 나도형을 명품 남자 889호로 수집해야 되겠다고 불현듯 작정했다. 나 후보가 언젠가는 틀림없이 대권에 도전하리라는 전망이 요즈음 증권가 헛소문에 걸핏하면 오르내리기 때문이었다. 나도형이 정말로 대통령의 자리에 오르는 경우, 비록 아내가 이미 있는 몸이어서 하니가 안주인의 자리를 차지하기는 어렵겠지만, 미래의 대통령이라면 어쨌든 명품으로서 수집할 가치는 분명히 충분했다.

열   후보자들

1300시. 꽃동네 노인정에서 나도형의 큰절 행사를 끝낸 스티븐 리와 하니 박사는 제 2구의 복작시장으로 이동했다. 활동비 인상 전문 구의원 출신인 노들평화당의 위선심(圍善心) 후보는, 그가 소외 계층을 대변하는 정치인임을 만천하에 공개적으로 입증할 목적으로, 선거 때가 아니면 평생 한 번도 들어간 적이 없는 재래시장의 국밥집에서 오늘 하루만이라도 점심식사를 할 계획이었다. 위 후보는 다른 후보들이 사실은 전혀 사회적인 약자가 아니면서 너도나도 "약자의 편에 서서 싸우는 일꾼"임을 자처하는가 하면, "서민 살림부터 챙겨 살려 내겠다"거나 "나는 늘 서민의 곁을 지켜온 사람"이라거나 "서민층을 주인처럼 모시겠다"고 밥을 먹듯이 걸핏하면 거짓말로 속여 표를 긁어모으려는 속셈이 괘씸해서, "그렇다면 나도 서민들과 밥을 같이 먹겠다"고 자청했었다.

스티븐과 하니가 채점을 하러 복작시장으로 가서 담당 운동원에게 확인해 보니, 예상했던 대로 위선심 후보가 기획사의 지시를 성실히 따르지 않아서 저지른 감점 사항이 한두 가지가 아니었다. 유흥가와 야간업소와 숙박지대에서 인신매매 도매업으로 한때 크게 융성했던 가문의 영광스러운 자손으로서 호의호식 호강하며 70평생을 살아온 위 후보로서는 가난한 서민을 시늉하기가 아무래도 무리였기 때문이었다.

기획사에서는 싸구려 국밥집으로 들어가는 길에 골목 어귀에서 비극적인 인상의 할머니가 파는 산낙지를 위선심이 손으로 집어 들며 "세상살이가 어떠냐?"고 물어보도록 각본을 짜놓았지만, 후보는 더럽고 미끈거리는 낙지를 건드리기가 싫다면서, 당선 후에 보좌관으로 쓰겠다고 약속한 50대 동네 후배한테 해당 연기를 대신 시켰다. 주변에서 구경하던 행인들은 벌써 이때부터 못마땅한 얼굴로 수군거리기 시작했다는 운동원의 보고였다.

식당으로 들어간 다음에는 위선심이 다짜고짜 욕쟁이 국밥아줌마와 반갑게 악수를 나누도록 밀약해 놓았지만, 더러운 물에 젖은 아줌마의 손을 보고 위 후보는 보좌관 후보 제 2번 청년 당원더러 대신 악수를 하라고 시켰다. 식사하는 시민들에게 사진이 박힌 명함을 후보자 대신 돌린 사람은 3번 예비 보좌관이었다. 그리고 구정물처럼 지저분하게 느껴져 위선심이 손도 대지 못한 뚝배기 국밥은 4번 보좌관이 대신 먹었다.

1400시. 오후로 접어들어 시간이 흐를수록 한재산 연예기획사 사람들이 점점 더 바빠졌다.

인신매매업에 종사하던 조상들로부터 결벽증을 유전으로 물려받은 위선심 후보와 그를 관리하는 담당 운동원 대학생으로부터 의뢰인이 바로잡아야 할 결점 몇 가지를 경청한 다음, 스티븐과 하니는 제 2구의 증권가를 여기저기 그물처럼 누비고 돌아다니며 유세중인 여러 경쟁집단의 후보들을 일일이 점검했다. 그들이 관리하는 고객들 가운데 무작정 큰 소리만 질러대면 그것이 곧 웅변이라고 목청학원에서 잘못 배워 아침 내내 고함을 질러대다 목소리에 곰팡이가 피어 쉬어버리고 목구멍이 터진 후보들의 목젖에 옥도정기를 발라주고, 늙은 나이에 청소년 운동원들과 어울려 젊은 춤을 춘답시고 무대 위로 올라가 딴따라 율동을 하며 두 손으로 배 젓는 흉내를 내고 구호를 외치는 염치불구 후보들에게는 고상한 고전무용을 가르쳐주고, 시민들이 콧방귀도 뀌지 않고 못 들은 체 그냥 지나가서 허공에 대고 허무한 연설을 하는 후보자들에게는 기획사에서 훈련시킨 박수부대와 청중을 급파하여 열광적인 반응을 조작하고, "모조리 죽여 박살내자"며 험악한 유세 주제가를 부르는 진보적인 후보에게는 즉석 언어순화 교육을 시키고, 행인들의 시선을 효과적으로 끌기 위해 시간차를 두고 적재적소에 가짜 배우와 성전환 가짜 여성과 벙어리 가수를 찬조 연설자로 동원하고, 후보자가 무릎을 꿇고 발을 씻어줄 노인과 장애인을 갑자기 모집하여 여러 마을로 파견하고, 당선되면 이러저러한 부탁을 들어달라며 유세차로 찾아온 한심하고 초

라한 유권자들이 내미는 소원수리 쪽지와 편지를 남김없이 수집하여 분리배출 쓰레기통에 실시간으로 갖다 버렸다.

1500시. 제갈호공 사장으로부터 스티븐 리에게 긴급한 전화가 걸려왔다.

"모든 경쟁 후보의 뒷조사를 해서 한 방에 보내겠다"는 공약을 우렁차게 내세운 '네거티브의 원조' 정동준과 떼부자당의 부당수 정몽영과 거지당(乞志黨)의 정준용은 셋 다 한재산 기획사가 관리하는 3정(鄭) 후보들이었다. 그런데 그들 세 사람이 0900시를 전후하여 제4구의 복음교회에 차례로 나타나 함께 예배를 보고는, 30분 후에 다시 불교인 궁술대회장에서 우연히 함께 나타나 나란히 경기를 참관했으며, 그리고는 다시 40분 후에 성모성당에서 함께 미사를 드리는가 했더니, 천태종 포교당 오찬에도 나란히 참석한 현장이 신생 인터넷 방송에 포착되어, "신념도 없고, 종교도 없고, 지조도 없고, 자존심도 없는 정치꾼들"이라고 맹비난을 받았다는 연락이었다.

이름과 얼굴을 남보다 조금이라도 더 널리 알려 지역사회를 대표하는 인물로 선택을 받겠다는 야무진 욕심을 워낙 긍정적으로 부리다 보니 사람들이 모이는 곳이라면 정치업자들은 목욕탕과, 도박장과, 등산로와, 낚시 버스와, 친목회와, 투견장과, PC방 등등을 두루 찾아다녀야 하고, 그래서 기획사와 상의도 하지 않고 세 후보가 제멋대로 몰려다닌 결과로 발생한 불상사였다.

1520시. 정동준·정몽영·정준용 3정씨의 우발적 동행이 재발하지 않도록 대책을 미처 마련하기도 전에 제갈 사장이 다시 전화를 걸어왔다. 제3구 27선거구의 어느 후보가 야구장으로 들어가 운동장을 한 바퀴 돌면서 관중에게 손을 흔들어대는 바람에 경기가 중단되었고, 흥분한 관중들로부터 후보에게 물병과 소주병이 날아드는 추

254

태가 연출되었다는 소식이었다.

1540시. 전화가 또 걸려왔다. 능구렁 엽기 영화제가 개최된 제1구 국립극장에서 한참 시상식이 진행 중일 때 어느 후보가 거들먹거리며 무대로 올라가 연기자들과 악수를 강요했지만, 무협영화 배우가 "남들의 축제에 꼴도 보기 싫은 정치꾼이 왜 나타나서 훼방이냐"면서 주먹을 휘둘러 코뼈를 주저앉혀 놓았다는 연락이었다.

1610시. 제3구 정북진 초등학교에서 열린 학예회에 참석한 부모들과 친절하게 악수를 나누겠다며 강당으로 들어가려던 막무가당의 오랑해 후보가 교감에게 제지당하자, "내가 당선만 되면 이놈의 학교는 폐교시키겠다"고 행패를 부리다가 긴급 출동한 전투경찰에게 연행되었다.

열하나 유령

"한 회장님께서 붕어하시지 않고 아직 살아계셔서, 당신의 이름으로 지금까지 여러분이 이룩해 놓은 업적을 몸소 둘러보셨다면, 매우 감동적으로 흡족해하셨으리라고 믿습니다."

김모시 감사가 말했다.

한재산 회장의 사생아들이 황송에서 벌여온 활동 현황의 확인을 마친 김 감사는, 적자 3형제 구몽과 주몽과 시몽이 물려받은 기간 산업체를 점검하는 잔여 업무를 마무리 지으러 한국으로 돌아가기에 앞서서, 그를 환송하는 고별식을 겸한 연석회의에 참석했다. 한정산 측에서는 제갈호공 사장과 임원 3인, 자회사로 크게 발전한 연예기획사의 스티븐 리와 12명의 부서장, 그리고 정치대학 설립 준비위원장 한이 박사가 참석했지만, 상석은 예전을 참작하여 김모시에게 돌아갔다.

변함없이 꼿꼿한 몸가짐과 검은 정장 차림에 바둑알만큼 작은 안경을 쓴 김모시를 보면, 제갈 사장은 한 회장의 유령과 마주앉은 듯 가끔 섬뜩한 기분이 불현듯 들고는 했다. 한재산의 사후 대리인 노릇에 부쩍 정진하던 김 감사의 요즈음 모습은 거대한 몸집을 왜소하게 압축하여 환생한 한 회장의 추상화 그대로였다. 특히 한 회장에게서 유물로 물려받았다는 낡은 가방을 잠시라도 놓칠까봐 저렇게 소중히 가슴에 단단히 포옹하고 대쪽처럼 앉아 버틸 때는 더욱 그러했다. 하지만 제갈호공은 쾌쾌한 몸짓을 잃지 않고 웃으며 말했다.

"하기야 나 자신도 일천한 우리 회사가 지금까지 이룩한 일장월취 눈부신 발전에 대해 크게 감명을 받았습니다. 솔직히 얘기해서 나는 내가 매우 흡족스럽습니다."

비록 아버지가 생전에 이미 훤히 꿰뚫어 예견한 바였다고 김모시가 강조해서 밝히기는 했지만, 신선하게 충격적인 당명을 다수 생산하여 한정산이 톡톡한 돈을 벌어들이기 시작하면서, 정치장사가 짧은 시간 내에 기대 이상으로 큰 성공을 거두는 바람에 제갈 사장은 기대했던 이상으로 깜짝 놀랐고, 그리고는 당연히 욕심이 생겼다. 그래서 그는 한정산을 주식회사로 발전시키고 연예기획사도 설립했는데, 사실은 이 또한 아버지가 지침서에 벌써부터 계획해 놓은 바였다.

"한재산 회장님 당신께서는 연예인과 정치꾼이 참으로 성격이 비

슷한 투기성 직업이라고 예로부터 굳게 믿으셨습니다." 기획사 설립
총회에서 김모시가 확인해준 사실이었다.

"두 직업의 공통점은 그들 두 부류의 인간형이 진짜 얼굴을 위장하
여 감추는 분장술에 능해야 하고, 군중을 현혹하는 화술이 뛰어나야
하며, 사람들을 웃기는 재주가 남달라야 한다는 것입니다. 그래서
회장님께서는 '가장 웃기는 코미디가 정치'라고 토로한 대한민국의
위대한 코미디언 국회의원 이주일 선생의 사상을 진심으로 신봉하
셨으며, 그래서 코미디언이 되려면 또한 필수적으로 정치학을 전공
해야 한다는 역학(逆學) 원칙을 원칙적으로 믿으셨습니다."

한재산 회장이 예정했던 그대로 정치사업과 연계한 기획사는 막
대한 성공을 거두었다. 연예계 진출 준비활동의 관록이 다대한 스티
븐 리가 동물적인 승부의 한가운데로 뛰어 들어 수확한 체험적 승리
였다. 그러자 제갈호공은 여세를 몰아 한재산 지침서에 암호처럼 함
축적으로 요약해 놓은 사업 다변화 계획들을, 김모시 감사로부터
"아마 회장님 뜻은 이것이었겠죠"라는 식의 해설을 들어가며, 차근
차근 한 종목씩 실행에 옮겼다.

제갈 사장은 무수한 중구난방 정객과 오합지중 정당으로부터 총
천연색 사진 명함과 허위선전용 책자와 선거 포스터 따위의 제작을
의뢰받아 인쇄업과 광고기획 쪽으로도 활동 영역을 넓혀나갈 작정
이었다. 정치장사의 잠재력이 워낙 무궁무진하다 보니, 이런 식으
로 문어발 몇 개만 더 뻗으면 정치산업 분야의 개척자 제갈호공은 황
송공화국 경제계에서 우뚝한 두각을 나타낸 기업인으로서, 머지않
아 떳떳한 회장의 자리에까지 오르게 될 전망이었다.

정치를 노골적으로 기업화하는 데 성공한 신진 사업가 제갈호공
은, 한정산의 주가가 이런 식으로 제법 오르면, 한재산 정치 펀드도

창립하여 부속 다단계 판매회사를 통해 가입자를 긁어모으려는 확
장 계획도 수립하여 다음 주일에 사업 설명회를 개최할 예정이었다.
한재산 펀드는 정계로 진출하여 지역 의회 대의원이나 국회의원이
되어 떼돈을 벌려는 무수한 정치 지망생들에게 선거 자금을 제공하
여 연 3,000퍼센트의 이자를 받아내고, 미래에 발생할 이권을 현금
화하여 수익을 크게 올릴 만한 잠재성을 담보로 받아줄 만한 정당에
는 홍콩 주재 가짜 제지회사를 통해 깨끗하게 세탁한 불법 자금을 조
달하고, 펀드 회사와 전속 계약을 맺은 다수의 정치업자들도 함께
육성하여 훗날 그들이 거두어들일 뇌물을 반타작하는 다각적 사업
에 정진하려는 업체였다.

그래서 제갈 대표는 '정치인'이라고 자처하고 과대하게 망상하는
수많은 장사치들을 현혹하여 펀드 회사로 유인할 목적으로, 사이비
학자들과 도박 전문가들과 헛공약 연구원들을 고용하여 지망생들의
조속한 정계 투신을 설득할 유혹적인 미끼로 사용하기에 적절한 감
언이설을 잔뜩 수집했으며, 한정산의 알바 연구원들이 제출한 분홍
빛이거나 장밋빛인 허황된 꿈과 전망을 앞뒤가 기승전결이 제대로
맞아떨어지는 하나의 번드르르한 현실적 가능성처럼 믿어지도록 정
돈한 감언이설록(甘言利說錄)을 일사불란하게 편집하고 꿰어 맞추
는 종합적인 정리를 진행시켜, 이제 통조림으로 생산하고 유통시킬
마지막 검토단계에 이르렀다.

"시작이 이렇게 좋으니, 정치업자를 대량으로 생산하는 전문대학
의 설립을 위시하여, 앞으로 한정산이 벌일 여러 분야의 사업이 모
두 눈부시게 잘 추진될 전망이로군요."

김모시가 무표정한 채 흥분감을 얼굴에 나타내지 않으면서 말했
다.

"회장님도 이제는 여한 없이 편안하게 눈을 감으셨으리라고 믿어집니다. 우리 한 회장님은 영원할 것입니다!"

열둘 야행

　1700시. 낮시간보다 훨씬 바빠질 야간 유세활동에 대비하여 한재산 연예기획사에서 임시 대책회의가 열렸다. 200명의 조사원이 황송 전역에서 벌어지는 갖가지 행사에 관한 정보를 저마다 수집하여 체계적으로 정리한 자료를 제출하는 절차였다. 기획사에 유세를 위탁한 어떤 정치업자도 같은 한재산 기획사가 지원하는 경쟁자인 다른 후보와 같은 장소에서 마주치는 불편한 사태가 벌어지지 않도록 면밀한 시간표도 작성되었다.

　1900시. 기획사 운동원들이 야간 행동을 개시했다. 그들은 각종 시민단체, 사회단체, 학생단체, 부부단체, 홀아비단체, 영재모임, 삼겹계 등에서 계획한 저녁 행사를 주관하는 책임자들에게 일일이 연락을 취해서, 모모 후보자가 그들의 기쁜 모임이 열리는 현장을 미리 계획된 시간표에 따라 불시에 방문해서 미리 준비해놓은 약소한 축하 돈봉투를 비밀리에 전달해도 좋은지 사전 허락을 받아냈다. 그렇게 확보한 유세용 행사장은 참석 인원과 평균 신분을 18등급으로 분류하여 위탁 후보자의 신분과 경력 그리고 성향에 짝을 맞춰 적절히 개별적으로 배당했다.

날이 저문 다음에는 시간표에 따라 직원들의 인솔을 받으며 정치업자들은 이계산 대통령이 묻힌 국립묘지와 실내 경마장, 그리고 남동항의 창녀촌처럼, 많은 사람이 모이거나 취재기자들이 잘 따라와주는 행사장으로 출동했다.

1920시. 시끌벅적 떠들썩한 축제 분위기를 만들어 유권자들의 냉정한 판단을 애매하게 흐려놓기를 원하는 3명의 후보를 지원하려고 농악대가 해당 유세장으로 파견되었다. 기획사에서는 이런 수요를 예견하여 7개월 전부터 5개 농악대를 발굴해서 합숙 훈련을 시켜왔다.

철새 정치업자들이 철따라 시기를 적절히 타서 잘 이동하도록 기획사 조사반이 각 지역의 기후를 위성 정보를 분석해가며 점검했다.

1950시. 농수산임업당의 황청록 후보가 낮에는 골프를 쳐야 하기 때문에 시간이 없다고 해서, 밤이 늦어서야 국민광장에서 혁명기념탑을 철거한 자리에 기념식수를 했다. 행사가 열리기 전에 무엇을 '기념'하는 식수냐고 문의해온 몇몇 언론사는 "아무 이유가 없는 식수"라는 대답을 듣고는 "그거야 말로 정말 특이한 이벤트"라는 반응을 보였고, 그래서 3명의 원로 언론인이 취재를 나왔다.

식수할 나무의 종목은 분재한 채송화였다. 손에 흙을 묻히기 싫어하는 황 후보를 대신하여 실제로 식목한 사람은 기획사 직원이었고, 황 후보는 반들거리는 구두를 신고 뒤로 물러나 기다리다가 기자들이 사진을 찍기 직전에 헌 리복 운동화로 갈아 신고 빨간 리본이 달린 새 삽을 넘겨받았다.

식수가 끝난 다음 황 후보는 선생과 학생들이 퇴근하여 텅 빈 인근 초등학교로 가서 귀가하는 어린이를 안전하게 보호하는 도우미 봉사를 했다. 보호해야 할 귀가 학생이 아무도 없는 시간이어서 기획사에서는 아역 배우 훈련을 받는 영재 아동 4명을 동원하여 현장에 대신 배치했다.

2000시. 황송 빼빼로 데이를 엄숙하게 기념하는 다채로운 청소년 행사가 오후 8시를 기해 동시다발적으로 거행되었다. 갖가지 여론 조사에서 젊은 부동층 유권자들이 모든 선거에서 당락을 좌우하는 가장 큰 잠재적 요인이라는 진실이 밝혀지자, 청소년층과 공감대를 형성하여 하늘에서 부동하는 민심을 공기총으로 겨냥하여 포획할 욕심을 발명한 젊은 입후보자들이 동서남북 빼빼로 행사장에 출몰하여 아이들과 함께 빼빼로를 먹으며 청춘을 구가했다.

어린 아이들을 각종 학원으로 끌고 다니며 집단적으로 혹사하고 미성년자는 담배를 피우면 안 된다고 구박하는 기성세대를 타도하겠다는 신세대로부터 조금도 환영받지 못하는 중장년 및 노년층 후보들은 알고 보면 그들 역시 젊은이들과 속셈은 동감이라는 사실을 입증하기 위해 사이비 빼빼로 행사와 유사 빼빼로 행사를 사고다발 지역 곳곳에서 개최했다.

비청년 후보들은 빼빼로 대신 빼빼로처럼 기다란 대체 상징물로서 삶은 젓가락이나 예술의 전당 지휘봉 또는 군용 지휘봉 따위를 볶아서 먹어치우는 치열한 경쟁을 속속 벌였다. 기다란 가래떡을 빼빼로 대신 먹어치우던 한심나라당 늙은 후보는 "역시 민속 음식 말고는 먹을 줄 모르는 구태의연한 보수 성향"을 비난하는 인터넷 초고속 뭇매를 맞고 7분 만에 행사를 중단했다.

한국에서 보수파 정당활동을 하며 잔뼈가 통뼈로 굵은 노친당 노한심 당수는 "시대의 변화를 맹종하겠다"는 새로운 정치 철학을 오후 8시 8분에 천명하고는 88 빼빼로 행사를 개최했다. 빼빼로가 도대체 무엇인지 구경조차 한 적이 없었던 노 후보는 미성년 예비 보좌관들로부터 "끼따란 거 먹는 날"이라는 간단한 설명만 듣고는 젓가락이나 지휘봉보다 이왕이면 남의 눈에 웅장하게 잘 띄는 산업도로의 전신주를 뽑아서 먹겠다고 고집했다. "남이야 전봇대를 뽑아서 이빨을 쑤시건 말건"이라는 명언을 몸소 실천해 보이겠다는 기발한 발상에 따라서였다.

철새 방향감각과 시간감각이 무디어져 정치사업에서 일차 쫄딱 실패하여 20여 년째 노숙 생활을 영위해온 노한심 당수는 보수층 표만으로는 승산이 적어 보였기 때문에 빼빼로 세대를 지지 세력으로 흡수하려고 노렸지만, 콘크리트 전신주를 아무리 삶아도 씹어 먹을 수가 없어서 대신 애만 잔뜩 먹었다. 어쨌든 노 후보의 1석 2조 양수 겹장 재래식 전략에도 불구하고 부동층은 부동자세를 그대로 유지했고, 오히려 박쥐작전이 반발만 일으켜 그나마 보수층까지도 그를 "절개가 없는 주책"으로 몰아 낙선운동을 펼치기로 결의했다는 노인정 게시판 정보가 2020시에 접수되었다.

2040시. 3개월 후 대선 기간에 연예기획사가 재고용할 직원들을 선별하려는 목적으로 오늘의 유세현장 실적을 종합 평가하는 회의가 한참 진행되던 중에, 노들평화당의 위선심 후보에게서 격앙된 전화가 걸려왔다. 허허당 허풍선 당수의 홍보 책자에는 미국의 부시 대통령과 허 후보가 나란히 서서 찍은 합성 사진이 실려 유권자들의 비상한 관심을 끄는 모양인데, 왜 자신의 소개 책자에는 그런 사진이 없느냐는 항의였다.

위 후보는 정신지체 장애아, 국민광장 노숙자, 농촌의 어부와 어촌의 농부처럼 소외된 이웃들과 함께 어울려 활짝 웃는 그의 모습이 담긴 합성 사진을 잔뜩 찍어 도배지에 인쇄하여 책자에 날개로 끼워 달라고 요구했다. 그런 사진이라면 합성할 일이 아니라 내일 나가서 직접 찍자고 했더니 위선심은 "그런 사람들 더럽고 누추하고 혐오스러워서 가까이 하기가 싫다"는 이유로 단호하게 거절했다.

2130시. 위선심의 홍보 책자에 합성 사진이 여러 장 들어간다는 소문이 인터넷을 타고 삽시간에 널리 퍼진 모양이어서, 다른 후보들의 비슷한 요구가 빗발치기 시작했다. "나도 케네디 대통령을 만나서 함께 사진을 찍고 싶다"거나 "단군과 웅녀와 함께 셋이서 동굴에 둘러앉아 삼겹살을 먹는 사진을 찍어달라"는 식의 주문이 쏟아져 들어왔다.

후보들의 취향도 다양해서, 다소간 무리가 가더라도 그들이 합성되기를 원하는 대상의 목록을 만들어 보니 과학자 스티븐 호킹, 조계종 석애불 총무, 천주교 추궁해 추기경, 빌 게이츠와 워렌 버핏, 미래학자 앨빈 토플러, 한국의 박세환 대통령, 대장정에 나선 마오쩌둥, 오성재벌의 이건노 회장, 달라이 라마, 상하이 임시정부 시절의 김구, 미래의 빙상선수 김연아, 소 한 마리를 끌고 강원도 통천을 떠나는 정주영, 막무가내 시절의 헬렌 켈러, 수루에 홀로 앉은 이순신, 설악을 등반하는 한재산, 인도네시아의 숲사람 오랑우탄, 우주 소년 아톰, 이준 열사에게 밀서를 발송하는 고종 황제, 복제된 로봇 태권 VVV, 한국 새마을운동회 전경환 회장, 수단으로 이경석 신부를 찾아간 알버트 슈바이처, 두 개의 여송연으로 V자를 만들어 보이는 윈스턴 처칠, 에스메랄다에게서 물을 받아먹는 노트르담의 꼽추, 소파에 앉은 소파 방정환, 유엔 대사 셜리 템플, 주월 한국군 사령관 채명신 장군, 달나라까지 뒷걸음을 치는 마이클 잭슨, 낚시를 간 축구선수 이덕화, 불도저 시장 김현옥 등등이었다.

혼자서 찍은 사진에 '투명인간과 함께'라는 설명을 붙여달라는 주문도 끼어들었다.

0320시. 사진부원들에게 철야 합성작업을 지시하고 스티븐 리가 하니 가짜 박사와 함께 창경맨션 17층 B호로 퇴근하려는데, 강변로를 따라 음주운전을 해서 새벽 귀가를 하던 중학생 시민으로부터 태안 호수공원 근처 바닷가에서 석유 유출 사고가 났다는 제보가 들어왔다. 사진을 찍어 널리 얼굴을 알리기에 좋은 뜻밖의 호재를 만난 기획사에서는, 특별히 선심을 써야 하는 양호한 고객 6명을 골라, 5분 대기조 사진반과 함께 긴급 방제작업을 나가게 했다.

스티븐과 하니가 뒤따라 사고 현장에 출동해서 보니, 어디서 소문을 들었는지 우비를 걸치고 장화를 신고 고무장갑을 끼고 입에는 황사용 마스크를 한 여러 정당의 후보들이 수십 명이나 모여들어 사진에 찍히기에 이상적인 작업 장소를 찾아 수건을 들고 우왕좌왕 야단법석이었지만, 아무리 찾아도 쏟아진 석유가 보이지 않았다. 시커먼 석유를 걸레로 닦아내는 사진을 찍으러 나온 사람들 중에서는 뉴욕의 줄리아니 시장도 눈에 띄었고, 번쩍거리는 외제차를 타고 제 발로 달려온 위선심 후보는 어서 석유를 찾아내어 닦으라고 4명의 보좌관에게 불호령을 내렸다.

119구조대가 출동하여 사고의 진상을 알아보니 인근 전원주택에 사는 어느 화가가 유화를 그리고 나서 붓을 닦은 석유를 하수도에 버려 그 냄새가 흘러나와 벌어진 소동이었다.

소방차와 한재산 기획사 사진반이 철수한 다음에도 뒤늦게 소식을 접한 다른 만성 지각생 후보들은 우비를 걸치고 수건을 들고 자원봉사를 하러 아침 늦게까지 무리를 지어 호수공원으로 속속 몰려들었다.

열셋 🌲 **역전**

　고려장 제도를 부활시켜 생활화하겠다고 호언했다가 하마터면 정치인생의 목이 잘릴 뻔했던 청산당의 나도형이 반전을 시도한 첫 전략은 '지 파이브 플러스 원 프로젝트(G-5 +1 Project)'라는 새로운 공약이었다. 여기에서 '지 파이브'는 "G-1. 대학입시 전면 폐지, G-2. 비정규직 완전 철폐, G-3. 공공기관 사무실마다 유리벽을 설치하여 투명사회 실현, G-4. 노조 지도자들과 세계 각국을 돌아다니며 투자 유치, 그리고 G-5. 지하철 알바 정년을 90세로 연장하여 노인층 일자리 창출"이었다.

　물론 다섯 번째 공약은 "실천할 의도가 전혀 없으면서도 고령층의 환심을 확보하여 고려장 파동을 무마하려는 목적으로 끼워 넣었다"는 언론의 완곡한 비아냥거림이 심했지만, 정작 나 후보를 다시 곤경에 빠트린 치명적인 부분은 '플러스 원'이었다.

　5대 공약에 덧붙여 나도형은 "가족의 행복을 추구하는 사회"를 약속했다. 하지만 나도형이 "노숙자 출신인 전과자 아버지를 너무나 혐오한 나머지 성까지 갈았다"는 사실이 나중에 밝혀지자 '불효막심한 패륜아'라는 주제가 다시금 도마에 올랐다.

　도형은 여섯 살 때 아버지를 따라 황송 올사모 집회에 갔다가 좌우를 방향이 아니라 색깔로 착각하는 어른들의 한심한 작태를 목격하고는 어서 빨리 어리석은 낡은 세대를 총명한 인터넷 세대로 교체해야 한다는 열망에 불타면서 정치계에 투신하기로 결심했는데, 아버지가 1984년 군사혁명 당시 고조선건설 본부 지하 금고에서 돈을

훔친 혐의로 옥살이를 한 전과 기록을 보유했다는 사실을 뒤늦게 알
아내고는 앞으로 자신의 정치활동에 누를 받을까봐 심각하게 우려
하여 부자지연을 끊기로 작정하고는 아홉 살 때 가출해 버렸으며,
19살이 되던 해에 윤씨였던 성을 나노 나씨로 아예 호적을 말끔히
고쳤다.

ID를 '심야의 방문객'인이라고 밝힌 인터넷 사냥꾼이 폭로한 바에
의하면, 나도형의 전과자 아버지 윤모 씨는 그래도 아들의 장래가
걱정된 나머지 양복점을 운영하던 동생 윤중복에게 비밀리에 찾아
낸 도형의 거처를 알려주면서 조카를 거두어 양자로 받아들여 잘 키
워달라고 부탁했다. 중복은 형의 뜻을 고분고분 따랐다.

몇 년 후에 양복점이 망해서 고생이 막심해진 중에도 윤중복은 도
형을 대학까지 근근이 졸업시켜 주었지만, 지역신문에 기자로 취직
하여 변변한 돈을 벌기 시작한 다음에 도형은 작은아버지에게 생활
비 한 푼을 내놓는 적이 없었고, 어버이날에 카네이션 한 송이를 들
고 들어온 적도 없었다. 너무나 화가 난 작은아버지는 결혼하고 집
을 사서 살림까지 낸 도형에게 결국 그동안 먹여 살린 돈을 계산하여
8천 5백만원을 내놓으라고 민사소송을 제기해서 승소까지 했다.

심야의 방문객으로부터 느닷없는 모함의 저격을 당한 나도형은
"그런 배은망덕한 인간이 무슨 '가족의 행복'을 공약으로 내거느냐"
고 들끓어대는 여론에 밀려 다시금 정치인생을 접어야 하는 위기로
몰렸다. 그러던 어느 날, ID가 '대갈빡'이며 직업은 '폭주족'이라고
밝힌 청년 누리꾼이 인터넷에 나 후보를 응원하는 도움글을 올렸다.

"나도형 후보님 쓰래기 영감탱들한태 그만 좀 당하고 파이팅하세
요. 고려장 공약을 왜 처래하셨나요? 길을 가로마꼬 더듬거려 교통
방해만 대는 영감탱들 폭쭈족의 권익을 치매하니까 한놈도 차 끌고

길에 나오지 못하게 법으로 막아야 합니다.”

그러자 ID ‘청산에청개구리(靑山靑蛙)’가 “대갈빡님 참으로 맞는 말이지만, 공약을 ‘처래’했다고 한 표기는 오류이며, 폭주족의 권익을 ‘치매’했다는 표현도 ‘침해’라고 적어야 한다”는 댓글을 붙였다.

그리고는 몇분 만에 “‘치매’니 ‘침해’니 해가면서 단어나 문법 따위의 치사한 이념을 내세워 민중의 의식을 오도하는 반민족적 미봉책 행위를 타도하자”는 식으로 무작정 질타하는 댓글의 전방위적 공격이 폭주했고, 이러한 폭주족의 폭주와 더불어 춤추고 노래하며 놀이를 벌이듯 장난삼아 시작된 ‘치매’ 논쟁은 “치매 세대를 몰아내자”는 열혈 구호로 이어졌으며, 그러다가 슬그머니 고지식한 노년층을 비난하는 성토가 괴담처럼 급속히 인터넷과 문자메시지를 통해 전국 방방곡곡으로 확산되었다.

초고속으로 손가락만 기계적으로 빨리 놀리는 사람들에게 생각하며 반응할 시간적인 여유를 별로 넉넉히 주지 않는 특성으로 인해서, 누리꾼들의 누리에서는 집단 최면과 대규모 발작이 선동 효과를 내면서 독설의 소리가 쏟아졌고, 그리고는 “엉덩이에 뿔이 난 아이들이 중구난방 까부는 꼴”을 보다 못해 ID ‘뿔난영감탱이’가 참을성을 잃고, 자판을 저속으로 더듬거려가며 “단편적인 지식만 가지고 큰소리로 티를 내는 버르장머리 없는 녀석들”을 손가락질했다가, 벌떼처럼 덤벼드는 반격을 당해 본전도 못 찾고 8만 건의 누리 공격에 잔뜩 두들겨 맞으며 견디다 못해서 급기야는 119로 구호를 요청했다.

젊은 층의 온라인 ‘치매’ 봉기는 대단히 폭발적이어서, ‘영감탱이’ 군단은 감히 손가락으로 자판을 두들겨 입을 열지도 못하는 가운데, 엉뚱하게도 늙은 정치인들과 어린 시민들의 대립 양상이 저절로 전투의 양상을 갖추었으며, 이 과정에서 "죄를 짓고 감옥에 갔다온 늙고 부패한 정치인들을 계속 도지사나 국회의원으로 뽑아주는 그런 무식한 노년층부터 없애야 나라가 바로 선다"는 주장이 지배적인 이념으로 등장했다.

나아가서 청년층 누리꾼들은 한국에서 빈손으로 신생국 황송에 들어와 수십억 재산가가 된 수상한 부유 노인층은 만연한 부정부패에 면역되어 죄의식조차 못 느끼는 도덕 불감증에 걸렸다고 열렬히 주장했다. 불결한 각종 관행이 유전인자에 박혀버리고 머리가 돌멩이처럼 굳어서 일솜씨도 더디기 짝이 없는 노년층 관료들은, 일방적 규제만 안이하게 들이밀다가 자신의 실책을 과학적이거나 논리적인 근거에 의거하여 설명하지도 못하면서, 걸핏하면 전교조와 좌익만 탓하기 때문에, 발전적인 미래를 추구하려면 공직에 앉아 버티는 늙은이들을 모조리 쓸어내야 한다는 혁명의 깃발까지 여럿 떠올랐다.

'청산에청개구리'는 이런 주장도 펼쳤다.

"이번 총선에 출마한 늙은 수구파 후보들의 얼굴을 보라. 기름기가 번들거리고 추하게 주름진 그들의 낯짝에는 치매적인 욕심만 더덕더덕 붙었고, 군수 선거에서 돈을 뿌리다가 한 사람이 잡혀가면 다음 후보자 역시 돈을 뿌리다가 들켜 잡혀가는 꼴이니, 지방자치제를 리콜하고 정치업자들의 머릿수를 획기적으로 줄여야 한다."

그러더니 늙은 유권자들의 횡포를 막으려면 젊은이들이 적극적으로 투표에 참여해서 막강한 전선을 구축해야 한다는 공격적 수비가 시작되었고, "청년공화국을 만들자"에 이어 "청소년공화국을 만들자"는 표어가 잠시 오가더니, 우왕좌왕 갈팡질팡 몰려다니던 각종 의견은 "고려장을 부활시킨다는 참신한 혁신을 꿈꾸는 나도형 후보를 우리 누리꾼들이 힘을 모아 적극적으로 도와야 한다"는 쪽으로 가닥이 잡혀나갔다. 그리고는 "나도형 후보를 살리기 위한 옹립집회를 국민광장에서 개최하자"는 제안이 튀어나왔고, 세 시간 후에 3만 명이 모여 광장에서 아우성을 쳐서 나 후보를 당선시켜 국회로 보냈다.

열넷 철모

　　사진기자와 함께 정부종합청사 5층 국무총리의 집무실로 들어선 순간 가장 먼저 이상국의 시선을 끈 물건은 창턱의 한 쪽 끝에 놓인 녹슨 철모였다.

　　그것은 해골을 연상시켰다.

　　그리고 그것은 대통령직을 대행하는 진무성 총리의 일생을 상징하는 어떤 역사적인 유물처럼 보였다.

　　올사모 회원으로서 팽성 개굴산의 분쟁 현장에 파견되었던 이상국이 골고다의 언덕에서 그를 처음 만났을 때, 진무성은 시위대의 선봉에서 싸우며 세상을 무력으로라도 개혁하겠다고 젊은 날의 서투른 기개를 펼쳐 보이던 고등학교 2학년 학생이었다.

　　1998년 12월 거친 황야에서 만나 "좋은 나라를 함께 건설하자"며 이상국을 포섭하려 했던 무렵의 진무성은 변응호를 도와 혁명을 설계하던 야심적인 육군 대위였다.

　　그리고는 또 세월이 흐르고 흘러 오늘 그들의 늙은 만남이 다시 이루어진 사연은 지하 신문 《목소리》가 정기 간행물 일간지로 정식 등록을 마치고 편집인 겸 발행인이 된 이상국이 창간기념 특집으로 〈대통령 서리 진무성 국무총리와의 대담〉을 기획하여, 일부러 자리를 마련했기 때문이었다.

군인으로서 전성기를 보내던 시절에 진무성이 쓰고 다녔을 녹슨 알철모가 언론인 이상국에게 해골을 연상시킨 까닭은 무엇이었을까? 그것은 아마도 환갑을 벌써 여러 해 넘긴 국무총리의 나이와 희끗희끗한 머리, 어딘가 보이지 않는 곳이 녹슬어 왜소해진 듯싶은 체구 — 그리고 머지않아 은퇴하여 세상으로부터 죽은 가랑잎처럼 퇴락해야 하는 그의 운명이 철모에 유현(幽顯) 했기 때문이었는지도 모를 일이었다.

간단한 인사를 주고받은 다음 자리에 마주 앉아 두 사람이 나눈 대화는 요즈음 국민의 최대 관심사로 떠오른 한국과의 외교 문제에 우선 초점을 맞추었다. 호전적인 변응호가 권좌에서 밀려나자 우발적인 전쟁이 일어날 위험이 사라졌다고 판단한 한국 정부는 오랫동안 포기한 채 방치해 두었던 그들의 영토 솔섬에 병력을 다시 파견하겠다는 통고를 재빨리 해왔고, 몇 차례 협상을 거쳐 양국은 대결 구도의 주둔 상황을 유지하는 대신 그 땅을 한국이 100조원에 황송 정부로 매도하겠다는 합의를 전격적으로 도출해냈다. 그것은 진무성이 과도기의 통치자로서 이루어낸 가장 극적인 업적이었다.

국고가 피폐했던 황송 정부는 한국이 영토를 빼앗기고 홧김에 처음 요구했던 500조원이라는 무리한 대금을 감당할 능력이 없었다. 그래서 진무성은 "보다 성숙한 제안을 내놓아야 양국의 관계를 정상화하는 모처럼의 계기가 마련되지 않겠느냐"며 현실적이고 진지한 협상을 촉구했다. 북한과의 대립만으로도 지정학적으로 안정된 균형을 유지하기가 부담스럽기 짝이 없었던 한국 정부로서도 또 다른 이웃나라와의 마찰을 원하지 않았던 터라, 이성적이고 합리적인 영토 대금을 수정하여 제시했으며, 내친 김에 그것도 10년에 걸쳐 분할 상환해도 좋다는 여유까지 보였다. 다만 완불될 때까지는 한국군 1개 중대 병력이 솔섬지역에 진주하여 주둔한다는 조건이 붙었다.

군사 독재 하에서 미얀마만큼이나 경제가 궁핍해진 황송공화국으로서는 금년에 당장 제1차 보상금 10조원을 조달하기도 만만치 않아서, 진무성 정부는 언론 매체까지 동원해가며 솔섬 보상비 모금 운동을 적극적으로 벌였고, 오랜 세월 끝에 독재를 벗어났다는 안도감에 도취된 황송인들은 그들의 기쁨을 긍정적으로 표출하는 한 가지 방법으로 모금에 열심히 참여해서, 손가락에 낀 금반지에서부터 장롱 속에 숨겨놓았던 갖가지 금붙이를 기꺼이 내놓았다. 지하신문 《목소리》가 일간지로 도약하도록 크게 도움을 준 국무총리에 대한 한 개인적인 보답의 차원에서 이상국도 모금 운동을 지금까지 적극적으로 도왔다.

《목소리》에서 공식적으로 미리 국정홍보부를 통해 제출한 20가지 질문의 순서에 따라, 솔섬 사태의 최근 현황에 이어서 두 사람은 과도기 황송의 갖가지 사회 문제를 두루 살펴보았다. 그들은 전염병처럼 번창하는 유흥업과 뒷걸음질 치는 경제적 생산성을 함께 분석하고, 독재 정권의 꼭두각시 노릇을 하던 공권력이 권위와 힘을 잃은 틈을 타서 급성장을 계속한 폭력과 범죄를 걱정하는 등 광범위한 분야에 관해서 의견을 주고받았으며, 약속했던 120분의 대담 시간이 다 되어 마무리를 지어야 할 때가 이르자 이상국이 불쑥 물었다.

"변웅호 대통령의 최후에 대해서 시중에 온갖 괴담이 떠돌아다니던데요. 군 고위층 일부 인사들과 함께 진 총리가 감행한 애국적인 거사의 와중에 총을 맞고 사망했다느니, 산업계 반대 세력의 사주를 받은 조막구 일당이 변 대통령의 목을 베어 쌀독에 담아 곶감나무 밑에 묻었다느니, 심지어는 중앙정보부가 주도하는 반란 집단이 대통령을 사도세자처럼 뒤주에 담아 왕관바위에 갖다 버렸다느니 온갖 맹랑한 소문이 많은데, 진실은 무엇인가요?"

갑작스러운 질문에 진 총리가 잠시 입을 다물고는, 물끄러미 창밖을 무상하게 내다보았다. 집무실 창밖에서는 우울한 안개비가 거무스레 내렸고, 우산 몇 개가 국민광장 가로수 길을 따라 짝을 짓거나 홀로 거닐었으며, 젖은 아스팔트 바닥에 고인 물이 하얗게 하늘을 되비쳐 빛났다. 진무성이 가벼운 한숨을 내쉬며 말했다.

"언제부터인가 난 폭력을 통치 행위라고 정당화하는 변 대통령의 시각을 받아들이기가 힘들어졌어요. 혁명광장 주말 행사를 거쳐 죽어나간 희생자가 2만 8천에 이르렀을 무렵, 결국 난 결심을 했고요. 그렇지만 난 차마 각하를 빤히 마주 쳐다보며 총을 쏠 만큼 야만적이지는 않았고, 그래서 왕관바위 둠벙에 그를 산 채로 유기하는 방법을 택했죠."

진무성은 창턱의 한 쪽 끝에 놓인 철모에 잠시 시선을 고정하고 침묵에 빠졌다. 이상국의 시선도 녹슨 철모로 향했다. 인생의 전성기에 진무성의 머리를 장식했던 투구는 이미 퇴역하여 붉은 녹이 앉았고, 언제부터인가 철모를 벗어버린 백발의 국무총리도 서글픈 퇴장을 눈앞에 두었다. 그래서인지 이상국의 눈에 진무성은 실존하는 인물이라기보다는 어떤 상징적인 비존재의 개념처럼 여겨졌다.

"하지만 그런 정의감과 결단은 한낱 부질없는 몽상이었어요." 이상국을 빤히 쳐다보면서 진무성이 말했다.

"요즈음 정치 모리배들이 벌이는 한심한 작태를 보면, 도적질과 뇌물과 모략과 무고(誣告)와 교만과 간악함이 판치는 서대주(鼠大

州)의 세상으로 자꾸만 회귀하는 것 같아요. 역시 우리나라는 아직
민간인들에게 정권을 맡길 시기가 아니라던 각하의 말이 그래서 자
꾸만 머리에 떠오르고요.”

열다섯　박멸

　엄청남(嚴靑男)과 허맹랑(許猛郞)을 위시하여 400명이 넘는 낙선
후보자를 인간 세상으로부터 축출하기로 작정한 환탁의 결정에는
개인적인 감정이 전혀 작용하지 않았다.
　복수의 시대는 이미 오래전에 종결되었다.
　환탁은 다만 인간 사회를 깨끗하게 청소하여, 모름지기 큰우산 운
동이 추구하는 새로운 세상을 만들고 싶을 따름이었다.
　“인간의 정서와 영혼을 숫자와 통계와 액수와 기호로만 표기하는
세상을 침몰시키겠다는 말인가요?” 영원히 늙지 않는 목소리로 동희
가 귓전에서 속삭였다.
　지난 총선에서 제 19지역구 국회의원 입후보자였던 엄청남 후보
는 헛공약을 남발한 가장 대표적인 인물이었다. 그는 황송의 정북진
과 중국의 상하이를 연결하는 해저 터널은 말할 나위도 없고, 러시
아의 데주뇨프 곶에서 알래스카의 프린스 오브 웨일스 곶까지 비무
장지대 땅굴을 뚫고는, 이들 두 노선을 다시 은하철도 999와 묶어 고
급 관광지로 개발하겠다는 공약을 내걸었다. 그는 또한 소년소녀 가

장들에게 재벌 부모를 낳아주겠으며, 집집마다 공짜 맥주가 나오는 상수도를 설치하고, 지역구 내에 소재하는 어린이집은 하나도 빠짐없이 아프리카의 외국 학교와 자매결연으로 맺어줘서 영어 조기 유학을 도모하고, 초등학교들은 어항 속으로 이전하여 성추행 유괴범으로부터 격리함으로써 아동들을 안전하게 보호하겠다는 공약도 내돌렸다.

그런가 하면 제21지역구 후보였던 허맹랑은 서울의 대학로 토속 주점 초가집에서 윈스턴 처칠과 알베르 까뮈를 만나 함께 술을 마시는 합성 사진을 유포하는 데서 그치지 않고, "축지법으로 유엔본부를 공중 부양하여 우리 동네로 이전해서 초등학생들의 체험 학습장으로 만들겠으며, 본인의 임기 내에 혼인하는 신혼부부들에게 일곱 쌍둥이를 낳도록 정성껏 도와주고, IQ를 450으로 급부상시키는 사탕을 지역구 시민들에게 매주일 배급하겠다"는 공약을 내세워 434표를 얻었는데, 아무리 밥 먹고 할 일이 없는 사람들이라고 해도 일부러 투표소까지 가서 허맹랑 같은 저질 정치꾼에게 국민을 대표하는 직책을 맡기려 했던 유권자가 무려 434명이나 되었다니, 환탁은 자신이 황송의 국민이라는 역사적인 사실이 너무나 부끄러워져서, 헛소리 공약을 살포했던 자들을 모조리 찾아내어 멸종시키려는 적극적인 작업에 결국 착수하고 말았다.

"내가 울적해지는 이유 말인가요?" 동희가 환탁의 귓전에서 슬픈 목소리로 속삭였다.

"마흔도 안 된 어느 젊은 스님의 다비식에 와서 하염없이 울던 여자가 생각났거든요. 세상에는 사연이 얼마나 많던가요? 사랑과 애욕은 가장 깊은 관계의 끈이어서, 육신의 집념으로부터 해방되려면 오랜 세월을 기다려야 한답니다. 하지만 다비식 다음에 그토록 긴

세월이 흘렀어도, 미쳐버린 여자는 계속해서 절을 찾아와 아무 말도 없이 울기만 하다가 간답니다."

한국에서 전염되어 온 무책임 공약이라는 고질 정치병(政治病)이 극도로 창궐한 나머지 지난 총선은 사기꾼들의 경연대회로 전락했으며, 이에 신물이 나서 황송 국민이 정치를 통째로 도외시하는 부작용을 가져왔다고 환탁은 믿었다. 더구나 당선이 안 될 후보는 아무리 황당한 공약을 내놓더라도 아예 그것을 지킬 의무조차 저절로 없어지기 때문에 더욱 무책임하고 해괴한 공약을 남발하게 마련이었다. 그러면 별로 감동적이지 못한 정상적인 정책만을 공약으로 내걸어야 하는 진지한 정치인들까지도 낙선이 빤한 후보들과의 거짓말 경쟁에 참여하도록 강요를 당하는 상대적인 부담에 시달려야 했다.

"보리 이삭이 흔들리는 봄바람을 타고 종다리가 노래를 불러요." 동희가 속삭였다. "거미줄에 매달린 이슬방울에는 어떤 인생의 의미들이 담겼을까요? 황혼이 호수 위에 붉게 타면 우린 용서를 빌어야 해요."

눈앞으로 닥쳐온 대선에서도 이미 48명의 후보가 난립하여, 각 정당마다 3백여 개씩 도합 1만 5천 가지가 넘는 공약이 쏟아져 나와 다시 유권자들의 머리를 어지럽힐 예정이라고 했다. 대선 공약은 국민 전체에 대한 약속이기 때문에 그로 인한 충격이 총선 공약보다 당연히 훨씬 강력하겠으며, 그래서 너무 늦기 전에 정치벌레 박멸을 본보기로 보여 기만적인 여러 집단에게 거짓의 대가가 무엇인지를 경고해야 한다는 필요성이 환탁에게는 절실했다.

환탁은 '주거주거(做去做去)'라는 인터넷 사이트를 방문하여 바퀴벌레 박멸센터 사장을 불러내고는, 400명의 헛공약 낙선 후보뿐 아니라 "일곱 쌍둥이를 낳도록 정성껏 도와주고, IQ를 450으로 급부상시키는 사탕을 배급하겠다"던 허맹랑을 "특이한 공약을 제시한 별난 인물"이라며 텔레비전에 출연시켜 정치를 코미디의 한 분야로 확실하게 정착시킨 사이비 언론인을 찾아가 모조리 살처분해 달라고 주문했다. 그런 수준의 정치 사기꾼과 지능 미달의 언론인은 바퀴벌레나 마찬가지라고 믿었기 때문에, 환탁은 황제가 몸소 살충제나 뿌리고 돌아다닐 일이 아니라, 주거주거 박멸센터의 협조를 받는 편이 옳겠다고 믿었다.

열여섯   신데릴라

김말동 여인과 신데릴라
뇌물공여 혐의 구속기소

강판(降版) 하기 직전에 결재를 받으려고 편집국으로부터 사장실로 올려 보낸 1면의 대장(臺狀) 에서 이상국 발행인은 머리기사 제목을 얼핏 훑어보기는 했지만, 구태여 내용은 읽으려고 하지 않았다. 지방판(地方版) 에 실렸던 기사가 그대로 실렸기 때문이었다.

《목소리》뿐 아니라 다른 언론 매체의 오늘 머리기사는 하나같이 지방판에서부터 당연히 신데릴라 모녀의 얘기였다. 신데릴라는 불복당(不服黨) 당수 소처량(蘇凄凉) 에게 55억원을 "꾸어준" 데 대한 보답으로 공천에서 전국구(錢國區) 비례대표 1번 자리를 받아 지난 총선에서 '최연소 국회의원'으로 무난히 당선된 화제의 젊은 여성이었다. 불복당은 대권 주자를 결정하는 경선에서 탈락한 각 당의 2급 정치꾼들이, "당심(黨心)과 민심은 다르다"며 "당에서 실시한 여론조사의 조작된 결과를 못 믿겠으니 직접 국민의 뜻을 물어 보겠다"고 탈당하여, 무소속으로 출마한 후보들이 연대해서 졸속으로 급조한 정당이었다.

워낙 기초가 부실하고 바탕이 취약했던 불복당은 선거전이 본 궤도에 오르면서 당을 운영할 비용을 조달할 길이 막막해지자 돈줄을 잡으려고 당직자들을 총동원했지만, 마땅한 물주가 좀처럼 걸려들지 않아서 한참동안 고전했다. 시간과 돈에 쫓기던 나머지 소처량 대표는 급기야 '목소리 낚시 (voice fishing)'로 전략의 방향을 바꿔서, 수백 대의 전화기를 설치한 당사에 당원들이 모여앉아 무작위로 사방에 전화를 걸어 특별 당비를 많이 내는 사람에게 비례대표 공천을 해주되, 순위는 액수에 따라 결정하마고 밤낮으로 유인했다. 낚시에 걸려든 인물은 무려 2천 4백 명이나 되었고, 그들 가운데 30대 초반의 여성이라고만 자신의 신분을 밝힌 신데릴라(본명 양맑은)가 제공한 자금에 힘입어 불복당은 값비싼 선거운동을 무사히 치르고 여섯 명의 당선자를 내어 당당히 의회로 진출했다.

마지막으로 1면까지 강판을 끝내고 나서 이상국 발행인은 이미 40분 전에 결재한 《목소리》의 사회면 대장을 책상에서 집어 들었다. 시간이 한가해진 틈을 타서 그는 "신데릴라 모녀, 그들은 누구인가"라는 제목으로 경찰 출입기자가 취재한 속보를 찬찬히 읽었다. 시내판(市內版)에 새로 올라온 이 기사를 그는 아직 자세히 읽어볼 틈이 없었다.

"'최연소 당선자'라는 영광을 사흘 동안 누린 다음 공천 대가성 뇌물공여 혐의로 구속영장이 발부되어 결국 철창신세를 지게 된 불복당의 신데릴라는 나이가 30대 초반이 아니라 15살 미성년으로 밝혀졌다. 소처량 대표는 그녀가 '꾸어준' 무대가성 헌금의 액수만 듣고도 감격무량해버린 나머지 '잠시 눈이 아찔하게 멀어서' 당 간부들이 그녀의 나이와 경력은 입당 신청서에서 전혀 시각적으로 확인조차 해보지 못했노라고 기자들과의 간담회에서 솔직하게 시인했다.

소 대표는 이어서 이렇게 강력히 항변했다. "하지만 양맑은 당선자의 구속은 명백한 정치보복용 표적 수사로서, 야당을 박살내려는 검찰의 거대한 음모가 숨겨진 짜맞추기 공작이다. 우리 당에서는 이러한 정치 탄압에 의롭게 항거하는 뜻에서 전 당원이 삭발하고는 단식 투쟁에 돌입할 계획이다."

대장에 개미떼처럼 줄지어 박힌 활자들의 행간에서 이상국은 어른거리며 떠오르는 아지랑이 얼룩들을 보았는데, 얼룩의 신기루는 곧 초점이 선명하게 맞아 허공에 인쇄된 새로운 문장을 만들었다. 그리고 신기루 문장은 일간지 《목소리》의 창간기념 특집으로 이상국 발행인이 진무성 국무총리와 나눈 대담 가운데 지나치게 개인적이고 직설적인 발언이라는 판단에 따라 발행인이 기사에는 포함시키지 않겠다고 판단했던 한 부분이었다.

"부정 선거를 저질러 놓고는 뻔뻔스럽게도 자기들이 지은 죄는 안중에도 없이 '표적 수사'가 어쩌고 저쩌고 말이 많죠." 진무성은 말했었다.

"수사를 하려면 표적이 있어야 수사를 하지 그럼 무표적 수사도 있나요? 각하가 살아 계셨다면 과도한 떡값 물의를 일으킨 양맑은 모녀를 벌써 붙잡아다 혁명광장에 꿇어앉히고는 55억원어치 떡을 진짜로 배가 터지도록 먹였을 겁니다. 이런 원시적인 매표 행위를 보면, 여자들에게는 고무신을 그리고 남자들에게는 막걸리를 돌리며 유권자의 표를 긁어모으던 자유당 정권 시절, 까마득한 옛날 옛적 대한민국의 유령이 되살아나는 듯한 기분이 들어요.”

이상국은 행간에 나타나 경련하는 그림자를 지워버리고 신문기사에 눈의 초점을 맞추었다.

“현지 취재를 통해 신데렐라 당선자의 경력을 밝혀보니, 그녀의 아버지 양동이(梁同異)는 제2구 복작시장에서 상인들로부터 자릿세를 갈취하여 갑부가 된 ‘양아치’였는데, 황송 전역에서 재래시장의 이권을 뒤늦게 장악하러 나선 신세계파 조패구의 부하들에게 16년 전 순댓국 골목에서 한밤중에 야구방망이로 두들겨 맞고 사망했다고 조사되었다.

홀몸이 된 어머니 김말동(金末童)은 복작시장 한 귀퉁이에서 떡집을 운영하며 유복자 외동딸 맑은을 고생스럽게 간신히 키워내다가, 그녀가 개발한 ‘말뚱 떡’이 텔레비전에서 〈맛집 여행〉에 소개되어 느닷없이 장사가 잘 되는 바람에 상당한 재산을 모았다. 그러자 김말동은 미천한 ‘양아치’의 신세로 조폭에게 맞아 죽은 남편의 원한을 풀겠다는 일념으로, 어떻게 해서든지 딸의 신분을 상승시켜 검사나 법관이라도 만들어 조패구를 붙잡아다 단단히 복수를 하게 만들기로 결심했다고 한다.

그러나 황송 내전이 시작되어 신세계 사단이 정부군에게 쫓기는 가운데 몰락기를 맞게 되자 조패구에 대한 복수의 염원은 저절로 삭아버렸고, 김말동은 대신 딸을 정성껏 잘 키워 출세시켜서 그들 모녀가 남들의 존경을 받으며 버젓하고 건전한 인생을 살겠다는 수정된 설계에 매진하기로 결심했다.

김말동은 맑은이가 해맑은 인생을 살아가도록 우선, 수차의 반상

회와 계모임을 통해, "내 딸은 제왕수술로 태어났기 때문에 제왕의 길을 가리라"는 조작된 소문을 동네방네 퍼뜨리고 돌아다녔으며, 찬란한 미래에 걸맞도록 이름도 멋진 미제(美製)로 바꿔주었다. 그녀의 본명 '양맑은(梁末根)'은 순수한 우리말이었지만, 동네 아이들이 '양말끈'이라는 별명으로 바꿔 부르며 자꾸 놀리자, 김말동은 결국 맑은 딸의 정신건강을 보호하기에 알맞을 만한 새 이름을 지어달라고 작명가를 찾아가게 되었던 것이다.

국산 제품을 외제 명품이라고 속여서 황송 동포들에게 팔아먹을 목적으로 영어 상품명과 회사명을 지어달라고 간절히 찾아오는 수많은 고객들로부터 폭발적인 명성을 얻은 한국인 영어작명가 제임스 펑은 맑은에게 아예 성까지 바꿔 신(申) 데릴라(Delilah)라고 이름을 지어주었다. 삼손의 머리카락을 잘라버린 용감무쌍한 여인 '데릴라(들릴라)'의 이름으로 수박과 호박처럼 빛깔이 유사한 '신데렐라'에 우회적으로 접근하려고 시도한 작명법이었다. 하지만 '신데렐라처럼 살게 되리라'는 펑 선생의 예언과는 달리, 맑기만 하던 딸은 중학교에 들어가 가짜 폭력 조직 양말파를 규합하여 다른 학생들의 돈을 하루에 양말 한 짝씩 가득히 갈취하다가 적발되어, 2학년 때 퇴학을 맞았다."

진무성 국무총리가 하던 말이 다시 이상국의 눈앞에서 아지랑이 글자로 어른거렸다.

"세상을 바로잡도록 국민에게 나라를 돌려주겠다는 마음에서 내가 기껏 독재자를 제거하는 역적의 길을 선택하고 났더니, 우리들의 면전에서 어떤 일이 벌어졌던가요? 구더기처럼 쓰레기 정치꾼들이 몰려들어 여기저기서 작당(作黨)을 하더니, 권력을 잡으면 이권으로 보답하겠다며 사방으로 돈을 뜯으러 돌아다니기 시작했어요. 한국에서도 선거철만 되면 늘 그러듯이 그래서 황송에서는 총선을 앞두고 그나마 명맥을 이어가던 기업인들이 앞다퉈 장기간 해외 출장을 나가버렸어요. 정치 자금을 대달라고 구걸하며 쫓아다니는 거지 정치꾼들의 등살을 견딜 재간이 없기 때문이었죠.

요즘 사람들은 어쩌다가 누구한테 진심으로 정치 후원금을 내고 싶어도 마음 놓고 내지를 못하는 실정입니다. 사상적인 노선이나 이념이 맞아 어쩌다 지지하는 사람이 생겨 몰래 헌금을 보냈다가, 그 정보가 이동통신사에서 여기저기 팔아먹는 고객 명단에 얹혀 유출되기라도 했다가는, 너도나도 악머구리처럼 몰려들어 '왜 나한테는 돈을 안 주느냐'고 전화질을 하고는 '만일 내가 당선되면, 당신네 쌀가게를 국정감사에 붙이고 문방구를 특검에 걸어 파멸의 경지로 몰고 가겠다'고 공갈을 치며 갈취해가는 정치업자들 때문에 사업 자금까지 몽땅 거덜이 나고 말 형국이니까요."

흐트러진 이상국의 시선이 다시 사회면에 실린 기사를 따라 움직였다.

"그러나 어머니 김말동은 말똥 떡 성공의 여세를 몰아 쇠똥 떡과 개똥 떡과 강아지똥 떡 따위의 신제품을 계속 개발하여 성공 신화를 이어나가며 열심히 돈을 벌어 떡계에서는 굴지의 재벌로 성장했다. 그렇게 벌어들인 돈으로 김말동은 강주제일고보 그리고 소원대학교 복지학과의 가짜 졸업장을 고서점에서 구입하여 대학교수로 취직할 때 사용하라고 딸에게 증여했다.

하지만 신데릴라는 학구적인 명성을 추구하려는 취미가 별로 없어서, 틀림없이 언젠가는 백마를 타고 오는 왕자를 무도회에서 만나게 되리라는 신념에 입각하여, 호박 마차와 유리 구두의 신데렐라 꿈을 버리지 않고, 여러 재벌 2세들이 자주 드나들기로 유명한 압구

282

정동 BIP(Berry Impotent People) 클럽으로 두 달가량 출근을 하다시
피 한 결과, 사기 전과 7범인 김방준(金邦俊)과 성공적으로 '부킹'이
되어, 자주 만나 춤을 추고 부지런히 장난치다가 11살 노년의 나이
에 애를 배고 말았다.

임신을 빙자하여 부랴부랴 신데릴라와 결혼해서 부잣집 사위가
된 김방준은 김말동에게 위조한 서양 채권을 중국으로부터 수입해
서 팔아먹는 벤처 회사를 설립하자고 제안했다. '떡장사'보다는 '벤
치 회사'가 훨씬 멋지고 고상하리라고 판단한 김말동은 BIP 벤치 회
사를 창업했지만, 언젠가는 집안의 돈을 몽땅 횡령하여 도주할 기회
만 호시탐탐 노리는 듯싶은 사위가 아무래도 미덥지를 않아서 딸을
치마사장으로 내세우고는 경영 일선에서 물러났다."

진무성 총리가 아른거리는 글자로 말을 이었다.

"바다 건너 한국에서 기업인들의 비자금이 왜 늘 그렇게 큰 문제가
되었던가요? 정권이 바뀔 때마다 '군화를 신은 사람들'과 '상하동 사
람들'과 '동작동 사람들'과 '편 가르기 사람들'의 눈치를 열심히 살펴
야 했던 기업인들은, '정당인'이라는 해괴한 직업을 내세운 정체불명
자들의 호주머니를 남몰래 '보험료'니 '준조세'니 하는 명목의 '정치
후원금'으로 끊임없이 채워줘야만 했거든요.

돈을 안 주면 기업을 하기가 불가능한 풍토에서 비자금을 부패의
대표적인 상징으로 손꼽기는 어려운 일입니다. 정치 자금은 비자금
보다 훨씬 더러워요. 권력을 잡으려고 온갖 추잡한 작태를 부리는
집단이야말로 세상에서 가장 비열한 집단이고요. 잡식성 정치꾼들
은 더러운 돈 깨끗한 돈 안 가리고 닥치는 대로 먹어 삼키잖아요. 그
렇다면 더러운 비자금을 만드는 기업인들과 그 더러운 비자금을 '깨
끗한 정치 후원금'이라며 먹이치우는 정치업자들 가운데 과연 누가

더 부패했을까요? 그리고 그런 사람들이 국회에 모여앉아 부동산 투기를 한 고위 공무원을 막말로 작살내는 꼴은 똥 묻은 개가 겨 묻은 개를 나무라는 격이 아니고 무엇이겠어요?"

신데릴라에 관한 배경 기사가 계속되었다.

"얼마 후 김방준의 그럴 듯한 설득에 따라 BIP는 채권 판매에서 거둔 수익금으로 우즈베키스탄 국영 태양열 회사와 가짜 합자회사를 만들었다는 허위 정보를 증권가에 퍼뜨려 주가를 4천원에서 9만 8천원으로 올려놓고는, 재빨리 보유주식 40만 주를 처분하여 350억원을 벌어들였다. 김방준은 이때 발생한 수익금 가운데 300억원을 빼돌려 양말 속에 감추고는 미국으로 도주했다.

BIP는 곧 주가조작 혐의로 검찰의 조사를 받게 되었고, 서류상의 회사 대표인 신데릴라가 죄를 몽땅 뒤집어쓰게 될 참이었다. 이런 처지에 불복당으로부터 공천권을 밀매하겠다는 전화 제안을 접한 김말동은 '국회의원이 되면 면책 특권에 불체포 특권까지 주어진다'는 솔깃한 설명을 듣고 딸이 검찰에 끌려갈 위기를 벗어날 희망이 보인다고 생각하여 당장 소처량 대표를 찾아가서, 떡값이라면 일가견이 대단했던 떡장수의 감각에 따라, 55억원을 내놓고 비례대표 1번 딱지를 받았다.

김말동의 손에 끌려 당사를 찾아간 신데릴라는 굽신거리고 아양을 떨며 환대하는 늙은 정치꾼들에게 둘러싸여, 잠시나마 진짜로 신데렐라가 된 기분이 들었고, 무사히 국회의원에 당첨되었다."

그리고 진무성 총리가 말했다.

"그렇게 과일 상자와 차떼기가 부지런히 오가는 돈벌레들의 전투장에서는, 공천의 계절을 맞으면 정치 장사꾼들의 돈벌이가 본격화합니다. 요즈음에는 정당이 다단계 판매회사 체제를 갖추고 당수가

CEO 역할을 하기 때문이죠. 기생충 성향이 농후한 조무래기 계파들이 결합하여 지분을 불려나가고, 경선을 거쳐 당권을 잡은 세력이 공천권을 장악하면, 본격적인 장판이 벌어집니다. 계파간의 갈등이 개싸움처럼 치열해지면서, 정책적인 이념이나 국민의 복지에 대한 배려는 순식간에 사라지고, 유권자인 국민의 의사와는 관계없이, 그리고 지역과는 관계도 없는 자들이 돈만 많이 내면 아무라도 전략적인 공천을 받게 되죠. 국민이나 국가가 개입조차 못하는 매관매직의 전형적인 형태입니다.

공천을 받으려고 특별 당비를 갖다 바치는 관행은 한국에서 청년 지식인들이 필사적으로 군사 독재와 싸우던 민주화 시절에도 이미 만연해서, 야당 당수들이 거두어들인 국회의원 공천 사례비로서는 5천만원 정도라면 과자값 수준이었답니다. 그런 식으로 당의 운영비를 긁어 들이는 짓은 품위 유지비를 벌겠다며 어린 연예인들이 창녀 노릇을 하는 행태와 별로 다를 바가 없잖아요? 그리고 밀실 공천, 형님 공천, 아우 공천, 고스톱 공천, 벽돌쌓기 공천이 열풍처럼 진행되었던 이번 황송 총선에서는 어땠었나요? 그나마 청산당과 몇몇 군소 정당은 '돌아버리는 돈 선거'를 배척하겠다는 공약을 팔아 유권자들로부터 상대적인 호응을 받기도 했지만, 비례대표 매관매직은 결국 불복당의 신데릴라 사건을 빚어내고 말았죠."

이상국은 창밖으로 눈을 돌려, 4층 아래 길거리에서 시위를 벌이는 십여 명의 시민들을 물끄러미 내려다보았다. 그들이 손에 든 팻말에서는 이런 구호들이 시끄러웠다.

"정치 도적놈들 물러가라!"

"돈 선거는 무효선거, 총선 다시 하자!"

"썩어빠진 혼란보다 독재 정치의 질서가 그립다!"

"변웅호 대통령 살려내고, 진무성은 물러가라!"

그리고 이런 구호들 속에서 진무성의 목소리가 들려왔다.

"신데릴라 같은 돈 보따리 국회의원을 앞세운 정당들이 도대체 국민을 대표하여 무슨 훌륭한 일을 하겠다는 건가요? 그리고 이번 총선에서 드러난 정치꾼들의 비도덕성은 신데릴라 사례 정도로 끝난 것도 아녜요. 제4구의 한나라당 삼태기 후보는 4천만원이 넘는 현금을 삼태기에 담아 들고 돌아다니며 살포하다가 비디오 고발을 당했죠. 마약 밀매범들처럼 007작전을 벌여 시골 간이역에서 돈을 숨긴 여행 가방을 주고받다가 걸려든 일당도 있었고요."

이상국은 손에 들고 있던 신문 대장을 책상에 내려놓고, 큰우산 운동본부로 전화를 걸었다. 이상국 회장은 자리를 비웠기 때문에 전화를 받지 않았다.

"아무리 기다려도 큰우산에는 열매가 달리지 않으려는 모양예요." 길거리 시위자들을 굽어보며 언론인 이상국이 전화를 받지 않은 시민운동가 이상국에게 말했다. "불결하고 시끄러운 소수가 사회를 이끌어가는 현상은 전혀 변함이 없군요."

전화를 받지 못한 이상국은 아무런 반응이 없었다.

"골빈당의 노회한 당선자가 지적했듯이, '밥 먹고 똥 싸고 정치만 하는 족속'이 너무 많아서인가 봐요." 눈앞에 어른거리는 진무성의 신기루에게 이상국이 말했다. "어디로 모습을 감췄는지, 선량한 사람들은 목소리가 통 들리지를 않아요."

존재가 사라지기 시작한 진무성은 이상국처럼 대답이 없었다.

(3권으로 계속)

등장인물

강경갑(姜鶩匣) 잡상인 출신의 노동운동당 대표.

강산천(姜汕天) 독고섭 정부의 국토개발부 장관.

강군복(姜珺福) 이계산 정부의 국방장관. 큰우산 운동본부 전략국장.

강대규(姜大奎) 조패구의 폭력 조직 신세계 사단의 제 2연대장. 난쟁이.

고건석(高建石) 신세계파 돌쇠장. 군사 정부와의 전쟁에서 제 1연대장으로 활약.

고미자(高美子) 고미요정의 수석 기생. 고환탁의 어머니.

고환탁(高歡卓) 장기불면증에 시달리며 유시찬이 컴퓨터 속에다 건설한 가상의 제국을 다스리는 황제.

공차반(孔次盤) 독고섭 대통령의 청산 특보. 내무부장관.

구　참(具　昷) 신참 참조.

금명진(琴明眞) 큰우산 운동본부 회계국장. 암호명 '금회계(金會計).'

김대절(金大竊) 새나라공화당 총선 후보.

김두건(金斗鍵) 팽성 개굴산 산주. 친일파 김차랑의 아들. 두건수건 건설회사 회장.

김모시(金模尸) 한국 굴지의 재벌 한재산의 수행비서.

김말동(金末童) 신데릴라의 어머니. 떡장수.

김방준(金邦俊) 신데릴라의 남편. 사기 전과 7범.

김보균　　　　　독고섭 정부의 감사원장.

김석훈(金錫暈)　《황송일보》의 사회부장.

김세환(金世桓)　황송공화국 초창기의 한국 대통령.

김식수(金湜壽)　474-B 처리 계획 조사단 식물조사관.

김차랑(金次浪)　친일파로 팽성의 갑부. 개굴산의 주인.

나도형(羅道衡)　윤대복의 아들. 제3공화국의 국무총리.

나선택(羅善宅)　철새 정치인.

남기연(南基演)　변웅호를 제거하려는 끝내기작전에 합류하는 항공
　　　　　　　　대장.

신도술(申刀戌)　독고섭 대통령의 민정 수석.

노세환(盧世桓)　황송공화국이 독립할 당시의 한국 대통령.

노인래(盧寅來)　신세계 사단 토벌을 위해 창설된 비마부대 제31연
　　　　　　　　대 제3대대장. 이등병.

독고섭(獨孤燮)　황송의 올사모 초대 회장. 인터넷 누리꾼과 젊은 층
　　　　　　　　의 지지로 총선에서 황송공화국 제3대 대통령에 당
　　　　　　　　선. 색깔과 방향에 지나치게 집착함. 국무총리 나
　　　　　　　　도형의 방해공작으로 탄핵됨.

독고형(獨孤衡)　독고섭 대통령의 형.

동　희(仝　姬)　고환탁의 환상 세계에서 끊임없이 속삭이는 소녀.

류민국(柳民國)　독고섭 정부의 보건복지부 장관.

목설구(睦楔九)　한국 폐기청 국장. 고농축 콜리디움 해저 매립장 건
　　　　　　　　설 474-B 처리 계획 조사단장. 솔섬의 독립을 추진
　　　　　　　　해서 황송공화국 설립. 황송공화국의 제1대 국무
　　　　　　　　총리.

문정상(文靜想)　독고섭 대통령의 총무 비서관.

민재건(閔載腱) 국회 건설 분과 위원회 소속.

민충수(閔忠秀) 제독. 해안방위군 총사령관. 군사 정부의 국정홍보
부 장관.

박봉팔(朴鳳八) 박봉칠의 동생.

박봉칠(朴鳳七) 솔섬의 원주민 노인.

박달호(朴達浩) 서해 군수. 조패구의 정무보좌관. 고수당 최고위원.

박맹희(朴盟熙) 비마부대 제 31연대 제 1대대장. 병역 기피자. 이등병.

박세환(朴世桓) 쿠데타로 정권을 잡아 새마을운동과 경제개발을 주
도한 한국 대통령.

박소문(朴召文) 고수당 구참 당수의 충복 보좌관.

박주희(朴周喜) 민심당 소속의 폭로 전문 국회의원.

박치곤(朴治坤) 조막구 복역 당시 황송구치소 소장.

박태연(朴泰然) 이계산 정부의 후원 업체인 한심실업의 회장.

박필승(朴弼承) 한국군 제 1군 군수참모. 상륙군 사령관. 군사정권
에서 무임소장관과 국방장관을 역임.

방마돌(方磨乭) 미천한 집안 출신의 팽성 출신 국회의원. 구빈당(救
貧黨) 대표.

방주오(方柱懊) 방마돌의 아버지. 기지촌에서 주점을 경영하던 매
춘업자.

방호패(方好牌) 방마돌의 할아버지. 직업 도박사.

백수건(白壽健) 방마돌의 처삼촌. 두건수건건설의 사장을 거쳐 마
돌전력회사 사장.

변수팔(卞壽八) 독고섭 정부의 상공부장관.

변웅호(卞雄豪) 무력으로 황송공화국을 접수하여 제 2대 대통령에
취임. 취임 후 혁명광장에서 주말마다 '재교육 훈련'

이라는 명목으로 범죄자 처벌에 집중함. 진무성과
미군의 끝내기작전으로 암살됨.

사공백(司恭栢) 독고섭 정부의 외무부장관.

서한성(徐汗星) 암호명 '서조직(西組織)'. 큰우산 운동본부의 조직
국장.

소처량(蘇凄凉) 불복당(不服黨) 당수.

송기철(宋基哲) 육군 항공대장. 준장 진급 후 비마부대장으로 조패
구 반란군 진압 작전에 참가.

송옥순 솔섬 탐사반에 동원된 해녀.

스티븐 리(Stephen Lee) 한재산 연예기획사 대표. 본명 이수만(李數
萬).

신데릴라(申Delilah) 54억원을 불복당 당수 소처량 당수에게 꾸어주
고 '최연소 국회의원'으로 당선된 화제의 젊은 여성.
본명은 양맑은(梁末根).

신 참(辛 旵) 박주희 의원과 방마돌 의원의 보좌관을 거쳐, 나중
에 정계 진출을 위해 구참(具旵)이라고 개명. 황송
제3공화국의 제1야당 고수당의 대표.

아랑도사(亞嫏導師) 본명 한간난. 아리랑 동양철학원의 절세미녀
총수. 황송 동양철학원과 아랑사 설립. 방마돌의
국회의원 당선을 족집게처럼 예언해 정치인들 사이
에서 유명세를 타게 됨.

안이지(安二指) 독고섭 정부의 적와대 영선과장(營繕課長).

안재선(安載瑄, Jason Ahn) 《워싱턴 포스트》의 서울 특파원.

양동이(梁同異) 신데릴라의 아버지. 시장 상인들로부터 자릿세를
갈취하여 갑부가 된 양아치.

양만길　　　　　솔섬을 떠난 주민.

여보숙(呂寶淑)　운명 시립대학 유아교육과 시간강사. 독고섭 정부
　　　　　　　의 정권 인수 위원장 및 교육부장관 역임. 돌격영어
　　　　　　　교육 계획 추진.

오　구(吳　鳩)　솔섬의 선주(船主) 노인.

오국희(吳國熙)　신세계 사단의 제 3연대장. 국회의원 출신의 돌쇠장.

오막돌(吳莫乭)　시각장애인. 전쟁 당시 학살 사건에서 앞장을 섬.
　　　　　　　독고섭의 장인.

오정아(吳貞娥)　오막돌의 딸. 독고섭의 아내. 왼쪽깃발총연맹 소속.

위선심(圍善心)　구의원 출신. 노들평화당의 총선 후보.

유무신(柳茂愼)　474-B 조사단 동물 분포 및 인적 자원 조사관.

유시찬(柳枾讚)　요정주인 유화자와 한재산 회장의 사생아. 평생을
　　　　　　　방에서 컴퓨터만 하는 은둔형외톨이. 인터넷세계에
　　　　　　　환탁나라라는 가상세계를 만들어 환탁황제가 됨.

유화자(柳花慈)　삼청요정 주인. 황송요식협회 회장.

윤구식(尹求湜)　별명 '구봉서 영감'. 솔섬 주민 가운데 최고령자.

윤대복(尹大福)　대졸 노숙자. 올사모 회원. 나도형 국무총리의 아버지.

이계산(李溪山)　본명 이봉팔. 환경부 조달과장을 거쳐 폐기청장 역
　　　　　　　임. 황송공화국 초대 대통령.

이궁상(李宮償)　이계산 대통령의 경호실장. 노골당 출신의 병역 기
　　　　　　　피자 국회의원 출신.

이상국(李相國)　올사모(올챙이를 사모하는 모임) 회장. 지하 신문《목
　　　　　　　소리》편집인. 큰우산 운동을 주도. 촛불시민군 창
　　　　　　　설 준비 위원장.

이세환(李世桓)　한국 대통령.

이안 매컬럼(Ian McCallum) CIA 요원. 초대 황송 주재 미국 대사. 끝내기작전의 배후 조종자.

이전돈(李澱敦) 방마돌의 비자금 관리자. 고조선건설 회장. 황송발전소 건설. 마돌전력회사 회장.

이차돌(李且乭) 474-B 조사단원. 광물과 토질 담당. 황송공화국 독립 준비위원.

일라이자 초이(Elijah Choi) 미6군 정보참모 트라이던트 장군의 밀사. 한국인 2세.

임해도(林海道) 《해양신문》 주필과 《황송일보》 발행인을 거쳐 《황송민주일보》 회장.

잔나비 남자 같은 솔섬 할머니.

전세환(全世桓) 쿠데타로 정권을 잡아 군사 독재를 한 한국 대통령.

정병군(鄭炳君) 반란에 가담한 제 2전투 사단장. 중장으로 승진하여 군사 정부 제 2군 사령관 겸 법무장관.

제갈순애(諸葛純愛) 제갈호공의 어머니.

제갈호공(諸葛壺公) 한재산의 사생아로 검술도장 사범 출신. 한재산 정치산업사(한정산), 한재산 연예기획사, 한재산 정치펀드, 폴리스쿨 정치대학을 거느린 회장.

조막구 조패구의 동생. 신세계 사단 부사령관. 계룡산 막구 카지노 회장. 작두파 두목. 초등학교 중퇴.

조패구(趙覇狗) 선죽도 출신의 전문 폭력배. 신세계파의 회장. 변웅호 정부와 전쟁을 벌임.

정운도(鄭運道) 《황송일보》 편집국장. 황송방송 사장.

주명복(周明福) 《황송일보》 기자. 언론수호 투쟁을 거쳐 《황송민주일보》 발행인.

진무성(陳武誠) 팽성 개굴산 장애인 보호 시설 자원봉사자. 변웅호
의 충실한 부하였지만 끝내기작전에 앞장섬. 독고
섭 정부의 과거청산 작업의 일환으로 15년형을 선고
받고 교도소에서 수감중 자살함.

진솔한(陳乭漢) 황송구치소 소장. 윤대복을 탈출시킴.

차경호(車慶鎬) 이계산 대통령 경호실 부실장.

채공손(蔡恭巽) 대장. 변웅호의 쿠데타에 합류한 이계산 정부의 참
모총장.

최공구 별명 맥가이버. 솔섬의 해결사.

최공팔 최공구의 아들. 인천 자동차 정비공장의 엔진반장.

최 국(崔 鞠) 끝내기작전 당시 수도경비사 부사령관. 준장. 현대
업 국방장관의 심복.

최세기(崔世基) 대통령 정책기조실 서류 분쇄기 수리기사.

탄타라 윈더 병역 기피자 가수. 비마부대 제31연대 2대대장.

트렌트 '트리플' 트라이던트(Trenton 'Triple' Trident)　미6군 정보참
모. 독재자 변웅호를 제거하려는 끝내기작전의 미
국 측 총지휘자.

하소연(夏蘇然) 재벌 기업 하나산업의 회장.

한간난 아랑도사 참조.

한 이(韓 伊) 별명 하니(Honey). 아랑도사의 딸. 군사 정권을 퇴
진시킨 끝내기작전에서 '마타하리'로 활약. 폴리스
쿨 정치대학 학장.

한구몽(韓求夢) 한재산의 큰아들.

한시몽(韓施夢) 한재산의 셋째 아들.

한재산(韓載山) 대한그룹 총수. 한국 경영인 총연합회장 3회 연임.

한주몽(韓柱夢) 한재산의 둘째 아들.

함상수(咸尙洙) 진무성 총리의 부관.

허금자(許錦子) 허노무의 어머니.

허노무(許魯務) 전업 사기꾼. 쎈추리벤처 예술학교 설립. 한재산의
사생아.

허송한(許宋漢) 황송화약의 회장. 황송 경제인 연합회 부회장.

현대업(玄大業) 이계산의 국방보좌관. 군사 정권의 국방장관.

홍보문(洪寶汶) 독고섭 대통령의 홍보 수석. 나도형 내각의 문화홍
보부 장관.

황금동(黃琴童) 지리산 기슭 하날마을의 만석꾼 악덕지주. 진사.

황염치(黃廉恥) 키다리 아내와 동말 끝자락에 사는 노인.

황완석(黃完錫) 벽돌공. 송도리 이장 황염치의 아들.